Les Loups-garous d'Argentine

Jérémy Wulc

Les Loups-garous d'Argentine

Pygmalion

Pour plus d'informations sur nos parutions,
suivez-nous sur Facebook, Instagram et Twitter.
https ://www.editions-pygmalion.fr/

Pour suivre l'auteur :
Twitter / Instagram / Facebook : @jeremywulc

ISBN : 9782756431215

PREMIÈRE PARTIE

Prologue

Avril 2015

Le soleil se couchait paisiblement derrière la cordillère rocailleuse du mont de l'Aconquija et, d'ici une demi-heure, le cimetière de Catamarca – village paisible situé au nord-ouest de l'Argentine – allait être plongé dans l'obscurité totale.

Comme il le faisait depuis une quinzaine d'années, l'homme alluma une lampe torche et se dirigea vers une tombe bien entretenue devant laquelle trois vieillards patientaient. Sans un mot, il les salua d'un mouvement de tête et posa une gerbe de fleurs sur la stèle qui ne disposait d'aucune inscription à part deux lettres en calligraphie gothique qui, avec les décennies, s'estompaient.

Les quatre personnes reculèrent de quelques pas, puis frappèrent leurs talons simultanément en un geste martial. Le clac résonna plusieurs secondes dans cet endroit calme. Après un moment de recueillement, le petit groupe se sépara. L'homme resta seul devant la sépulture anonyme à se remémorer le passé, son bel âge trop précipitamment mort, trop rapidement vécu. La Seconde Guerre mondiale lui avait volé sa jeunesse, mais il s'en foutait royalement. Il était heureux d'avoir fait ce qu'il avait fait. Après un vif coup d'œil aux alentours, l'homme se pencha pour essuyer, de sa main gantée de cuir, la plaque de marbre. De son pouce, il enleva les escarbilles qui s'étaient accumulées au fil des mois. Une fois l'inscription nettoyée, il se releva doucement pour admirer la tombe qui luisait dans le faisceau lumineux. Il était temps pour lui de partir. Il coupa sa loupiote et quitta le cimetière.

En montant dans sa voiture, il se demanda si sa santé lui permettrait de revenir l'année prochaine.

1

Paris, février 2017

La pluie qui s'abattait sur la capitale depuis la veille au soir empêchait Arnaud Shimansky de distinguer quoi que ce soit. Malgré l'action effrénée de ses essuie-glaces, rien n'y faisait. Il lui était impossible de conduire dans ces conditions. Il fallait qu'il trouve, rapidement, une place de parking. À travers sa vitre embuée, il repéra un emplacement libre… mais réservé aux personnes souffrant de handicap. Ce qui venait de lui traverser l'esprit était mal – il le savait –, mais s'il ne le faisait pas, il raterait l'enterrement de son grand-père. Inimaginable.

Alors, sans sensibilité ni respect, Arnaud exécuta un créneau et se gara où cela n'était pas autorisé pour des « valides » comme lui. Une fois le contact coupé, il déposa sa carte tricolore sur le tableau de bord. Non pas pour aller au bout de son effronterie mais plutôt pour ne pas se faire enlever sa voiture par la fourrière. Il espérait que ses collègues seraient indulgents avec un flic de la criminelle. Arnaud grogna en jetant un coup d'œil à sa montre, il avait déjà treize minutes de retard ; ses parents devaient être exaspérés.

Il sortit de sa voiture aussi vite qu'un cheval de course pour rejoindre le boulevard Ménilmontant. Au niveau de la rue du Repos, Arnaud pénétra dans le cimetière du Père-Lachaise. La pluie commençait à se calmer.

Il repéra immédiatement sa mère qui l'attendait. Elle s'abritait sous un énorme parapluie noir et tenait Maxime Shimansky, son mari, par le bras. D'un pas rapide, Arnaud remonta l'allée pavée. Il essayait par tous les moyens de ne pas glisser. Ses bottines utilisées une seule fois – lors du mariage de son oncle – possédaient des semelles lisses qui n'adhéraient absolument pas à la pierre, et particulièrement après un déluge comme celui d'aujourd'hui. Il pesta intérieurement. Pourquoi n'avait-il pas mis ses baskets comme il le faisait tous les jours ? La réponse était simple : à cause de sa mère.

— Oh, que tu es beau dans ton costume ! le félicita-t-elle.

— Merci, maman, grogna Arnaud tout en l'embrassant.

— T'es en retard et, devine quoi ? Cela ne m'étonne pas, lui lança, sarcastique, Maxime en le serrant dans ses bras.

— Je sais, papa. La pluie plus les embouteillages... Enfin, je n'ai rien loupé et c'est le principal.

— Laisse-le un peu tranquille, s'il te plaît, souffla Suzanne en fixant son mari d'un regard noir.

— Parce qu'il me faut une autorisation pour taquiner mon fils ?

Maxime prit une nouvelle fois son garçon dans ses bras et lui passa affectueusement la main dans les cheveux qu'il portait mi-longs et mal coiffés, lui donnant un faux air d'Yvan Attal. Une fois libéré de l'étreinte paternelle, Arnaud regarda celui qui avait – et c'était de circonstance – une tête d'enterrement.

— Ça va ?

— Comme un fils qui vient de perdre son père. Mais tu es là. Alors oui, ça va.

Arnaud lui prit la main et, ensemble, ils suivirent Suzanne Shimansky qui se dirigeait vers le lieu de l'inhumation. Arnaud fut surpris par le nombre de personnes présentes.

— Je ne pensais pas croiser autant de monde. C'est qui tous ces gens ?

— Des amis de ton grand-père.

— Je le croyais solitaire.

— Comme un loup, mais même les loups ont besoin d'amis.

— Les loups vivent en meute, papa.

Maxime retira sa main de celle de son fils et s'éloigna vers l'officiant.

Arnaud le regarda marcher seul au milieu de toutes ces sépultures quand il fut secoué d'un doute. Ses parents et lui n'allaient pas dans la bonne direction. Il tira sa mère par le bras.

— On va où, là ?

— Enterrer ton grand-père. Enfin, mon chéri ! Tu as bu ? Pas ce matin…

Arnaud détestait quand sa mère lui parlait avec cette note de condescendance.

— Mais non ! Le carré juif n'est pas de l'autre côté ?

— La dernière volonté de Simon était de changer de religion pour son dernier voyage.

— Hein ?

— Il s'est converti au christianisme à la mort de ta grand-mère pour pouvoir reposer à ses côtés pour l'éternité.

— Pourquoi je n'ai pas été au courant ? s'étonna Arnaud.

— Je pensais que tu l'étais. On ne va pas en faire une affaire d'État. Tu en parleras avec ton père, si ça te perturbe tant. Allez viens, on va être en retard.

Sa mère partit rejoindre son mari. Arnaud la suivit en faisant bien attention aux pavés insaisissables. Il retrouva ses parents au milieu de la foule qui s'agglutinait autour d'un trou dans le sol. Un trou dans lequel son grand-père allait finir.

Le curé débuta une fois que tout le monde fut réuni autour du cercueil. Le discours de l'homme d'Église allait être long, spécula Arnaud ; sa voix de crécelle et son ton professoral lui sortaient déjà par les oreilles. Le flic détestait les cérémonies religieuses et ce n'était pas aujourd'hui que cela allait changer, même pour son grand-père. Arnaud fit, discrètement, un pas en arrière pour s'écarter du cercle. Il fut bloqué par son père qui posa une main sur son bras. D'un regard, son paternel lui intima sèchement de ne pas bouger. Arnaud obéit, à contrecœur, et resta près du cercueil qui reposait sur deux tréteaux de bois brut. Le curé toussa, se racla la gorge, repoussa ses petites lunettes rondes sur son nez et poursuivit son oraison funèbre.

— Nous te disons au revoir Simon Shimansky. Nous te disons au revoir, toi qui as connu l'horreur de la guerre, l'horreur des camps nazis. Nous te disons au revoir, toi qui as connu l'enfer ! Nous te disons au revoir toi qui as choisi de nous rejoindre pour ton sommeil éternel.

Arnaud leva les yeux au ciel et souffla de consternation. Le curé faisait du pathos, rien que du pathos. Il réduisait son grand-père aux camps de concentration alors qu'il avait vécu dix mille vies. Il s'en voulait de ne pas avoir été proche de son papy.

Il prit conscience, à cet instant, qu'il allait lui manquer. L'esprit d'Arnaud se perdit dans ses souvenirs. Il se revoyait s'amuser dans le jardin, assis sur son tricycle rouge à faire des cascades. Il se rappela aussi le plaisir qu'il éprouvait quand il courait avec Bormann – le chien de son aïeul – le long de la ligne de chemin de fer désaffectée. Mais son meilleur moment, c'était quand il...

Dring Dring Dring – Dring Dring Dring – Dring Dring Dring.

Toutes les têtes se tournèrent vers Arnaud qui fouilla avec angoisse dans la poche intérieure de son pardessus à la recherche de son téléphone. Une fois trouvé, il regarda l'écran pour connaître la personne qui le mettait dans cette situation impardonnable. Le numéro de son chef s'affichait. D'un signe discret, Arnaud demanda à son père l'autorisation de décrocher.

— Même dans ces moments-là, tu ne sais pas te comporter, lui répondit celui-ci à voix basse.

Arnaud haussa les épaules. Il était désolé, mais c'était le boulot. Son paternel dodelina de la tête de consternation. Arnaud savait très bien ce que pensait son père, qu'il ne respectait personne, et surtout pas un mort. Maxime se tourna ostensiblement vers le curé, s'excusa de cette interruption inadmissible et le pria de continuer. Arnaud, quant à lui, recula de quelques pas pour s'isoler derrière un arbre afin de discuter avec son chef – que toute la PJ surnommait le Bulldog. Pas la peine de vous faire un dessin ; il était le parfait sosie du chien de race anglaise, trapu, large, compact avec une tête plus grosse que son corps. Arnaud décrocha.

— C'est Kalpo. Tu fais quoi ?

— Je suis à l'enterrement de mon grand-père, je vous en ai parlé hier matin, murmura Arnaud.

— Maintenant que tu me le dis… Mais alors ? Pourquoi tu décroches ? (Kalpo se mit à rire.) Oh merde, Shimansky ! T'es un champion dans ta catégorie. Aucun respect pour rien.

— Vous vouliez quoi ? s'agaça Arnaud.

— Briefing à 14 heures. Je ne sais pas si tu es au courant, mais on a un nouveau ministre. Et ce n'est pas parce que tu es sur la sellette que tu peux y échapper. En plus, il y a des nouvelles directives. Alors ramène-toi au 36 dès que tu peux.

— OK, répondit-il avant de raccrocher.

Arnaud éteignit son téléphone et le fourra au fin fond de sa poche, puis il se replaça à côté de son père. Ce dernier prit soin de l'ignorer.

Dès que la cérémonie fut terminée, plusieurs personnes se placèrent autour de la cavité pour jeter des corolles de roses sur le cercueil de Simon Shimansky. Arnaud attendit son tour. Une fois arrivé devant la tombe, le flic attrapa une poignée de pétales et la lança. Il prit conscience, une nouvelle fois, en apercevant la bière posée à même la terre, que son grand-père ne reviendrait jamais. Cette pensée lui brûla les tripes comme de l'acide. Arnaud s'éloigna la tête basse. Il essuya du revers de la main les larmes qui coulaient sur ses joues. Il ne pleurait pas de chagrin mais plutôt de honte. Comment avait-il pu laisser son téléphone sonner en plein milieu de l'enterrement ? Pourquoi, chaque fois qu'il tentait de ne pas décevoir ses parents, ça foirait ?

En remontant l'allée pour les rejoindre, il croisa deux hommes qui ressemblaient aux vieillards du *Muppet show*. Les cheveux blancs, courbés, marchant à l'aide d'une canne.

Dans le regard des hommes scintillait une flamme de vivacité. Arnaud leur sourit. Les deux vieux levèrent leur chapeau pour le saluer et se remirent à discuter dans un verbe que le flic connaissait et comprenait.

— *Wenn ich denke es ist dank ihm, dass er nicht verhaftet und getötet wurde.*

2

Le Balto ressemblait à certains troquets que l'on pouvait croiser en se baladant dans les rues de Paris ; un peu vieillot, du lino gris au sol et des banquettes en similicuir usées jusqu'à la corde. L'odeur de la cigarette avait disparu depuis la loi Évin, mais le bureau de tabac, situé à l'entrée, vendait toujours des clopes. Quant au comptoir en zinc, il était pris d'assaut par des habitués qui passaient leur temps à acheter des jeux de grattage en s'accompagnant, bien entendu, d'un petit verre de blanc qui nouait l'estomac comme du Paic citron.

C'était donc dans ce bar que les personnes venues saluer une dernière fois Simon Shimansky décidèrent de finir la matinée. Adossé contre un mur à l'extérieur du Balto, Arnaud tirait nerveusement sur sa cigarette. Son père poussa la porte du bar à l'aide de son dos. Ses mains tenaient deux verres qu'il essayait maladroitement de ne pas renverser. Maxime en tendit un à son fils.

— Je t'ai pris du Perrier.

— Merci.

— Tu fumes ? Je croyais que tu avais arrêté, fit remarquer Maxime.

— Je le croyais aussi, rétorqua-t-il sèchement.

Le père d'Arnaud prit une longue inspiration et lâcha :

— Je ne pense pas avoir besoin de t'expliquer pourquoi tu me déçois.

Arnaud secoua la tête. Il tira une dernière fois sur sa cigarette avant de jeter, d'une pichenette, le mégot dans le caniveau.

— Je suis vraiment désolé. C'était mon boss, j'ai pensé à une urgence, se justifia-t-il.

— Même un jour comme celui-là ? riposta Maxime, les mâchoires serrées.

— Tu sais que je suis dans une période difficile, j'essaye de ne pas trop faire de vagues... À la prochaine erreur, ils ne me louperont pas, répondit Arnaud en levant les yeux au ciel.

La porte du Balto s'ouvrit sur Suzanne. Elle s'avançait d'un pas rapide pour rejoindre les deux hommes de sa vie. Une fois à leur hauteur, elle questionna Arnaud d'un regard soupçonneux sur ce qu'il buvait. Son fils contint une expiration.

— Un Perrier, maman, dit-il d'une voix lasse en lui collant son verre devant les yeux. Tu veux goûter ou tu me fais confiance ?

Sa mère lui sourit. Qu'elle était belle quand elle souriait, pensa-t-il. D'un geste maternel, elle posa une main sur son avant-bras.

— Ça en est où ?

— Je passe en commission de discipline dans quatre jours, mais pour le moment je fais mon job comme si de rien n'était.

— Quatre jours, c'est long...

La main droite d'Arnaud se mit à trembler. C'est ce qu'elle faisait quand le stress lui brûlait les entrailles. Le pire, c'est qu'il ne pouvait pas l'arrêter. Les tremblements duraient – généralement – quelques secondes. Par réflexe, il enfonça sa main agitée dans la poche de son pardessus. Il ne voulait en aucun cas alarmer ses parents.

— Oui, c'est long quatre jours. Surtout quand ça fait quatre mois qu'on attend, ironisa-t-il.

— Et que va-t-il se passer ? s'inquiéta sa mère.

— Première solution, je suis relaxé de tout ce que l'on me reproche. Deuxième solution, je deviens gardien de la paix. La troisième, je perds mon job sans indemnités, sans rien, sans un merci, sans un au revoir. (Après une longue inspiration, Arnaud enchaîna :) Et toute l'histoire se termine au moment où je me tire une balle dans la tête. BOOM.

Suzanne colla ses mains devant sa bouche puis éclata en sanglots.

— Bravo. Tu peux être content de toi, souffla son père.

— Désolé… mais je n'ai pas choisi ce qui m'arrive.

— Tu n'as pas choisi quoi ? De tirer sur un mec ?

La main d'Arnaud recommença à trembler. L'angoisse montait en lui comme la lave d'un volcan en éruption. Il lui était impossible de gérer les soubresauts et d'arrêter la sueur qui descendait tranquillement le long de sa colonne vertébrale. Il détestait évoquer ce jour où, sans réfléchir, il avait fait une connerie. Cette journée allait rester gravée dans sa mémoire jusqu'à sa mort. Il n'oublierait jamais le moment où il était monté dans sa voiture pour faire sa ronde. En quelques minutes, il s'était trouvé à rouler à fond sur les quais de Seine.

À cette époque, Arnaud et toutes les polices de France pourchassaient sans relâche un jeune homme de vingt-trois ans, fiché S et évadé de la prison de la Santé depuis trois jours. Arnaud avait tourné dans Paris avec la photo du fugitif accrochée sur son pare-brise en espérant un coup de chance ; un énorme coup du destin qui puisse l'aider à le choper. Pendant deux heures, Arnaud avait roulé, clope au bec et fenêtre ouverte sans rien à se mettre sous la dent, à part les gorgées de vodka qu'il ingurgitait à chaque feu rouge. Arnaud correspondait, et il le savait, à tous les stéréotypes du flic. Alcoolique, seul, pensant être le meilleur et travaillant comme un justicier. Voilà à quoi ressemblait Arnaud : à un cliché.

Ce fut à ce moment-là que le cliché, imbibé de vodka, qui pensait pouvoir défendre, seul, la veuve et l'orphelin était tombé sur un jeune homme qui ressemblait étrangement à la photo scotchée devant lui. Arnaud n'en avait pas cru ses yeux. Il avait même remercié sa bonne étoile.

Après avoir tiré son frein à main d'un coup sec, il était sorti de sa voiture arme au poing et s'était approché, en titubant légèrement, du fugitif qui forçait la portière d'une voiture. Arnaud lui avait braqué son SIG-Sauer SP sans se présenter. Ce n'était pas la procédure, mais dans le feu de l'action… Malgré les nombreux efforts d'Arnaud, ce passage de sa vie était resté flou. Il se souvenait juste du voyou qui avait replacé la capuche de son sweat sur sa tête et qui avait pris la fuite. Arnaud n'avait pas eu le temps de réfléchir. Il avait appuyé sur la détente et avait tiré une balle dans le dos du fuyard qui s'était écroulé sur l'asphalte.

Arnaud Shimansky, flic à la criminelle depuis treize ans et bourré comme une barrique, venait de tirer froidement, sans aucune sommation, sur un individu en pleine rue de la capitale française. Dans sa tête des questions explosaient : Pourquoi avait-il fait ça ? Pourquoi n'avait-il pas appelé ses collègues ? Dans un sursaut de lucidité, il avait pris son téléphone pour joindre Billard, son pote et collègue pour l'informer de ce qu'il venait de faire.

— NE BOUGE PAS ! J'ARRIVE ! avait hurlé Billard dans le récepteur téléphonique. ET RANGE TON ARME, PUTAIN !!!!! lui avait-il ordonné en beuglant comme un malade à l'autre bout du fil.

Arnaud avait remis son pistolet dans son holster et avait attendu les fesses bien calées sur le capot de sa voiture. Il ne fallait surtout pas faire une autre connerie. De loin, il avait regardé le corps sans vie allongé sur le trottoir goudronné et se demanda s'il avait tiré sur le bon. Si ce n'était pas le cas, il allait pouvoir dire adieu à sa carrière. Pour en avoir le cœur net, il avait fait quelques pas vers le cadavre qui d'un coup s'était remis debout pour cavaler comme une jument enragée. Arnaud n'avait pas eu le temps de réagir, il avait juste compris qu'il l'avait raté.

Arnaud émergea de son cauchemar en entendant les amis de son grand-père qui sortaient du Balto pour fumer une cigarette. Les trois hommes parlaient allemand. Pourquoi les quelques personnes croisées à l'enterrement parlaient-elles dans la langue de Goethe ? Il n'avait pas cessé d'y penser depuis sa rencontre avec les deux vieillards au cimetière.

— Pourquoi certains amis de papy parlent allemand ? interrogea-t-il son père.

Maxime eut un infime mouvement de recul et son timbre de voix changea distinctement.

— Je n'en sais rien. Tu en as des questions… Pourquoi il n'aurait pas le droit d'avoir des copains allemands ? Ce sont sûrement des anciens clients de sa galerie…

Arnaud plissa les yeux. Son père lui cachait-il quelque chose ? Sentant que le cerveau de son fils bouillonnait de questions, Maxime lui demanda, pour changer de sujet, s'il pouvait l'aider à vider la maison du défunt.

— Je veux la vendre le plus rapidement possible pour ne pas la laisser dépérir.

— On peut faire ça demain matin ? lui proposa Arnaud.

— OK. C'est parfait, déclara Maxime tout sourires. Faut que j'y aille, reprit-il après un rapide coup d'œil à sa montre.

Le flic prit ses parents dans ses bras et les embrassa affectueusement.

Son père le regarda s'en aller et lui dit, même s'il était trop loin pour l'entendre, qu'il l'aimait.

3

La pluie avait laissé sa place à un soleil qui chauffait le crâne d'Arnaud comme un brasero sur une terrasse parisienne qui facturait un expresso 4,50 euros. En route pour récupérer sa voiture, il se posait des questions. Son métier lui avait appris à percevoir quand on essayait de cacher la vérité. Et il avait aperçu dans les yeux de son père un éclair de culpabilité ainsi qu'une fraction de nano-seconde de déstabilisation. Que pouvait lui dissimuler son père ?

Arnaud sursauta quand son téléphone se mit à sonner. Il se trouvait immobilisé en plein milieu du trottoir perdu dans les limbes de ses pensées. Dressé sans bouger, il empêchait les gens de circuler, certains essayaient de le contourner tout en proférant des invectives et des noms d'oiseaux. Sa tête tournait, il avait chaud, il voulait enlever son pardessus, ses bottines, sa chemise afin de pouvoir revêtir son éternel pull-over gris, ses baskets New Balance noires et son Teddy American College rouge et blanc. À quarante-deux ans, il s'habillait toujours comme un adolescent. Il prit son iPhone dans sa poche et regarda l'écran. Il sourit en voyant la photo de Loïc Gendere apparaître sur l'appareil. Au 36, avec son crâne rasé et sa tête toute ronde, tout le monde l'appelait Billard et ce colossal ours d'un mètre quatre-vingt-douze mal léché qui grognait pour un oui ou pour un non était son meilleur ami. Jamais Loïc ne l'avait laissé tomber, jamais il ne lui avait tourné le dos. Même après sa bavure, il l'avait abrité de son aile. Billard avait tout fait pour qu'il ne se retrouve pas au fond du gouffre avec des envies d'en finir. Il se porta garant d'Arnaud tout au long de sa commission en conseil de discipline.

Arnaud avait été contrôlé positif à l'éthylotest après l'utilisation de son arme de service. Sa hiérarchie ne pouvait pas laisser passer ça. Il allait devoir rendre des comptes à ses supérieurs, mais Loïc avait tout fait pour qu'il reste au 36 jusqu'à la fin de la procédure judiciaire. Il avait réussi à garder sa carte mais avait été obligé de rendre son SIG-Sauer SP. Arnaud était toujours flic et cela grâce à Billard. Il décrocha avec le sourire.

— *Kestufou ?*

À entendre la diction de Billard, Arnaud comprit que son ami mangeait son éternel sandwich salami, moutarde, salade de 11 h 30.

— J'arrive, je passe me changer et je suis là.

— *Toutchai kya briechieng tootche a leurche ?*

— Ouais. Un nouveau ministre, ça se fête, répondit Arnaud sarcastique.

Billard déglutit en faisant un bruit de chasse d'eau.

— Il est coriace celui-là… Tu seras à l'heure ?

— Je le serai.

— Et tes parents ? Ils vont bien ?

— Oui, comme d'hab…

Billard reprit une bouchée.

— *À touch'.*

— Juste le temps…

Arnaud s'arrêta net.

— Je dois te laisser, j'ai une urgence.

— *Chalut.*

Arnaud raccrocha et se mit à courir vers sa voiture dont les deux roues avant reposaient déjà sur la camionnette de la fourrière.

— Mais vous foutez quoi ?! hurla Arnaud.

— J'embarque une voiture qui se trouvait sur une place réservée, répondit l'homme de la fourrière sans un regard.

— Attendez, je suis flic et…

— Ah ouais ? Vous êtes flic ? Et vous vous garez sur une place pour handicapé ? Super, rétorqua l'homme en applaudissant.

— Vous n'avez pas vu ma carte posée sur le tableau de bord ? plaida Arnaud en tentant de conserver son calme.

L'homme secoua la tête.

— Ce n'est pas à moi qu'il faut le dire, mais aux agents qui verbalisent et qui nous appellent. Moi, je fais juste mon boulot. Alors, soit vous payez maintenant pour récupérer votre voiture, soit on se retrouve à la fourrière, c'est vous qui choisissez.

— Combien ? riposta Arnaud en sortant son portefeuille.

— 145 euros d'amende, 37 euros pour l'enlèvement.

Les deux hommes se toisèrent. Arnaud respira calmement, il ne voulait en aucun cas que cette situation s'envenime.

— Je vais payer, vous pouvez descendre ma voiture.

— C'est comme si c'était fait, lâcha ironiquement l'homme de la fourrière.

Le truc qui agaçait le plus Arnaud, c'était qu'à cause de ces conneries, il n'allait pas pouvoir passer chez lui pour se changer et qu'avec son costume qui sentait la naphtaline et ses bottines de premier communiant, ils allaient tous se foutre de sa gueule au 36.

4

À 13 h 35, l'Audi A4 se trouvait – depuis vingt minutes – à l'arrêt sur les quais de Seine. Arnaud voyait bien que cela ne servirait à rien de mettre son deux-tons. Il prit donc son mal en patience. Les Klaxon des automobilistes lui faisaient mal au crâne. Pourquoi les gens jouaient toujours de l'avertisseur sonore en plein milieu d'un embouteillage ? Il souffla de consternation, cela faisait des mois que Paris était encombré et rien ne laissait présager une amélioration. Au loin, l'ombre de la cathédrale Notre-Dame lui fit penser à son grand-père. Il n'avait jamais posé de questions à son aïeul sur sa jeunesse et les terribles années de guerre. Pourquoi ? Il n'en avait aucune idée. Les Klaxon derrière lui le sortirent de ses rêveries. Les quais venaient d'être libérés de toutes les voitures. Il utilisa son gyrophare et fila à toute vitesse tout en priant pour ne pas louper le début du briefing.

Arnaud se gara dans la cour du bâtiment de la police judiciaire trois minutes plus tard. Il mit toute sa force pour monter les trois étages des escaliers en bois qui, depuis le 1er août 1913, avaient vu grimper les plus dangereux criminels, la tête baissée et les menottes aux poignets. Et ce n'était pas près de s'arrêter, même si le plus gros des effectifs allait devoir plier bagage et emménager dans un bâtiment sans âme et aseptisé de la porte de Clichy. Tout un pan de la mémoire de la police judiciaire française allait être anéanti. Tous les flics qui bossaient dans cet endroit mythique depuis des décennies le pensaient. Mais comme d'habitude, les politiques n'en avaient pas conscience ou alors, c'était plus grave, ils s'en foutaient… Ce fut sur ces pensées qu'Arnaud poussa la porte de la salle de réunion avec cinq minutes de retard. Bulldog, son chef, ne tourna même pas la tête. Son surnom lui allait tellement bien, pensa Arnaud, il ne lui manquait plus que la bave au coin des lèvres.

— Tiens, voilà le fils prodigue, aboya-t-il, toujours sans le regarder.

L'assistance se marra. Billard grogna pour faire comprendre à ses collègues de fermer leur gueule.

— J'ai eu un contretemps, s'excusa Arnaud.

Kalpo fit semblant de ne pas entendre les justifications de Shimansky et continua sur sa lancée.

— Pour les retardataires, je répète. Nous avons un nouveau ministre de tutelle. Et il veut du chiffre et rien que du chiffre. Donc on arrête un mec qui pisse dans la rue, qui jette son mégot sur le trottoir ou qui insulte un flic… Vous voyez le topo ?

Billard prit la parole après avoir avalé un morceau de brownie au chocolat qu'il cuisinait lui-même.

— On fait tout sauf notre taf ? C'est ça ?

— Exactement, Loïc, tu as tout compris.

— On sert à quoi alors ?

— À faire monter la popularité de notre cher ministre.

— Ça devient dingue, souffla Billard avant de gober le reste de son biscuit.

— Je suis d'accord avec toi. Je vous demande donc de faire des rondes régulièrement comme un gardien de la paix.

— Et nos enquêtes en cours ? On en fait quoi ? questionna un fonctionnaire de police au fond de la salle.

— On les gèle pour le moment. Je ne veux pas me fâcher avec la nouvelle administration. Il va y avoir du changement à tous les étages. Ça va péter de partout, je peux vous le confirmer. (Bulldog frappa dans ses mains pour terminer la réunion.) Bon, les gars, je compte sur vous pour m'aider, OK ? Shimansky dans mon bureau dans cinq minutes.

Bulldog sortit en claquant la porte.

Le silence plombait la pièce comme les profondeurs de l'océan. Aucun membre de l'équipe ne voulait faire de la figuration à la PJ. Schneider, vieux flic d'une cinquantaine d'années, jamais rasé, jamais aimable et jamais content, atomisa Arnaud en une phrase :

— Hey, Shimansky ! Tu reviens d'un enterrement pour être fringué comme un adulte ?

Tous les flics, sauf Billard, se mirent à rire. Non pas pour la blague, mais parce que cela faisait du bien de rigoler pour essayer de faire redescendre la pression.

— Ouais, connard. Je viens d'enterrer mon grand-père, lâcha Arnaud sans un sourire avant de lui aussi quitter la pièce.

5

C'est curieux la météo, médita Arnaud. Ce matin, il pleuvait à verse et là, en début d'après-midi, le soleil rayonnait. Cela donnait à ce mois de février un éphémère air de juillet. Les terrasses en face du 36 étaient bourrées de touristes qui profitaient, en polo à manches courtes et lunettes aux verres foncés, de cette éclaircie temporaire. Paris restera toujours Paris, constata Arnaud en allumant sa deuxième cigarette. Cela faisait vingt minutes qu'il s'était réfugié sur le toit du bâtiment. Assis sur la tôle chauffée par le soleil, il pensait à sa vie. Qu'avait-il loupé ? Où cela avait-il merdé ?

Sa chemise lui collait à la peau, la sueur perlait dans son dos comme les chutes du Niagara. Même gosse, il n'avait jamais aimé porter des chemises. Il se souvint des crises qu'il faisait quand sa mère lui courait après pour lui en mettre une – pas une claque, hein, une chemise. Chaque fois qu'il en enfilait une, il avait la sensation d'étouffer, de ne plus pouvoir bouger, un vrai calvaire. Alors, à l'adolescence, il s'était promis de ne plus jamais en mettre de sa vie. Aujourd'hui, il avait rompu ce pacte personnel pour faire plaisir à sa mère.

La porte qui donnait sur le toit s'ouvrit dans un grincement qui ressemblait au cri d'un chat qu'on égorge. Billard, un sachet de fraises Tagada à la main, vint, sans parler, s'asseoir à côté de son pote. Arnaud engouffra sa grosse paluche dans le paquet que Billard lui tendait. Ça tombait bien, il avait – à ce moment précis – une énorme faim de sucre. Il enfourna la dizaine de bonbons dans sa bouche avec un sourire béat. Billard le dévisageait du coin de l'œil puis ouvrit le bal :

— Alors ?

Shimansky savait parfaitement ce que voulait apprendre son ami. Arnaud prit tout son temps pour mastiquer et avaler ses fraises acidulées. Il repensa à la conversation qu'il venait d'avoir dans le bureau de Bulldog. C'était informel, lui avait-il dit, ajoutant que ce n'était pas de son fait, qu'il ne fallait pas qu'il lui en veuille, bla-bla-bla... Arnaud avait cessé d'écouter son chef. Il avait juste retenu quelques bribes de phrases. Bulldog lui avait expliqué rapidement qu'avec le bordel généré par le déménagement du 36 dans le 17e et le changement des grands manitous à la tête de la police française, son conseil de discipline ne pourrait pas avoir lieu avant un bon mois, le temps que toute la nouvelle administration s'installe et se mette à jour sur les dossiers. Arnaud était soulagé. Il allait pouvoir travailler sans avoir une épée de Damoclès au-dessus de la tête. Mais son soulagement fut de courte durée. Bulldog ajouta :

— Alors, pour calmer le jeu, à partir de lundi 17 heures et ce jusqu'à nouvel ordre, nous te relevons de tes fonctions de lieutenant de police. Tu n'es plus le coéquipier de Billard, tu ne retournes plus dans la rue. On va te trouver un joli petit bureau dans lequel tu taperas des rapports ou au mieux, tu prendras les plaintes que les agents du rez-de-chaussée ne pourront pas assurer. Si ta question c'est : pourquoi lundi 17 heures ? Je te répondrai que je n'en sais strictement rien... C'est le nouveau *big boss* qui a choisi.

Voilà. Lundi fin de journée, tu déposes ta carte et on te donne un badge d'accès et surtout, tu laisses ton flingue à la balistique, ha bah non, je suis con tu n'as plus de flingue. (Bulldog lâcha un rire gras.) C'est tout bon pour toi ? Ah non, c'est pas tout, j'allais oublier un truc important… Jusqu'à lundi, tu es en repos. C'est bien compris ?

Arnaud avait acquiescé sans broncher. Que pouvait-il faire ? Il avait merdé et il fallait qu'il paye.

— Oh, l'enculé !! vociféra Billard après avoir écouté Arnaud. Y a sûrement un recours ?

— Aucun. Tu le sais aussi bien que moi. Ils veulent me tuer à petit feu ou alors, ils attendent que je démissionne… Ils ne peuvent absolument pas me virer, ça la foutrait mal.

— Et tu vas faire quoi ? s'inquiéta Loïc.

— Jouer au flic au chômage pendant les quatre-vingt-seize heures qui me restent et après on verra ce que la vie me proposera… C'est con, je ne sais pas écrire à la machine, plaisanta Arnaud les yeux dans le vague.

Sans se parler, les deux copains finirent le paquet de fraises Tagada en regardant les touristes qui prenaient des photos de leur ville qu'ils aimaient et qu'ils protégeaient.

6

Arnaud souriait fièrement en quittant l'autoroute A13. Il avait promis à son père d'être à 10 heures précises devant la maison de Marnes-la-Coquette et le GPS l'informait, en temps réel, qu'il arriverait avec une avance de huit minutes. Son paternel ne pouvait être que satisfait. Pour une fois, son fils n'allait pas le décevoir. Après son ingurgitation de fraises Tagada, Arnaud avait travaillé comme un acharné pour trouver un moyen de passer outre sa mise à pied. Mais cela avait été un échec. Il devait se faire une raison. Sa vie de flic allait se terminer dans trois jours. Et cela lui foutait la rage. En roulant en direction des Yvelines, Arnaud espérait se vider la tête en même temps que la maison.

Une fois sur place, Arnaud se gara, comme il l'avait toujours fait – à cheval sur le trottoir – et descendit de son véhicule en pressant le pas pour rejoindre son père qui l'attendait devant le porche.

— T'es pas rentré ? s'étonna Arnaud.

— Non… J'avais peur de me faire submerger par mes souvenirs.

Arnaud posa tendrement sa main sur l'épaule de son père. Puis, il poussa le portail qui grinça comme à son habitude. Le bruit strident ramena le flic à sa tendre enfance. Il se remémora ses vacances passées dans cette somptueuse maison. La nostalgie lui prit l'échine sans prévenir, il la bloqua avant qu'elle n'explose.

Le père et le fils Shimansky traversèrent la longue allée gravillonnée en silence. Maxime ouvrit la porte. La vague de réminiscence emporta les deux hommes comme un tsunami qui détruisait tout sur son passage. Après une grande inspiration, ils entrèrent solennellement dans le hall. Depuis le décès de Simon, rien n'avait changé. Tout était demeuré dans son jus. Le père décida de ranger la cuisine qui conservait encore les stigmates du dernier repas du vieil homme. Arnaud, quant à lui, se dirigea dans le bureau pour mettre les affaires dans des cartons. Quand il poussa la porte de la tanière de son grand-père, il fut surpris de constater qu'il avait rarement mis les pieds dans ce lieu si intime. Même quand son papy l'invitait à venir le voir, il restait sur le seuil, exactement comme il le faisait en ce moment, sans laisser un pied dépasser dans la pièce. Arnaud avait toujours senti comme une interdiction non verbale et n'avait jamais eu le courage de passer outre.

Encore aujourd'hui, il n'osait pas enfreindre cette loi tacite. Alors, tel le petit enfant qu'il n'était plus, Arnaud attendit quelques minutes sur le seuil à regarder l'intérieur. Devait-il entrer ou laisser son père s'en occuper ? Il ne savait pas répondre à cette question. Arnaud respira un grand coup et s'avança doucement, comme s'il pénétrait dans une salle de soins intensifs. Ce moment était important pour lui. Il voulait combattre son anxiété et l'angoisse que lui procurait cette pièce. En deux pas, il y était. Il se trouvait dans le bureau de son grand-père. Arnaud sentit la peur fondre comme un sucre dans un thé brûlant. Une bonne chose de faite, se rassura-t-il en enlevant son blouson.

Au loin un chien aboya.

Ce fut pour Arnaud un électrochoc. Cela faisait vingt-quatre heures qu'il essayait de se souvenir dans quelle circonstance il avait entendu son grand-père parler allemand. Maintenant, au milieu du bureau, tout lui revenait.

Arnaud devait avoir six ou sept ans. Il était en train de s'amuser dans le jardin avec Bormann, le chien de ses grands-parents. Il lui lançait son os le plus loin possible pour qu'il puisse se cacher jusqu'à ce que le chien le retrouve. Au troisième essai, Arnaud était allé se planquer derrière le canapé du salon. Accroupi entre le mur et le divan, il avait attendu sans faire de bruit, essayant de respirer le moins possible. Les oreilles collées à la paroi en plâtre, il avait entendu des gens parler à son grand-père de l'autre côté. À l'époque, il n'avait pas fait attention à la langue utilisée, mais à présent, il se souvenait parfaitement de ces tournures ultra reconnaissables et de ces phrases et intonations qui claquaient comme un fouet. La question qu'Arnaud se posait aujourd'hui, c'était : pourquoi et avec qui son grand-père parlait allemand ?

Le bruit de la vaisselle qui s'entrechoquait sortit Arnaud de sa réminiscence. Son père s'activait, il devait lui aussi s'y mettre. Mais par où commencer ? Il y avait des affaires partout. Des livres traînaient en équilibre du sol au plafond, des papiers jaunis par le temps se trouvaient punaisés à un panneau de liège. Des dizaines de tableaux reposaient, sans aucune protection, contre le mur. Que faire de tout ça ? Devait-il les conserver ? Les vendre ? Les offrir ? Les détruire ?

Après un court moment à s'interroger, Arnaud remonta ses manches et commença à mettre de côté tous les objets qu'il voulait garder en souvenir. Ensuite, il jeta toutes les affaires insignifiantes dans des sacs-poubelle et classa une multitude de photos qui se trouvaient dans un carton posé derrière la porte. Arnaud attrapa un tas de tirages en noir et blanc de format 13×18 attachés par un élastique. Il fit claquer le caoutchouc et entama le visionnage de ces clichés venus d'une autre époque. Les images vieillies par le temps représentaient Edwige, sa grand-mère. Sur l'une d'elles, elle était allongée sur un transat au fond du jardin, absorbée par la lecture d'un roman. Sur certaines, elle faisait du jardinage et sur d'autres, elle riait de bon cœur entourée de ses amis. Arnaud visionna machinalement les photographies sans trop se focaliser dessus. Dans le stock, il reconnut son père âgé de trois ans qui jouait sur l'herbe. Sur la suivante, il distingua Simon qui fumait un cigare, confortablement assis dans un fauteuil en rotin. Son grand-père était entouré de plusieurs personnes qui riaient à gorge déployée. Il tourna les photos une par une comme un diaporama manuel, puis déposa sur le bureau en chêne les clichés déjà parcourus.

Arnaud s'arrêta d'un coup. Son intuition venait d'émettre une petite alarme dans son cerveau. Un truc du style : « Fais gaffe, Arnaud, tu viens de passer à côté de quelque chose d'important... » Il aimait beaucoup cette sensation, elle était toujours de bon conseil. Il récupéra la photo qu'il avait posée sur le bureau. Il se pencha dessus et regarda attentivement l'épreuve argentique.

BIM.

Il reconnut l'homme qui parlait à Simon autour d'un barbecue. C'était, sans le moindre doute possible, l'un des vieillards croisés hier à l'enterrement. Bien entendu, il était beaucoup plus jeune, mais c'était assurément lui. Dans un réflexe et avec un sourire de satisfaction, Arnaud glissa la photo au fond de la poche arrière de son jean.

Au même moment, son père vint l'inviter à déjeuner dans le jardin sur une jolie table qu'il venait de dresser. Le soleil était agréable pour un mois de février. Il fallait en profiter… Surtout pour ces derniers moments dans cette maison qui avait vu grandir les deux Shimansky.

Les deux hommes passèrent leur pause de midi à se souvenir des plus beaux jours vécus dans ce havre de paix. Maxime raconta à son fils la fois où il avait découvert son cadeau d'anniversaire pour ses six ans. Une balançoire au fond du jardin. Le bonheur que cela avait été de pouvoir jouer sur le portique toute une journée. Arnaud rit de bon cœur en imaginant son père faire des allers-retours sur la balancelle.

Le déjeuner passa vite et dans la bonne humeur. Arnaud n'eut pas le courage d'annoncer à son paternel qu'il allait devoir, en début de semaine, rendre sa carte de flic, il ne voulait pas que ce moment soit gâché.

Une fois le gâteau au fromage – préparé par sa mère – dégusté, Arnaud sortit la photo de sa poche. Il posa délicatement le cliché devant son père.

— Tu le reconnais ? demanda-t-il sans arrière-pensée.

Maxime prit la photo du bout des doigts comme un chimiste manipulant du plutonium. Il plissa les yeux, ajusta ses lunettes et la regarda attentivement.

— Il semblerait que cela soit Klein Habsbourg.

— Tu connais son nom ? s'étonna Arnaud.

— Oui, c'était l'ami et l'associé de ton grand-père. Ils se sont rencontrés au…

Il lui était toujours difficile de prononcer le nom qui allait suivre. Il prit une inspiration.

— Au Vélodrome d'Hiver… lors de la rafle. Cela fait une éternité que je ne l'ai pas vu, termina-t-il dans un murmure.

— Il était à l'enterrement de papy, souffla Arnaud.

— T'es sûr ? Je ne crois pas l'avoir reconnu.

Arnaud eut une nouvelle fois le sentiment que son père lui mentait. Mais pourquoi ?

— Admettons que cela soit lui. Il aurait pu venir nous saluer, non ? Qu'en penses-tu ? insista Arnaud.

Maxime souffla de lassitude. Remuer le passé ne lui plaisait aucunement.

— Klein Habsbourg était fâché avec papa… Une malheureuse histoire de commission sur des tableaux vendus à l'étranger. Un truc bête à ce que j'ai compris mais qui a fracassé l'amitié entre les deux hommes sans aucun retour en arrière. Je pense qu'il n'a pas voulu venir me voir. Tu sais la rancune peut être tenace parfois. Même un jour de deuil.

Arnaud connaissait suffisamment son père pour voir clair dans son jeu : Maxime essayait de faire passer ce Klein pour un homme déplaisant et sans intérêt. Arnaud ne se laissa pas avoir.

— Tu sais où je peux le rencontrer ?

Maxime regarda son fils droit dans les yeux.

— Pour quoi ?

— Je ne sais pas. Pour qu'il me parle de grand-père…

Maxime prit un air surpris et légèrement outré qui fit rire Arnaud. Son père jouait bien la comédie, pensa-t-il.

— Qui d'autre que moi est mieux placé pour te parler de lui ? s'offusqua son paternel.

— Des gens qui l'ont connu avant. Pendant la guerre. Savoir comment il était… Je viens de m'apercevoir que je ne connaissais rien de lui. C'est étrange non ?

— Cela ne sert à rien de vouloir remuer le passé et ton grand-père ne le voulait pas… Respectons ça, non ?

— J'aimerais bien savoir d'où je viens…

Pour couper court à cette discussion qui prenait un tournant qu'il n'aimait pas, Maxime se leva.

— On y retourne ?

Arnaud acquiesça avec un goût amer dans la bouche. Son père esquivait, une nouvelle fois, ses questions. Mais pourquoi ? Sans un mot, les deux hommes débarrassèrent avant de recommencer, chacun de leur côté, à ranger la maison.

*

En fin d'après-midi, à l'heure où le soleil s'éclipse lentement pour laisser sa place à la lune et à l'obscurité, Arnaud terminait enfin l'écrémage des affaires de Simon Shimansky. Dans l'encadrement de la porte, Maxime regardait son fiston en bras de chemise en train de nouer les derniers sacs-poubelle.

— Tu as fait du bon boulot mon fils. Bravo !

— Merci papa. Et encore, ce n'est pas terminé.

— On fera ça demain. Je suis fatigué et ta mère m'attend, dit-il en regardant sa montre.

— Je vais un peu rester ici. Voir ce que je peux encore trier. Cela ne te dérange pas ?

— Pas le moins du monde. Il faudra trouver quelqu'un pour débarrasser les meubles.

— Je vais en parler à Billard.

— Il a toujours sa camionnette ?

— Oui. C'est un peu son doudou.

Les deux hommes s'enlacèrent pour se dire au revoir puis Maxime recula doucement.

— Merci, mon fils, dit-il la voix tremblante. (Pour chasser son émotion, il ajouta :) Si jamais tu as le courage de monter dans le grenier, je crois qu'il y a aussi pas mal de choses à jeter. Mon vieil âge ne me le permet plus.

— Je vais le faire dès ce soir, lui promit Arnaud en réprimant un bâillement.

— T'es sûr ? s'inquiéta son père.

— Oui. Il faut battre le fer quand il est encore chaud.

— Bon, j'y vais. Tu connais ta mère… Elle va se tracasser et je vais me faire engueuler, argua Maxime un regardant une nouvelle fois sa montre.

Les deux hommes rigolèrent de concert en s'imaginant Suzanne guetter par la fenêtre, les mains sur les hanches, l'arrivée de son mari. Une fois la dernière accolade achevée, Maxime sortit de la maison sans se retourner. Arnaud ferma la porte et se positionna au milieu du couloir. Il leva la tête, tira sur le levier pour ouvrir la trappe qui donnait accès aux combles, déplia l'échelle et monta lentement au niveau supérieur.

7

Grâce à la lampe à pétrole qui éclairait une partie du grenier, Arnaud commença son inspection. Il ouvrit les placards, les malles de voyage et quelques sacs en toile de jute qui traînaient négligemment sur le sol. Il ne découvrit rien d'intéressant. Mais que cherchait-il vraiment ? Il se demanda tout en fouinant dans ce capharnaüm comment il allait pouvoir descendre les meubles imposants qui se trouvaient au fond. La solution lui vint en un claquement de doigts. Il allait les détruire à coups de masse et les balancer par la trappe. Rien de plus efficace que d'y aller comme un sagouin, se dit-il. Après être allé chercher des outils dans l'atelier de son grand-père, Arnaud remonta sous le toit mansardé et entreprit, avec ardeur, de détruire les chaises, les commodes et les tables. Il mit tout sa rage dans les coups de marteau, comme s'il voulait expier toutes les merdes qui lui étaient tombées dessus depuis des mois.

Arnaud réussit en moins de deux heures à débarrasser le grenier de plus de la moitié des armoires et autres buffets qui dormaient là depuis des années. Fier du résultat, il n'eut aucune envie de s'arrêter en si bon chemin. Il retroussa ses manches pour déplacer avec difficulté un coffre en bronze. En le poussant de toutes ses forces contre le mur, Arnaud songea qu'il allait devoir trouver un professionnel pour l'ouvrir. Ensuite, il donna des coups de masse sur une armoire qui reposait au fin fond du grenier. Les coups de marteau résonnaient dans tout le quartier. Cela devait ennuyer les voisins de ce joli lotissement calme et privilégié, se dit Arnaud, surtout à cette heure tardive, mais il s'en foutait royalement. Arnaud mit toute sa rage dans la destruction de l'énorme meuble en chêne massif sans penser aux riverains.

Après quelques coups bien placés, Arnaud resta paralysé, la masse au-dessus de la tête. Le flic ne pouvait pas arrêter de fixer ce qu'il entrevoyait dans un des trous formés dans le panneau de bois. Il secoua la tête. Il devait mal voir. Ce n'était pas possible autrement. Arnaud se remit à frapper de toutes ses forces, il voulait accéder le plus vite possible à l'arrière de cette penderie. Confirmer ce qu'il entr'apercevait. Il reconnaissait très bien la forme et les couleurs. Le rouge, le blanc et le noir lui brûlaient les yeux. Après plusieurs coups supplémentaires, le fond de l'armoire fut pratiquement accessible et ce que contemplait Arnaud lui tourna la tête. Il arracha de ses mains nues les derniers bouts de bois et attrapa une housse en plastique transparente qui pendait sur un cintre. Il ne comprenait pas ce que cela faisait caché dans le grenier de son grand-père. Mais souhaitait-il vraiment le comprendre ? Délicatement, il ouvrit la fermeture Éclair et en sortit un uniforme des membres de la section d'élite de la *Schutzstaffel.*

Arnaud tenait dans ses mains le funestement célèbre costume noir des SS avec, cousu à la manche gauche, le brassard à la croix gammée. Le flic regardait cet habit venu d'un autre temps. Un temps où l'on tuait des gens pour leur race et leur façon de penser.

Que faisait cet emblème de l'horreur dans cette maison ? Que faisait ce svastika, synonyme de la barbarie et de millions de morts dans cette demeure qu'il connaissait depuis son enfance ? Ces questions n'arrêtaient pas de faire des ricochets dans son cerveau. Ses jambes flageolèrent tandis que sa tête tourna dangereusement. Pour reprendre ses esprits, il s'assit un instant à même le sol. Arnaud serrait toujours l'uniforme SS dans ses bras. Il n'arrivait pas à comprendre pourquoi cette relique du diable se trouvait là. Que devait-il faire ? Que devait-il penser ? Il ne savait absolument pas comment réagir.

Arnaud avait mal. Il avait mal de tous les côtés. Il avait mal aux bras d'avoir fracassé les meubles. Il avait mal à la tête car il ne voyait pas comment expliquer la présence de cet uniforme noir et de cette *Hakenkreuz* dans les affaires de sa famille. Comment réagir à tout cela ? En parler à son père ? Détruire ce maudit uniforme des *Schutzstaffel* ? Toutes ces questions se répétaient dans sa tête comme un disque rayé.

Arnaud se leva dans la douleur et prit appui sur le coffre-fort qui se trouvait derrière lui. Il le regarda avec appréhension. Que pouvait-il encore dénicher dans ce caisson blindé ? La fatigue le saisit d'un coup. Il se sentit fragile sur ses pieds. Il désirait se reposer, s'allonger pour faire le vide. Lentement, il prit l'uniforme SS et descendit l'échelle tremblante. Avant de s'effondrer dans le canapé, il téléphona à la seule personne qui pouvait l'aider.

8

— Tu crois que tu peux l'ouvrir en combien de temps ?

— J'en sais rien. C'est du beau matériel. Un coffre-fort Burg-Wächter, fabrication allemande. On n'en fait plus des comme ça.

— Tu t'es toujours vanté d'être le meilleur perceur de coffre de toute la région parisienne. Maintenant, faut que tu me le prouves, lâcha Arnaud, ironique.

Bertrand, le cambrioleur repenti, haussa les sourcils. Sa réputation était en jeu.

— Écoute, si tu me laisses, je ne sais pas moi, disons deux heures. Je crois que ça devrait le faire.

— OK. Je vais me boire un café en attendant.

Vingt minutes plus tard, Arnaud attendait, assis devant une tasse fumante. Le serrurier avait décroché à la première sonnerie et était arrivé en moins d'une heure. Juste le temps pour Arnaud de récupérer un minimum. Arnaud gratta sa barbe. Sa longueur lui signalait qu'il n'avait pas eu une minute à lui depuis l'enterrement de son grand-père. Une vraie vie de merde, médita-t-il en fixant son café.

Qu'est-ce qui allait encore lui tomber dessus ? se demanda-t-il fataliste.

Au-dessus de sa tête, Bertrand jouait maintenant de la perceuse. Arnaud espérait vraiment obtenir des réponses. La présence de cet uniforme devait avoir une explication rationnelle. La solution se trouvait-elle dans ce coffre ? Le flic ne savait plus quoi penser.

La voix du serrurier résonna dans la maison :

— C'est ouvert ! Avec le temps la serrure était moins solide. Tu montes ou je descends ? demanda Bertrand par la trappe d'accès.

— J'arrive ! cria Arnaud.

Il écrasa sa quatrième cigarette dans un cendrier déjà bien rempli.

— Et tu touches à rien, ajouta-t-il sèchement.

— T'inquiètes ! Je te laisse le privilège d'actionner la poignée.

Arnaud grimpa dans le grenier avec un mauvais pressentiment.

Bertrand l'attendait le sourire aux lèvres. Il était fier comme un pinson d'être venu à bout de cette merveille allemande en vingt-trois minutes chrono.

— Tu vois ? Je t'avais dit que j'étais le meilleur !

Arnaud sortit les deux billets de 100 euros promis au serrurier.

— Tu peux t'en aller maintenant. Je préfère rester seul pour découvrir l'intérieur.

— Pas de souci, mec.

Bertrand prit l'argent, lui serra la main et descendit l'échelle. Le bruit du moteur de la voiture signala à Arnaud le départ du perceur de coffre.

Dans le silence pesant du grenier, il tira la poignée. La porte blindée couina comme un canard malade. À l'intérieur reposaient trois carnets en cuir noir qui arboraient un svastika abîmé, l'horreur continuait. Arnaud prit les épais calepins et les ouvrit délicatement. Sur certaines pages, l'encre était effacée, alors que sur d'autres, le récit rédigé d'une petite écriture soignée en pattes de mouches se lisait parfaitement. Arnaud s'appuya sur le coffre. À la lueur de l'unique source lumineuse qui éclairait le grenier, le flic commença sa lecture avec une concentration extrême. Cela faisait des années qu'il n'avait pas pratiqué l'allemand. En tournant la première page, il remercia ses parents de l'avoir poussé à étudier le verbe de Goethe en LV1.

9

Berlin n'est plus le Berlin que j'ai aimé. Berlin n'est plus le Berlin conquérant. Les bombardements ont complètement rasé cette ville que j'aimerai toute ma vie et au plus profond de mon âme. La poussière colle aux vêtements comme la peste. Je ne peux plus rester ici. Il faut que je trouve un moyen de partir. L'important, c'est que mon plan a fonctionné. À l'heure qu'il est, je suis certain qu'IL est sain et sauf et, surtout, loin de cette ville fantôme. Heureusement pour lui. Heureusement pour nous.

Je ne sais pas pourquoi je couche ces mots sur le papier. Je ne pourrai pas garder mes carnets. Trop dangereux. Alors à quoi bon écrire mes pensées ? Peut-être pour ne pas devenir fou, car je peux le devenir si je reste ici, sous terre, à attendre que les Russes viennent me chercher. Il faut que je disparaisse. Je n'en peux plus d'être caché, d'être terré comme un rat.

Je suis satisfait pour la première fois depuis des jours. Je viens d'apprendre qu'il est à bord d'un U-530 et qu'il se porte bien. Le forcer à partir était la meilleure chose à faire. Vive l'Allemagne. Le voyage sera long, *mais une fois là-bas, il sera en sécurité. J'ai tout fait pour ça. Plusieurs mois d'organisation et de tractations secrètes. Je n'espère qu'une chose : le revoir.*

Pour sauver ma peau, je vais devoir disparaître et renaître. Comme un phœnix. Je reviendrai plus puissant et plus conquérant qu'avant. Je suis jeune et j'ai toujours cette force en moi. Je vais cacher mes carnets et les récupérerai quand tout cela sera calmé. Il faut que j'y arrive. J'ai un plan. Il fonctionnera. Mes plans fonctionnent toujours.

Il est arrivé là-bas. Il a été bien accueilli, il paraît qu'il est heureux et qu'il est bien entouré. Au point d'avoir l'impression d'être encore en Allemagne. Le pacte du silence est en action… Nous serons plusieurs à entretenir la flamme.

10

Dans l'assiette, les tartines de pain grillé répandaient une odeur qu'Arnaud n'avait pas sentie depuis des années. Assis à la table de la cuisine, il dégustait ce café au lait que sa maman faisait avec talent. Les souvenirs lui remontaient aussi rapidement qu'un lézard sur un mur de pierre. Il se revoyait adolescent en train de prendre le petit déjeuner en lisant une bande dessinée… Que c'était loin ces moments insouciants, souffla-t-il. Il se demanda, tout en croquant dans sa tartine beurrée, comment il allait pouvoir lancer la conversation avec son père.

Arnaud était arrivé chez ses parents trente minutes plus tôt. Après avoir lu les carnets, il s'était réfugié dans le salon. Couché sur le sofa, il s'était posé des centaines de questions. Les carnets n'avaient pas répondu à l'initiale – pourquoi un uniforme nazi était-il caché dans le grenier et à qui diable appartenait-il ? –, pire, leur lecture les avait multipliées : pourquoi avaient-ils une croix gammée ciselée sur leurs reliures en cuir ? Qui avait rédigé ce qu'il venait de lire ? Était-il possible que ce soit son grand-père ? Impossible pour ce rescapé des camps. Mais alors qui ? Et pourquoi étaient-ils enfermés dans ce coffre, à proximité de cet uniforme ? C'était incompréhensible. Un putain de costume nazi sommeillait tranquillement au-dessus de la tête de son grand-père. Depuis combien de temps ? Et puis... Quelle raison avait poussé Simon Shimansky à le planquer au fond d'une armoire ? Il y avait une logique à tout cela, c'était certain. Mais laquelle ?

Toutes ces questions lui avaient brûlé la cervelle toute la nuit. Couché dans le canapé de son grand-père, Arnaud s'était endormi avec une dernière pensée : il fallait qu'il parle à son père une bonne fois pour toutes.

*

Deux heures plus tard, il s'était réveillé en sursaut dans la maison de Marnes-la-Coquette. Sans réfléchir, il s'était levé d'un bond et avait sauté dans sa voiture. Il se trouvait maintenant dans la cuisine avec sa mère qui lui préparait son petit déjeuner comme elle l'avait fait pendant des années. Le grincement de l'escalier annonça à Arnaud que son père descendait. Il planqua sa main qui tremblait sous la table. Ce n'était définitivement pas le moment de craquer.

— Eh ben, ça fait des années qu'on ne t'a pas vu si tôt, lança Maxime en entrant dans la pièce. Viens là que je t'embrasse.

Arnaud tendit ses joues. Des parfums de sa jeunesse lui revenaient aussi vite qu'un lévrier coursant un lapin d'argile. Les gestes quotidiens de ses parents, l'attitude de sa mère et surtout les manies de son père. Comme le prévoyait Arnaud, Maxime sortit sa tasse du placard et se versa du café. Une fois les deux sucres plongés dans le breuvage noir, son père prit place devant lui, sur sa chaise habituelle. Rien n'avait changé. Il touilla même quatre fois son café avant de parler.

— Qu'est-ce qui t'amène de si bonne heure ?

Arnaud leva un sourcil.

— Je ne peux pas passer vous dire bonjour quand j'en ai envie ?

Maxime esquissa un sourire narquois en étalant du beurre sur une tartine de pain de campagne.

— Je te connais trop bien, mon chéri. Tu as un truc à me dire, rétorqua son père en refermant le beurrier.

Pour gagner quelques précieuses secondes, Arnaud croqua dans son pain grillé. Un ange passa dans la cuisine. Son père avait tout de suite compris qu'il y avait un truc qui clochait. Mais aucun des deux ne voulait ouvrir les hostilités. Après avoir avalé sa tartine, Arnaud se jeta à l'eau :

— Comme tu le sais, j'ai fait du ménage chez papy. J'y suis resté toute la nuit… Je n'arrivais pas à dormir.

Maxime marqua une pause et but une gorgée de café qui lui brûla l'œsophage.

— Et ? s'impatienta son père en grimaçant.

À la dernière seconde, Arnaud se sentit incapable de mêler son père aux découvertes qu'il avait faites dans le grenier.

— Rien. Enfin si… Les tableaux… dans son bureau… On en fait quoi ?

— Tu peux les garder si tu veux.

— Je pensais plutôt les offrir à son ancien associé. Qu'en penses-tu ?

— Klein ? Mais pourquoi ? Je t'ai dit que ton grand-père était fâché avec lui depuis des années, s'agaça son père. Tu ne m'écoutes vraiment pas.

Maxime regarda son fils dans les yeux et souffla de consternation.

— Pourquoi tu réagis comme ça ? Qu'est-ce que tu me caches ? lui demanda Arnaud avec exaspération.

— Mais rien ! Tu me fatigues avec tes questions, je voudrais prendre mon petit déjeuner tranquille. Alors si tu es venu pour m'emmerder, tu peux repartir.

Arnaud ne voulait pas lâcher, pas ce matin. Il voulait des réponses.

— Pourquoi tu ne veux pas enterrer la hache de guerre avec Klein ? Qu'est-ce qui s'est passé pour que tu éludes autant mes questions ?

— Tu veux vraiment remuer le passé ? C'est de ça que tu as besoin, Arnaud ?

— Peut-être. J'ai besoin de comprendre pour me comprendre.

— T'es devenu philosophe ? s'esclaffa Maxime.

— Et toi, t'es toujours aussi con ? balança son fils sans réfléchir.

Arnaud venait de franchir la ligne jaune. Le manque de sommeil, le stress d'avoir perdu son boulot et sa découverte dans le grenier venaient, tout naturellement, de le faire vriller. Il n'eut pas le temps d'esquisser l'ombre d'une excuse qu'une gifle lui explosa la joue droite. Malgré son âge, son père n'avait pas perdu ses réflexes. Arnaud se leva et tituba vers la porte. Il fallait qu'il s'en aille. Suzanne regardait par la fenêtre, les larmes aux yeux, son fils partir. Elle se retourna doucement vers son mari.

— Chérie, ne dis rien. Surtout, ne dis rien, demanda Maxime qui sentait le regard embué de tristesse de sa femme se poser sur lui.

11

La grille de la galerie finissait de couiner quand Arnaud surgit. Il s'efforça d'afficher son plus beau sourire pour qu'une fois le rideau de fer complètement ouvert, il puisse pousser la porte et entrer comme un client lambda. Arnaud fut accueilli par une jeune demoiselle très souriante mais surprise de voir un visiteur si tôt dans la matinée.

— Puis-je vous aider ? demanda-t-elle.

— Effectivement. Je cherche monsieur Habsbourg, dit Arnaud très simplement.

La jeune fille fit un mouvement de poignet pour regarder sa montre.

— Il ne devrait pas tarder. Il arrive à 9 heures précises tous les jours.

— Puis-je l'attendre ?

— Bien entendu.

Arnaud remercia la jeune femme et fit le tour de la galerie tout en ressassant ce qu'il venait de se passer plus tôt chez ses parents. Comment avait-il pu parler comme ça à son père ? Il le regrettait déjà. Mais il allait falloir prendre des pincettes pour s'excuser. Son père pouvait être une sacrée tête de mule quand il s'y mettait. Malgré la gifle qui lui brûlait encore la joue, l'idée de parler à l'associé de son grand-père avait fait son chemin dans les limbes de son cerveau.

Arnaud s'était réfugié dans sa voiture juste après s'être enfui du domicile parental. Une fois sa colère disparue, il s'était mis à chercher sur le Net l'adresse de la galerie. Vingt-sept minutes plus tard, il s'était garé devant sans avoir aucun plan d'attaque.

Était-ce vraiment une bonne idée de parler à Klein ? Il était trop tard pour y penser. Arnaud slalomait déjà entre les tableaux qu'il considérait comme jolis, voire sympathiques. Il ne connaissait rien à la peinture et cet art ne le touchait absolument pas. Un comble pour un petit-fils de galeriste, songea-t-il amusé en se penchant vers une toile pour deviner la signature qui ressemblait beaucoup plus à un hiéroglyphe qu'à un paraphe. Plongé dans le déchiffrage du nom du peintre, Arnaud ne perçut nullement les pas qui résonnaient derrière lui.

— Monsieur ?

Arnaud eut un mouvement de recul qui lui fit perdre l'équilibre.

— Paraîtrait-il que vous m'attendiez ?

Pour ne pas tomber à la renverse, Arnaud se rattrapa, dans un réflexe, à la veste de son interlocuteur. Une fois stabilisé, le flic s'excusa en réajustant approximativement le blazer de l'homme face à lui.

— Je suis confus. Je ne vous ai pas entendu arriver.

L'homme regarda Arnaud d'un regard aussi bleu et perçant que celui d'un loup.

— Ce n'est rien. Vous vouliez ?

Arnaud n'aima pas la première impression que lui faisait cet homme.

— Vous n'êtes pas monsieur Habsbourg ?

Le galeriste leva un sourcil.

— Si. Herman Habsbourg !

Arnaud comprit tout de suite son erreur. Il se mit à rire.

— J'ai dit quelque chose d'amusant ? demanda froidement Herman.

— Non. Pardon. Je recherche votre père.

Le jeune homme releva une nouvelle fois son sourcil droit.

— Mon père ?

— Oui.

— Il est mort. Il y a treize ans.

Herman regarda Arnaud dans les yeux. Son regard froid et impénétrable lui fit un drôle d'effet.

— Vous êtes venu pour quoi au juste ?

— Je voulais rencontrer Klein Habsbourg.

— Mon grand-père ? Et vous lui voulez quoi ?

Arnaud esquissa un léger sourire.

— Je suis bête, bien sûr que c'est votre grand-père… Je voulais simplement lui parler.

— À quel sujet ? s'agaça le galeriste.

Arnaud hésita quelques secondes avant de répondre.

— Au sujet du mien, de mon grand-père. Simon Shimansky. À ce que je sais, à une époque, ils étaient très proches.

— Je n'en sais strictement rien… Mais ne vous inquiétez pas, je le lui ferai savoir. (D'un geste fortement ostentatoire, Herman regarda sa montre.) Je suis désolé, j'ai un rendez-vous important. (Le galeriste fit un geste en direction de l'entrée.) Je ne vous raccompagne pas ?

— Si ! Enfin non… Mais… Quand puis-je le voir ? insista Arnaud.

— Vous pouvez laisser vos coordonnées à Charlotte. On vous recontactera le plus rapidement possible.

Herman monta l'escalier en colimaçon tellement rapidement qu'Arnaud n'eut le temps ni de lui dire au revoir ni de lui dire merde. En quelques secondes, il se trouva seul au milieu des tableaux. Herman l'avait expédié comme un emmerdeur. Avant de sortir de la galerie, il laissa son téléphone à la charmante Charlotte en lui demandant de bien faire passer ses coordonnées à Klein Habsbourg. Elle lui promit, de sa voix professionnelle d'hôtesse d'accueil, de faire le nécessaire, ce qu'Arnaud, avec l'expérience, ne croyait absolument pas. Une fois seul sur le trottoir, il se trouva complètement déboussolé.

*

Au même moment, Klein Habsbourg referma le rideau de la fenêtre qui se situait au-dessus de la galerie. Le vieil homme se retourna quand la porte de son bureau s'ouvrit.

— Qu'est-ce qu'il voulait ? demanda-t-il à son petit-fils qui venait de faire son apparition.

— Te voir.

— Tu sais pourquoi ? s'inquiéta Klein.

— Pour te parler de son grand-père... Je suppose qu'il veut savoir qui tu es.

Klein secoua la tête de regret.

— Je n'aurais jamais dû me rendre à l'enterrement. C'était une véritable connerie d'y aller.

— Peut-être... mais le mal est fait, répondit Herman fataliste.

— Je vais devoir le rencontrer et lui raconter notre histoire. C'est un flic et les flics aiment renifler la merde. Faut tuer dans l'œuf son envie de mettre son nez partout.

Klein Habsbourg se referma sur lui-même en repensant à toute cette histoire. Son petit-fils sortit du bureau, laissant son grand-père avec tous ses souvenirs qui revenaient à la vitesse d'un Panzer.

12

Arnaud restait assis derrière son volant tout en fixant son téléphone portable. Devait-il appeler son père pour s'excuser et lui dire ce qu'il avait trouvé dans le grenier ? Il n'en savait absolument rien. Il ne cessait de composer le numéro sans appuyer sur la petite icône appel. Cela faisait une demi-heure qu'il s'était réfugié dans son véhicule après sa visite ratée à la galerie.

C'est à ce moment-là que l'appareil vibra. Il décrocha.

— Oui ?

— Je suis Klein Habsbourg.

Après une nanoseconde de surprise, Arnaud se reprit :

— Merci de me rappeler.

— Mon petit-fils m'a dit que vous vouliez me voir ?

— Effectivement, je voulais vous rencontrer. J'ai des questions à vous poser.

— À quel sujet ?

— Mon grand-père… Shimansky… Je crois que vous le connaissiez…

— Oui, c'était mon ami…

— Quand seriez-vous disponible ?

— Aujourd'hui ? Disons, dans une heure ?

— Parfait.

Arnaud connaissait l'adresse que le vieil homme venait de lui dicter. C'était celle de la galerie. En fixant la devanture, Arnaud se demanda si Klein s'y trouvait déjà tout à l'heure.

*

— Voulez-vous un rafraîchissement ?

Arnaud fit non de la tête. Cela faisait cinq minutes qu'il était entré. Charlotte lui avait fait emprunter le petit escalier en colimaçon par lequel Herman s'était sauvé quelques heures plus tôt. Klein l'avait accueilli chaleureusement à la porte de son bureau. Après une poignée de main, le vieil homme l'avait invité à s'asseoir sur le canapé en cuir qui trônait dans la pièce. Klein Habsbourg traversa lentement la pièce et expliqua à Arnaud qu'il avait hésité à lui parler quand Herman lui avait appris sa visite. Fallait-il remuer le passé qu'il avait mis tant de temps à oublier ? s'était-il demandé. Pourtant, après une courte réflexion, il s'était dit qu'il pouvait faire un effort pour le petit-fils de son plus vieil ami. Une fois arrivé à son bureau, Klein s'installa confortablement dans son fauteuil. Arnaud le regarda et ne put s'empêcher de penser à son grand-père.

— Alors ? Que voulez-vous savoir ? questionna simplement Klein.

Arnaud fut pris de court. Il s'était tellement imaginé cette rencontre avec l'homme qui connaissait Simon Shimansky depuis si longtemps. Mais maintenant qu'il était devant lui, toutes ses questions s'étaient volatilisées comme des perdrix un jour de chasse. Il ne voulait plus embêter ce vieillard avec des discussions du passé. Son père avait totalement raison, jugea Arnaud, cela ne servait à rien de pétrir la douleur des gens.

— Je ne sais pas, souffla Arnaud dans un murmure quasi inaudible.

— On est bien avancé alors, rigola le vieil homme.

Arnaud rougit de honte. Klein ajouta :

— Je pensais que c'était urgent ?

Arnaud secoua la tête pour remettre ses idées en place. Il n'avait pas fait tout ça pour rien. Alors, il se racla la gorge et sauta du pont sans parachute :

— Vous me connaissez, n'est-ce pas ?

Sur les lèvres de Klein s'afficha un sourire sincère.

— Évidemment, Arnaud. Et même depuis bien longtemps. Et toi, te souviens-tu de moi ?

Arnaud secoua la tête.

— Sincèrement, je n'en sais rien. Il y avait beaucoup de monde chez mon grand-père quand j'y passais le week-end.

— Simon aimait recevoir ses amis, se remémora Klein.

— Pourquoi n'êtes-vous pas venu nous dire bonjour à l'enterrement ?

— Je ne sais pas... Ça ne te dérange pas que je te tutoie ?

Arnaud secoua la tête.

— Je ne savais pas ce que Simon avait raconté de notre brouille.

— Il ne m'en a jamais parlé, lui apprit Arnaud.

— C'est mieux. Plaie d'argent n'est pas mortelle, comme on dit, mais ça fait des histoires. Avec Simon ç'a été jusqu'à la scission. J'en suis tellement triste, mais c'est le passé. J'aurais aimé lui parler avant son grand départ.

— Et pourquoi parliez-vous allemand ?

Klein éclata de rire.

— C'est quoi cette question ? Tout simplement parce que je suis allemand. Ma famille a fui l'Allemagne nazie à l'arrivée d'Hitler au pouvoir. Nous nous sommes réfugiés en France pour ne pas être persécutés par les SA. (Klein écarta les mains devant lui en signe de désolation.) Malheureusement, avec ce qui s'est passé, je me demande encore si ma famille avait fait le bon choix. (Arnaud ne répondit rien. Il ne voulait pas rajouter une pierre à sa maladresse.) L'allemand est dans mon ADN. Et je parlais avec un ancien client de Simon qui est, comme tu peux le deviner, allemand. Voilà tout.

Arnaud se trémoussa sur son canapé. Que rajouter de plus ? L'explication était nette et précise. Klein prit une longue inspiration. Il comprit qu'Arnaud n'en avait pas terminé.

— Allez, Arnaud. Dis-moi pourquoi tu voulais me voir aujourd'hui. Qu'est-ce qui te turlupine ?

— Je ne sais pas… L'histoire de mon grand-père. Je voudrais mieux connaître son passé. Savoir ce qu'il a vécu et comprendre comment il s'en est sorti. Je veux découvrir sa vie… Et j'ai l'impression que vous pouvez m'y aider.

— Sûrement. J'ai connu ton grand-père dans les moments les plus terribles de nos vies. (Klein Habsbourg prit une longue respiration.) Tu veux que je te raconte ?

— Je veux bien, répondit Arnaud dans un souffle à peine audible, même pour lui.

— Tout a commencé dans cette ville, attaqua le vieil homme avec une souffrance dans la voix.

13

Paris, juillet 1942

Paris n'était plus Paris. Le bruit de bottes de l'armée allemande qui défilait de la rue de Rivoli au pont Alexandre III remplaçait la douce résonance des oiseaux. Paris suffoquait, mais Paris résistait. En 1942, l'armée du IIIe Reich terrifiait toute l'Europe avec ses lois martiales, raciales et antisémites. La majorité des Parisiens marchait tête baissée pour ne pas se faire arrêter et exécuter après un rapide procès arbitraire.

La peur sur le visage des personnes qui portaient une étoile jaune cousue sur le coin de leur chandail ne disparaissait jamais, même enfermées dans leur appartement. Tout pouvait arriver et à n'importe quel moment. En 1942, dans la Ville lumière, les Juifs n'étaient plus les bienvenus et se trouvaient persécutés par la Gestapo aidée de la police française. Paris n'était plus Paris. Et ce n'était qu'un début.

La nuit était chaude en ce milieu du mois de juillet 1942. L'homme couché sur son lit n'arrivait pas à fermer les yeux, il échafaudait un plan pour quitter la capitale. Il ne pouvait plus vivre dans cette ville et surtout assurer la sécurité de sa femme et de ses deux filles. Il fallait qu'il trouve une idée pour rejoindre l'Angleterre ou, encore mieux, les États-Unis. Mais comment allait-il faire ?

Un bruit.

Son cœur s'accéléra. Il sauta hors de son lit et jeta un œil par la fenêtre qui donnait sur le boulevard. Il fut surpris d'apercevoir tant de policiers émerger des camions et se diriger vers l'entrée de son immeuble. Dans le hall, résonnaient déjà des cris, des hurlements, des pleurs et des coups. Il comprit tout de suite ce qu'il se passait. Il fallait faire vite. Il réveilla sa femme et ses enfants et, en quelques secondes, les cacha dans l'armoire, derrière dans le faux fond qu'il avait construit pour CE moment. Il eut à peine le temps de sceller la planche qu'on tambourinait à sa porte.

— Monsieur Shimansky ! Ouvrez ! C'est la police française.

Simon Shimansky s'exécuta et tomba nez à nez avec deux agents.

— Vous êtes seul ? demanda un policier français. (Simon acquiesça de la tête.) Prenez vos bagages, on vous emmène en voyage.

— Pourquoi ? Pour où ?... Qu'est-ce qui se passe ? bégaya Simon.

— Ce n'est pas vous qui posez des questions. Obéissez, s'exaspéra le policier.

Le cœur meurtri, Simon remplit une petite valise en carton de quelques affaires. Il savait que sa vie était terminée. Il espérait seulement que sa famille resterait saine et sauve. Il suivit les deux policiers et monta dans un bus qui l'emmena jusqu'au Vél' d'Hiv...

Ou plutôt jusqu'en enfer.

Paris n'était plus Paris.

14

Klein interrompit son histoire. Les souvenirs ravivaient une flamme qu'il avait éteinte il y a plus de cinquante ans. Il prit une grande inspiration et lâcha d'une traite :

— Simon et moi, nous nous sommes rencontrés au Vélodrome d'Hiver quelques heures après son arrestation. Quelques jours plus tard, nous avons été déportés. Lui et moi ne nous sommes jamais quittés. Même en enfer... Tu te rends compte ? Nous avons réussi à survivre et surtout à en sortir... Un miracle. Malheureusement, pas pour tout le monde.

Klein ferma les yeux et respira lentement. Arnaud retenait sa respiration. Il était en apnée. Il attendait la suite du récit le cœur battant la chamade. Le vieil homme reprit dans un murmure :

— Pendant toutes ces très longues années aux mains de ces barbares, nous avons tenu... Ensemble. Moi, je voulais mourir. Je savais que toute ma famille avait été exterminée alors que nous avions fui l'Allemagne pour la douce France.

Klein fit une pause. Son regard bleu et glacial se perdit loin, très loin.

— Je voulais en finir. Mais ton grand-père m'a aidé à surmonter toute cette atrocité. Lui, il voulait rester vivant pour retrouver sa famille. Cet objectif lui a permis de tenir sur les rives du Styx. Et moi, c'est Simon Shimansky qui m'a protégé de mes démons. Voilà.

Malgré la douleur que ces souvenirs semblaient faire remonter à la surface, Klein poursuivit :

— À la fin, quand les Russes sont venus nous libérer, Simon n'avait qu'une idée en tête, retrouver sa « petite tribu », comme il aimait l'appeler. Moi, je n'avais personne. Je suis resté pour accompagner les autres à revenir petit à petit à la vie. J'ai perdu de vue ton grand-père. Après être resté plusieurs mois en Pologne pour soutenir les rescapés, je suis rentré à Paris et j'ai ouvert ma galerie. Pas tout de suite bien sûr, j'ai dû me reconstruire. Puis un jour, ton grand-père a poussé la porte pour acheter un tableau, comme ça, par hasard, comme si le destin ne voulait pas nous séparer. Nous étions à nouveau ensemble. Nous étions libres et vivants. Nous ne nous sommes plus jamais quittés.

Arnaud connaissait l'existence de la première femme de son grand-père, mais n'avait jamais su comment ils avaient été séparés. Délicatement, il posa la question qui lui brûlait les lèvres :

— Et sa famille ?

Klein secoua la tête dans un petit mouvement de peine.

— Il n'a jamais retrouvé sa femme et ses deux filles.

Le temps s'était arrêté dans le bureau. Ni Klein ni Arnaud ne voulaient briser ce silence glacial qui faisait du bien aux deux hommes. Ils se regardèrent sans dire un mot. Une poignée de minutes plus tard, Klein ouvrit la bouche.

— Tu sais tout… Ou presque. Je ne sais pas quoi te dire de plus. C'est bien de connaître le passé de ses anciens. Mais ne gâche pas ta vie avec de vieilles histoires aussi douloureuses que celles-ci. Tu es dans la force de l'âge, profite au lieu de remuer les morts.

Klein se leva difficilement de son fauteuil et, à l'aide de sa canne, accompagna le flic jusqu'à la porte de son bureau.

— Si jamais tu ne sais pas quoi faire des tableaux de Simon, je peux te les racheter.

— J'y pensais justement, lui apprit Arnaud.

— Mon petit-fils peut venir expertiser tout ça chez Shimansky, ce sera plus simple pour tout le monde. Qu'en dis-tu ?

— Faut aussi avoir l'autorisation de mon père… Je vais lui en parler, lui promit Arnaud.

— Tiens-nous au courant. En tous les cas, ça m'a fait plaisir de te revoir…

Les deux hommes se serrèrent les mains. Arnaud descendit les escaliers tranquillement. Quand il poussa la porte cochère de l'immeuble mitoyen à la galerie, son téléphone se mit à vibrer dans sa poche de blouson. Il jeta un œil au SMS que sa mère venait de lui envoyer.

TON PÈRE VIENT DE FAIRE UNE CRISE CARDIAQUE !!!!

15

L'odeur d'éther remplissait les narines comme l'iode sur une plage de la côte atlantique à marée basse. Les couloirs ressemblaient à tous les couloirs d'hôpitaux, blancs, froids et silencieux. Après avoir reçu le texto de sa mère, Arnaud l'avait appelée en montant dans sa voiture. Grâce à son gyrophare, il avait traversé Paris en dix-neuf minutes pour rejoindre l'hôpital Bichat. Pour ne pas perdre de temps, Arnaud avait garé son véhicule dans le parking réservé aux ambulances de l'APHP. Puis il s'était coltiné, aux pas de course, les trois étages en soufflant comme un bœuf. Il avait ouvert la porte de la chambre de son père en suant comme un tennisman après trois sets en plein soleil. Quant à Maxime Shimansky, il patientait, couché sur un lit inconfortable, attendant que le médecin passe faire sa visite. Son paternel l'avait accueilli avec un sourire sincère aux lèvres.

— Tu en as mis du temps, plaisanta-t-il en se redressant contre son oreiller.

Arnaud fut soulagé de voir son père en forme. Il l'embrassa comme si de rien n'était.

— Je suis désolé papa, lui dit-il dans un chuchotement.

— Je sais. Moi aussi. (Maxime prit la main de son fils.) On peut oublier ce qui s'est passé ?

Arnaud fit oui de la tête. Il fut apaisé de s'être débarrassé de ce poids.

— Maman n'est pas là ? s'étonna-t-il.

— Elle est allée m'acheter des journaux. Tu la connais. Elle a peur que je m'ennuie.

Arnaud regarda son père les larmes aux yeux. Il venait de comprendre qu'il pouvait le perdre d'un instant à l'autre. Sans prévoir, sans pouvoir lui dire au revoir une dernière fois et surtout sans lui dire qu'il l'aimait.

— Que s'est-il passé ? Tu vas bien ? Tu as mal ? demanda-t-il légèrement angoissé.

— Ça va pas mal. Plus aucune douleur. J'ai fait une légère crise cardiaque… Tu te rends compte ?

— Faut te reposer…

Les deux hommes restèrent sans se parler. Ils se regardèrent dans le blanc des yeux, comme si les mots devenaient inutiles entre eux. Arnaud prit une chaise. Une fois assis à côté de son père, il reposa délicatement sa main sur la sienne.

— Je viens de rencontrer Klein.

— Ha.

Arnaud poursuivit d'une voix douce :

— Il m'a raconté sa rencontre avec grand-père. Et comment papy avait perdu tragiquement sa première famille. Je n'avais jamais eu conscience du malheur qu'il avait vécu. Je pense que j'étais trop jeune à l'époque pour tout comprendre.

Arnaud avait des nœuds dans le ventre en repensant à ses ancêtres morts dans les camps d'extermination.

— Je crois que les grands esprits se rencontrent, annonça Maxime en attrapant une enveloppe posée sur sa table de nuit de fortune.

— Comment ça ?

— J'ai fouillé dans mes affaires ce matin. J'ai retrouvé ça… (Maxime lui donna l'enveloppe.) Je pense que mon malaise vient de là. Je n'ai pas voulu la lâcher quand l'ambulance m'a emmené. Je voulais la garder…

Arnaud ouvrit la petite enveloppe avec délicatesse. Il en sortit une photo en noir et blanc.

— Tu vois les deux filles sur le manège de chevaux de bois ?

Arnaud scruta l'image avec minutie. Deux jolies petites filles jouaient, le sourire aux lèvres, sur un manège au milieu du jardin du Luxembourg. L'insouciance de la jeunesse se reflétait dans les iris de ces deux magnifiques gamines.

— C'est qui ?

— Mes demi-sœurs. Que je n'ai jamais connues.

Arnaud se rendit réellement compte avec cette image du passé qu'une partie de sa famille avait été gazée dans les camps d'extermination. Il scruta la photo avec la sensation d'avoir pris un crochet de Mike Tyson en pleine tête.

16

Il semblerait qu'avec l'arrivée du nouveau ministre de l'Intérieur place Beauvau un changement radical va être effectué au plus haut niveau de la police judiciaire. Il se pourrait que plusieurs têtes tombent dans les prochaines heures. En off, *le ministre précise qu'il ne fait pas cela par plaisir mais par devoir. Qu'il aime bousculer les choses et qu'il assume toujours ce qu'il fait. Il promet aussi vouloir renouer le lien entre le gouvernement, les forces de l'ordre et les Français...*

Arnaud coupa l'autoradio dans un geste d'agacement. Il n'en pouvait plus de ces journalistes qui parlaient sans nécessairement savoir ce qu'il se passait dans les locaux de la police judiciaire. Pour Arnaud, les reporters rajoutaient avec leurs soi-disant scoops une cuillère de méfiance entre la population française et leurs forces de l'ordre. Un jour ou l'autre cela finira mal, se dit-il en actionnant son clignotant.

Arnaud avait quitté son père après la visite du médecin. Le professeur avait été rassurant. Maxime avait souffert d'une légère anomalie du rythme cardiaque. Les symptômes de l'extrasystole peuvent ressembler à un infarctus, mais en beaucoup moins dangereux, avait réconforté l'homme en blouse blanche. Une fois son diagnostic révélé, il avait autorisé Maxime à sortir dans les quarante-huit heures. Après avoir été rassuré, Arnaud avait embrassé sa mère et était parti récupérer sa voiture.

Cela faisait maintenant dix minutes qu'il roulait au pas dans les rues de Paris. Seul dans son véhicule, il repensa à tout ce que lui avaient révélé Klein et son père. Simon Shimansky avait été un survivant du camp d'extermination d'Auschwitz-Birkenau. Il comprit mieux pourquoi son grand-père ne voulait pas en parler. C'était trop douloureux pour lui. Son père lui avait aussi raconté qu'après la guerre, Simon avait passé des mois à l'hôtel Lutetia. Le point de rendez-vous pour tous les revenants des camps de concentration qui espéraient retrouver un membre de leur famille. Mais ce fut un échec terrible pour Simon. Il ne retrouva ni ses filles ni sa femme. Personne n'était réapparu de l'enfer. Il les avait cherchées partout sans découvrir le moindre indice. Alors, après un an d'attente et de déception, Simon avait décidé de ne plus jamais repenser à cette nuit de 1942. Il avait recommencé à vivre et à travailler dans une galerie près du palais du Louvre. Petit à petit, Simon était devenu un galeriste réputé. Quelques mois plus tard, il avait épousé la jolie jeune femme qui l'avait accueilli à son retour de Pologne. Cela avait été difficile pour Simon de tomber amoureux, mais il fallait qu'il avance. Il n'avait plus eu envie de regarder en arrière. Il devait progresser dans sa nouvelle vie. Cette histoire concordait avec celle que lui avait racontée Klein. Si son grand-père avait tout fait pour occulter les horreurs qu'il avait subies, pourquoi avait-il caché un uniforme SS dans son grenier ? L'avait-il gardé pour ne jamais oublier les atrocités de cette guerre ? L'avait-il récupéré sur un officier ? Un officier que Simon Shimansky avait tué ?

Arnaud sentait qu'il lui manquait encore des éléments. Rien n'était clair et cohérent.

Cela faisait une petite demi-heure qu'Arnaud roulait dans Paris absorbé par ses pensées. Quand il émergea doucement de cette brume mentale, il se trouvait, comme toujours, coincé dans les embouteillages. Mais il se rendit compte qu'il était au niveau du musée Carnavalet. Que faisait-il ici ? Il n'en savait absolument rien. Il avait roulé au gré de ses envies, suivant les voitures devant lui. De l'autre côté de la Seine, le 36 lui tendait les bras. Il allait en avoir, pronostiqua-t-il, pour une petite dizaine de minutes pour rejoindre son bureau.

Une fois le bouchon dépassé, il tourna à gauche pour remonter la rue Saint-Antoine. Au loin, il discerna un camion poubelle qui bloquait le passage. Sans réfléchir, il mit son clignotant et s'engouffra dans la rue Geoffroy-L'Asnier pour récupérer le quai de l'Hôtel de Ville. En arrivant dans la rue, Arnaud comprit que ce n'était pas le hasard qui l'avait fait passer par ici. En quelques manœuvres, il se gara sur une place réservée aux livraisons et sortit de la voiture pour inspecter d'un peu plus près le bâtiment qui se trouvait de l'autre côté du trottoir. Arnaud s'avança vers le 17 rue Geoffroy-L'Asnier. Après quelques secondes d'hésitation, Arnaud poussa la lourde porte en serrant entre ses mains la photo de sa famille disparue dans les années 1940.

17

— Vous en avez d'autres ? le questionna la jeune femme en face de lui.

— Non, lui répondit-il en secouant la tête timidement.

— Très bien. (Elle prit un léger temps.) Pardonnez-moi d'être un tantinet brutale, mais vous cherchez quoi exactement en venant ici ?

En fait, Arnaud n'en savait rien. Quand il était passé devant le bâtiment, il y avait vu un signe et il était entré. Au Mémorial de la Shoah. Comme un zombie, il avait traversé le hall vers une jolie rousse qui, maintenant, scrutait consciencieusement la photo qu'Arnaud lui avait confiée. Ambre l'avait accueilli à bras ouverts. Elle l'avait accompagné jusqu'à son bureau pour discuter posément.

À présent, plus Arnaud regardait cette jeune femme au long cou, au sourire éclatant et aux yeux pétillants, plus le charme d'Ambre opérait. Il la scruta. Elle portait un pantalon bleu avec des motifs de fleurs jaunes et rouges et sa chemise était assortie à son pantalon. Il se contorsionna pour essayer de voir ses chaussures quand Ambre leva la tête.

— Ce sont donc vos tantes ?

Arnaud acquiesça d'un petit mouvement de tête. Ambre sourit. Arnaud n'était pas le premier à débarquer dans cet endroit avec seulement une photo. Tous espéraient qu'Ambre puisse les aider à trouver un nom, une famille ou plus largement un rescapé des camps de la mort.

— Avez-vous un nom ou une adresse ? lui demanda-t-elle. J'ai besoin d'un minimum d'informations pour commencer une recherche. Vous comprenez ?

— Oui, déglutit difficilement Arnaud. Shimansky. Simon Shimansky.

Arnaud épela son nom de famille.

— C'est le nom de qui ?

— Le mien et celui de mon grand-père. Le papa des deux filles sur la photo.

Après avoir posé délicatement ses lunettes sur son nez, Ambre tapota sur son clavier d'ordinateur. Arnaud l'observa. Cette fille lui plaisait. Il n'y avait aucun doute possible là-dessus. Même si cela faisait dix minutes qu'il la connaissait. Ambre retroussa son petit nez, il y avait quelque chose qui la tracassait. Sans rien dire, elle joua de la souris et du clavier avec ses jolis doigts fins et longs. Mais son expression ne changea pas. Ambre releva la tête et prit le temps de lui expliquer ce qu'il se passait.

— Je… Je ne trouve aucun Shimansky dans la base de données.

— C'est-à-dire ? s'inquiéta Arnaud.

— Que le nom de votre grand-père n'est pas dans la liste des familles arrêtées lors de cet effroyable épisode du Vél' d'Hiv.

— C'est certainement une erreur, non ? tenta-t-il, incertain.

Ambre mit son stylo à la bouche pour réfléchir. Arnaud sentit des perles de sueur jouer au toboggan sur sa colonne vertébrale. Il se demanda si c'était cela qu'on appelait le coup de foudre ? Quinze secondes plus tard, la jeune femme enleva son crayon complètement mâchouillé.

— Possible. Mais ce qui me chagrine, c'est qu'une erreur est difficilement envisageable. Nous avons travaillé des années et des années pour répertorier toutes les personnes raflées, nous avons enquêté, regroupé des témoignages. Cela me semble très peu probable que nous ayons oublié une famille. Vous me saisissez ?

— Oui, oui, mais…

Ambre réajusta ses lunettes.

— Je viens d'avoir une idée. (Elle tapa une nouvelle fois sur son clavier.) Peut-être que l'orthographe est différente sur le listing. Vous me laissez quelques minutes ? Je vais essayer de remplacer les Y par des I.

Arnaud laissa Ambre faire son travail. Que pouvait-il faire de plus ? Cogiter ? Mais à quoi ? Le tap-tap-tap des touches l'hypnotisa. Il ferma les yeux pour réfléchir. Était-il possible que son grand-père ait changé de nom ? Si oui, comment pouvait-il s'appeler avant ? Et comment trouver son ancienne identité ? Quoi qu'il en soit, il n'avait jamais entendu cette histoire. De toute façon, se dit-il, avec ce qu'il avait appris en deux jours, tout était possible avec sa famille. Il fallait aussi qu'il trouve la provenance de l'uniforme SS. Devait-il en parler à Ambre ? Et les carnets ? Qui pouvait l'aider à comprendre ce que c'était ? Qui pouvait l'aider à les déchiffrer ?

Arnaud avait besoin d'aide, c'était certain. Même un flic chevronné ne peut faire cavalier seul. Mais pouvait-il faire confiance à la jolie rousse qui se tenait devant lui ? Il n'en savait fichtrement rien. Quand il ouvrit les yeux, Ambre tapotait toujours sur son clavier. Arnaud se rendit compte en voyant sa moue dubitative qu'il y avait toujours un problème.

— Vous avez la date de naissance de votre grand-père ?

— 18 novembre 1922, exhala Arnaud comme un coureur de marathon passant la ligne d'arrivée.

Ambre leva les sourcils.

— Il avait donc quasi vingt ans lors de son arrestation ? (Arnaud répondit par l'affirmative.) Mais alors, à quel âge a-t-il eu ses deux filles ? (Elle prit la photo posée à côté d'elle.) Elles ont l'air grandes, quand même. Non ?

Arnaud se leva et fit le tour du bureau pour vérifier le cliché.

— Effectivement, je ne m'étais pas posé cette question.

Ambre lui rendit la photo et se leva pour regarder Arnaud dans les yeux.

— Je vous conseille de parler à votre famille, dit-elle calmement.

— Pourquoi ?

— Pour en savoir un peu plus sur cette histoire. (Ambre baissa la voix d'un ton rassurant en voyant Arnaud se décomposer.) Je sais. C'est toujours difficile de se replonger dans ces années abominables. Ce que je peux vous conseiller, c'est de chercher un peu plus d'informations. Des dates d'anniversaire, une date de mariage. Je vous recommande de parler à quelqu'un qui le connaissait avant la guerre… Cela pourrait m'aider à les retrouver.

Arnaud regardait Ambre sans rien dire. Il ne savait pas quoi penser. Une seule chose était sûre : c'était à lui de mener l'enquête.

Ambre, elle, avait tout de suite compris que quelque chose clochait dans l'histoire des Shimansky. Mais elle ne pouvait pas le lui dire, ce n'était absolument pas son rôle. Ambre avait tellement vu d'innombrables secrets depuis qu'elle travaillait au Mémorial qu'elle devait le laisser les découvrir par lui-même. Elle savait que les mystères pouvaient détruire des familles, même des clans apparemment très unis.

18

Les oiseaux qui sifflotaient gaiement dans l'arbre divertirent Arnaud qui, assis dans le bureau de son grand-père, fouillait dans les cartons à la recherche des documents qu'Ambre lui avait conseillé de trouver. Les gazouillis le ramenèrent à tous les merveilleux moments passés dans ce jardin. Il adorait la tranquillité qui y régnait quand il débarquait dans cette maison. Il repensa à la possibilité de jouer aussi souvent qu'il le voulait sur une pelouse moelleuse et aux super bons plats que préparait sa grand-mère. Tout cela était bien loin, songea-t-il tristement. Plus jamais il ne vivrait ces moments insouciants où le plus important était d'échapper aux Indiens imaginaires qui lui couraient après. Sa rêverie fut interrompue par les coups de Klaxon d'une camionnette arrêtée devant le portail. Arnaud se leva avec le sourire pour accueillir Billard.

Après avoir quitté Ambre avec la promesse de revenir la voir avec plus de détails, Arnaud avait téléphoné à Billard pour lui emprunter sa camionnette. Il voulait vider, rapidement, les meubles de la maison. Billard accepta sans réfléchir. Il lui proposa même de la lui apporter jusqu'à Marnes-la-Coquette. C'est mon jour de congé et je m'emmerde comme un rat mort, lui avait-il avoué dans un rire carnassier.

En attendant Billard, Arnaud avait fouillé dans les affaires de Simon. Sans rien trouver. Il avait aussi pris le temps de cacher l'uniforme noir et sa croix gammée dans le grenier. Il lui était impossible de discuter de ça avec son ami. Mais seul, il tournait en boucle. Peut-être pourrait-il en parler à Ambre ? Possible. Elle aurait sûrement une explication rationnelle à la présence de ce costume. Il fallait vraiment qu'il y réfléchisse sereinement. Billard klaxonnait toujours quand Arnaud fit son apparition sur le perron. Il supplia son ami d'arrêter de faire l'imbécile. Le voisinage était très à cheval sur la quiétude du quartier. Billard sortit de la camionnette, fier de sa connerie, attrapa son ami dans ses bras et le serra comme un compacteur de bouteilles en plastique.

— Ça me fait plaisir de te voir, mon poteau.

— Moi aussi, mais on s'est vu hier.

— Je sais… Mais sans toi le 36, c'est pas pareil !

— T'es en repos !

— Tu ne vas pas contredire tout ce que je dis, si ?

Arnaud émit un petit rire. Il aimait ce mec comme un frère.

— Tu peux me lâcher, s'il te plaît, parce que je sens mes os se briser un par un.

Billard l'éjecta comme du pain d'un toaster.

— J'espère qu'il y a des trucs à bouffer dans le frigo de ton grand-pa, j'ai une faim de loup !

— Je crois qu'il reste des conserves dans le cellier.

— À la guerre comme à la guerre.

— Justement. Elles doivent être de la dernière.

— La dernière quoi ?

Arnaud scruta son ami du coin de l'œil.

— Bah la guerre, articula-t-il.

— Je ne comprends rien à ce que tu me racontes.

Billard entra dans la maison à la recherche de nourriture. Arnaud regarda son copain pénétrer dans la demeure en se demandant s'il était vraiment abruti ou s'il le faisait exprès.

*

La maison était vide et la camionnette remplie à ras bord. Les deux hommes avaient passé tout l'après-midi à débarrasser la vieille propriété de quasiment tous ses meubles et de ses vieux souvenirs, il en restait encore quelques-uns, mais malheureusement le camion était gavé comme une oie destinée aux fêtes de Noël. Billard transpirait à grosses gouttes et croquait, assis sur les marches du perron, dans un sandwich au corned-beef qu'il s'était dégoté en fouinant dans l'ancien garde-manger de Simon Shimansky. Arnaud, lui, avait le ventre noué et n'avait aucune envie de manger ; voir la maison de son grand-père vide et sans âme lui retournait l'estomac.

— Arrête de tourner en rond Arnaud, tu me fous le tournevis. (Billard se marra tout seul de sa blague.) Tu ne veux pas croquer dans mon bœuf moutarde mayo ? En même temps, je ne pense pas que la mayo soit comestible. Ni le bœuf d'ailleurs.

Il rigola une nouvelle fois tandis qu'Arnaud déclina d'un signe de tête. Billard reprit une bouchée en lui tendant une canette de bière tiédasse.

— Ouche alors tu vou une bogé de bié ?

— Non plus ! Mais merci quand même.

Billard haussa les épaules en signe de résignation et but une énorme rasade d'Heineken puis recroqua dans son bout de pain. Arnaud profita que son ami ait la bouche pleine pour lui révéler un élément qui le tracassait :

— J'ai rencontré une fille aujourd'hui.

Billard s'étouffa avec son bœuf moutarde mayo. Il toussa quelques secondes avant de crier un « *mazel tov* » tonitruant qui fit rire Arnaud.

— Non, sérieux ? C'est qui ? Elle fait quoi ? Elle est belle ? Tu vas l'épouser ?

Billard se leva d'un bond pour prendre dans ses bras Arnaud qui rigolait toujours à ses conneries.

— Faut que tu me racontes... ça fait longtemps que tu es célib. Cette fois-ci, faut pas que tu gâches tout, hein ?

Arnaud allait riposter quand le téléphone de Billard se mit à hurler dans sa poche. Tout en décrochant, il croqua une énorme bouchée qu'il essaya de mastiquer rapidement avec sa mâchoire hors normes.

— Ouais ? Quoi ? Ah non ! Putain... Mais les gars, je suis en congé...

Billard avala d'une traite. Il n'avait plus la tête d'un mec qui voulait rigoler. Son côté flic bougon reprenait le dessus.

ON-OFF.

— Bon OK ! Ouais, j'arrive le plus vite possible.

Billard raccrocha et rangea nerveusement son téléphone dans le fond de sa poche de pantalon. Il regarda son copain avec une tête complètement soûlée.

— Schneider est malade... Je dois le remplacer, c'est une exigence de Bulldog. Vive le sous-effectif, pesta-t-il.

— Bon bah va bosser, lui conseilla son ami avec un air de chien battu. Je finirai tout seul.

— Heu… je peux te demander un truc ? lui demanda Billard en se balançant sur ses pieds comme un gamin qui avait une question délicate à poser à sa mère.

— Quoi ? s'inquiéta Arnaud.

— Je peux t'emprunter ta bagnole ? Parce que si j'arrive avec la camionnette, on va se foutre de ma gueule pendant dix ans.

Arnaud Shimansky lança ses clés de voiture à son copain qui les récupéra au vol.

— Merci mon canard.

Billard s'engouffra dans l'Audi en plusieurs mouvements disgracieux. Une fois le contact mis, il passa la tête par la fenêtre conducteur.

— Au fait ! Elle s'appelle comment ta dulcinée ?

— Ambre !

— C'est joli… Alors, ne gâche pas tout mon poto ! pria Billard avant de sortir de la propriété en accélérant comme un enragé en laissant derrière lui un nuage de poussière.

Pour continuer sur une si jolie lancée, il joua volontairement du Klaxon en traversant le lotissement calme et privilégié… Juste pour emmerder le voisinage.

19

Les bougies qui crépitaient au milieu de la table étaient peut-être de trop, songea Arnaud en voyant Ambre apparaître à l'entrée du restaurant. Elle s'était changée et, pour le flic, c'était un bon point. Si Ambre avait fait l'effort de repasser chez elle pour enfiler cette belle jupe noire qui lui sculptait la taille et chausser ces jolies chaussures à talons, c'était qu'elle voulait lui plaire. Ce fut donc avec un certain stress qu'Arnaud se leva pour accueillir la jeune femme à sa table.

La fin de journée s'était passée rapidement depuis le départ de Billard. Arnaud avait tourné en rond dans le salon avant de trouver la force et le courage d'appeler Ambre. En composant le numéro du Mémorial de la Shoah, il s'était senti fébrile. Au téléphone, il lui avait expliqué qu'il n'avait rien appris de plus sur son grand-père et en était sincèrement contrarié. Il lui avait avoué vouloir tirer un trait sur l'envie d'en connaître plus sur Simon Shimansky et sa famille. C'était à ce moment précis qu'Ambre lui avait proposé de dîner, tous les deux, le soir même. Le palpitant d'Arnaud s'était mis à battre deux fois plus rapidement qu'à son habitude. Quelle réaction adopter ? Accepter ? Refuser ? Fuir ? Bafouiller ?

Arnaud avait répondu, tout en essayant d'être le plus naturel possible, qu'il en serait ravi. La jeune femme lui avait alors donné une adresse et une heure, puis elle avait raccroché. Arnaud avait eu, comme s'il venait de faire une apnée de plus de seize minutes, du mal à reprendre son souffle.

Sans perdre de temps, Arnaud était, lui aussi, repassé à son appartement pour prendre une douche brûlante et enfiler un jean et un sweat propres. Il avait laissé la camionnette de Billard dans une des rues près de chez lui et s'était précipité vers la bouche de métro la plus proche. Avec plus de dix minutes d'avance, il était arrivé au restaurant.

Ambre se trouvait, maintenant, en face de lui.

— On demande une bouteille de vin ? lui proposa-t-elle.

— Désolé, mais je ne bois pas d'alcool.

— Ha… Ce n'est pas grave, ça ne vous dérange pas si j'en prends quand même ?

— Pas le moins du monde.

Ambre lui sourit en remettant une mèche rousse derrière son oreille gauche.

— On peut se tutoyer aussi, tu ne crois pas ? Ce sera plus agréable et moins protocolaire.

Arnaud accepta tout en étant étonné de la spontanéité de la jeune femme. Ambre héla le serveur en levant le bras, puis commanda un verre de chardonnay et une bouteille d'eau pétillante. Après s'être une nouvelle fois recoiffée, elle prit un air sérieux qui déstabilisa l'homme en face de lui.

— Bon. J'ai beaucoup repensé à l'histoire de ton grand-père et il y a plusieurs trucs qui ne collent pas.

— Comme quoi ?

— Pour commencer, sache que je ne me base que sur les faits. Et crois-moi, je suis bien placée pour mettre le doigt sur ce genre d'anomalies. Depuis que je travaille au

Mémorial, j'ai été amenée à faire des enquêtes poussées sur les disparus de la Seconde Guerre mondiale et plus particulièrement sur les survivants des camps de concentration.

— Et qu'est-ce qui ne colle pas dans le cas de ma famille ?

— Un tas de trucs, Arnaud. Je n'ai rien dit ce matin car tu me semblais un peu perdu. C'est le cas ?

Arnaud fit oui de la tête, laissant en suspens sa réponse. Il venait de comprendre pourquoi Ambre l'avait invité à dîner. Pour parler de sa famille... Évidemment.

Arnaud n'eut pas le temps d'analyser la déception qui commençait à poindre, le serveur arriva pour déposer les boissons et noter la commande. Ambre prit la carte et lut rapidement le menu, sans remarquer qu'Arnaud transpirait à grosses gouttes. Elle commanda un tartare d'avocat à la mangue et une pièce de bœuf bleue avec des frites de patates douces. Arnaud choisit exactement la même chose pour ne pas mettre deux heures à faire son choix. De toute façon, il n'avait plus très faim.

Une fois le serveur éloigné, Ambre but une gorgée de vin blanc en le savourant tranquillement, laissant Arnaud seul avec ses questions. Ambre fit claquer sa langue sur son palais et le regarda intensivement.

— Il y a pas mal de points non concordants dans l'histoire que tu m'as racontée.

— Lesquels ?

— L'âge de ton grand-père et de ses deux enfants sur la photo.

— Tu me l'as déjà dit mais...

— Ton grand-père avait déjà ses filles en 1942 lors de la rafle ? C'est bien cela ? questionna Ambre d'une voix calme et douce.

— Oui. C'est ce que je viens d'apprendre d'un de ses meilleurs amis.

Ambre poursuivit avec précaution :

— Et quel âge avaient-elles à ton avis sur la photo ?

Arnaud ferma les yeux pour se remémorer le cliché en noir et blanc.

— Je ne sais pas... Je dirais entre six et huit ans ?

— Très bien. Gardons six comme hypothèse... Ambre prit un léger temps avant de reposer une question. Ton grand-père avait vingt ans en 1942, c'est ce que tu m'as dit ?

— Exact.

Le flic comprit tout de suite ce que voulait dire Ambre. Il serait devenu père à quatorze ans...

Ambre remit une mèche tombée derrière ses oreilles dans un geste qu'Arnaud trouva extrêmement sensuel. Elle attendait qu'il énonce lui-même la seule conclusion possible mais l'esprit d'Arnaud refusait encore l'évidence.

— Pour notre époque, c'est jeune, c'est sûr... Mais peut-être pas en 1940 ? Non ?

Ambre secoua la tête comme une mère qui réprimande son enfant.

— Même à cette époque, c'était beaucoup trop jeune.

— Jeune mais pas impossible.

— Admettons. Deuxième point, je n'ai absolument pas trouvé la trace, même minime, d'un Shimansky dans la liste des noms que nous avons établie depuis plus de quarante ans. Et je peux te dire que, sur ce point, il nous est impossible de nous tromper. J'ai appelé tous mes collègues étrangers qui, comme moi, sont des spécialistes. Eux non plus n'ont aucune trace d'un ou d'une Shimansky déporté ou mort dans les camps nazis.

Un voile noir se posa dans la salle de restaurant. Arnaud sentit qu'il allait avoir du mal à avaler son tartare d'avocat que le serveur venait de placer sur la table. Il était sonné. Il ne savait pas comment réagir. Est-ce qu'Ambre remettait réellement en cause l'histoire de la rafle de son grand-père en juillet 1942 ? Avait-elle raison d'émettre ces doutes ? Mais pourquoi un mensonge aussi énorme ? Et que voulait dire l'absence de son nom de famille sur les listes des déportés ? Avait-il pu y avoir une erreur ? Y avait-il déjà eu des erreurs comme celle-ci ? Son grand-père avait sûrement changé de nom. Si oui, pourquoi n'en avait-il jamais parlé ? Incontestablement pour ne plus penser au passé. C'était une bonne raison, se réconforta Arnaud… Mais aucun son ne sortit de sa bouche.

Il avait demandé de l'aide et Ambre avait répondu. Ses remarques étaient judicieuses et bien pensées. Comme une lame de guillotine parfaitement huilée qui vous sectionne le cou en un milliardième de seconde sans que vous vous en rendiez compte. Alors, pendant quelques minutes le couple mangea dans un silence quasi ecclésiastique. Une gêne palpable s'était installée. Arnaud posa ses couverts sans avoir réellement touché à son entrée. Il regarda Ambre dans les yeux et lui demanda :

— Comment es-tu arrivée au Mémorial ?

— En taxi.

Ambre rigola de bon cœur à sa blague. Arnaud, qui ne la trouvait pas aussi drôle que cela, essaya de rire. Il n'y arriva pas. Ambre but une gorgée de vin. Une fois son verre posé sur la table, elle reprit :

— Désolée… Quand mon oncle est revenu à Paris après la guerre, il avait six ans. Il ne ressemblait à rien. Il n'avait même plus de peau sur les os… C'était un fantôme, un zombie. Un enfant sans parents, sans passé et complètement déboussolé. Un môme à qui des monstres avaient volé son futur.

Ambre respira profondément avant de poursuivre.

— Maurice, mon oncle, a été adopté quelques mois après par une famille catholique qui avait, elle aussi, perdu plusieurs enfants sur les champs de bataille. Cette famille, c'était la mienne. Et Maurice n'était vraiment pas mon oncle… Mais dans mon cœur, il l'était. Et il le restera toujours. Ma famille a sauvé ce petit bonhomme qui revenait de l'enfer. (Ambre fixa Arnaud avec ses yeux embués de tristesse.) Sa famille a été exterminée totalement. Ses parents, ses deux sœurs, ses deux oncles, sa tante, ses deux cousines, ses trois cousins… C'est inimaginable. (Ambre regarda au loin. Elle se noyait dans les souvenirs douloureux que son oncle Maurice lui avait racontés tellement de fois pour ne jamais effacer l'horreur perpétrée par des hommes.) Petit à petit, il a reconstruit sa vie, sans jamais pouvoir oublier son passé de prisonnier concentrationnaire. Comment peux-tu gommer de ta mémoire une chose aussi atroce que celle-là ? Il avait six ans et il a connu l'horreur. Alors qu'à cet âge, on devrait plutôt découvrir le rire, l'insouciance et surtout sentir l'amour de ses parents. Il n'a rien eu de tout cela. Comment continuer avec un matricule tatoué dans sa chair sur l'avant-bras ? C'est impossible, Arnaud ! Ce numéro est gravé dans la peau comme un stigmate de la terreur exercée. (Ambre prit quelques secondes.) Quand j'ai eu l'âge de comprendre l'histoire de mon oncle et de sa famille, j'ai ressenti le désir de vengeance. L'envie de voir tous ces assassins enfermés jusqu'à la fin de leurs jours. Alors j'ai commencé à faire des recherches, à constituer des dossiers et à traquer ces pourritures de nazis.

Arnaud était subjugué par cette femme. Il la regardait bouche bée. Il ne savait pas quoi dire. Elle avait donné sa vie à une véritable noble cause. Alors que lui, qu'avait-il fait ? Rien. Il n'avait même pas été capable de garder son emploi. C'était un raté. Pourtant, comme un flic qu'il était encore, il lui posa des questions pour l'inviter à continuer son récit :

— Tu as réussi ?

— À quoi ?

— À assouvir ta vengeance.

— Je pense que oui. Enfin, pas tout à fait. Il reste encore des salauds qui se promènent tranquillement sur cette terre sans être inquiétés.

— Il y en a tant que ça ?

— Plus que tu ne l'imagines...

La discussion fut interrompue par le serveur qui débarrassait. Le couple n'avait presque pas touché à l'entrée. Le garçon, en voyant les assiettes à peine entamées, demanda si quelque chose n'allait pas. Ambre et Arnaud répliquèrent en même temps qu'ils n'avaient pas très faim. Il leur proposa quand même de leur apporter la suite. Ambre regarda Arnaud qui répondit oui de la tête. Le serveur s'éclipsa.

— Tu as trouvé des nazis en fuite ?

Ambre sourit.

— Quelques-uns. Et j'en cherche encore.

— Ils doivent être morts ou très vieux. Non ?

— Sûrement, mais ce n'est pas mon problème. Même mort, je veux les retrouver pour qu'ils ne puissent jamais reposer en paix. Je veux que leurs familles connaissent la vérité sur leurs ancêtres. Qu'elles apprennent les atrocités qu'ils ont perpétrées pendant la guerre.

— Et tu crois qu'il y en a encore beaucoup ?

— Tu ne peux pas t'imaginer. Il y a des gens dont les livres d'histoire ne parlent pas et qui sont pires que le diable.

Ambre cessa de parler, le temps de laisser le serveur déposer son assiette devant elle. Arnaud lui servit du vin et hésita à remplir son verre. Il se ravisa. Ce n'était pas du tout le moment pour replonger dans ses addictions.

— Depuis plusieurs années, continua la jeune femme, je suis à la recherche d'un officier SS. Un dénommé Eckbert Kleinardtz, qui ne devait pas avoir plus de vingt-trois ans en 1945. Il est passé sous les radars trop longtemps. Il a disparu avant l'arrivée des Russes à Berlin, on sait très peu de choses sur lui. Jusqu'en enfer, je pourchasserai cette ordure…

Ambre se perdit dans ses pensées.

20

Berlin, 1945

La capitale du IIIe Reich n'était plus la jolie ville qu'elle avait été. Les bombardements russes l'avaient dévastée en quelques semaines. Quasiment tous les bâtiments se trouvaient éventrés, laissant des tonnes de gravats dans les rues de Berlin. La population passait son temps à chercher de la nourriture et de l'eau. Entre la poussière, la boue, les rats et le bruit des bombes qui explosaient n'importe où et à n'importe quel moment, les Berlinois avaient perdu de leur splendeur. Leur Führer les avait trahis, la fin du conflit s'approchait mais les perdants, c'étaient eux…

Enterré à plus de huit mètres sous le sol, le ***Führerbunker*** se trouvait à l'abri des bombes et des déflagrations, même si parfois, le bunker pouvait abondamment vibrer lorsque des obus frappaient à proximité. Dans les coursives grises et froides, les secrétaires couraient pour faire passer de bureau en bureau les télégrammes qui arrivaient de tous les fronts pour annoncer les mauvaises nouvelles.

Au bout d'un couloir silencieux, deux personnes patientaient sur des bancs en bois inconfortables dans le vestibule du bureau d'Adolf Hitler. Elles avaient rendez-vous avec le Führer qui, comme toujours, était en retard. Le chef du IIIe Reich s'était enterré dans ce carré de béton depuis le 16 janvier 1945 et en deux mois l'état du dictateur s'était énormément détérioré. Ses colères, ses crises et ses tremblements redoublèrent avec la fatigue. C'était donc assez inquiets que les deux hommes attendaient leur entrevue avec un Adolf Hitler paranoïaque et nerveux. La porte s'ouvrit d'un coup et trois gradés sortirent tête baissée sous les invectives du dictateur allemand. Les deux hommes se levèrent rapidement pour saluer leur chef qui leur ordonnait, agacé, de le rejoindre.

Le bureau baignait dans l'obscurité. Les lumières au plafond fonctionnaient par intermittence, mais ça n'avait pas l'air de gêner le chancelier qui scrutait les cartes d'Europe posées négligemment devant lui sur une table en chêne massif. Les deux hommes attendirent que le Führer leur donne la parole. Hitler leva les yeux vers les officiers et murmura :

— C'est lui qui a échafaudé le plan, Herr Kleinardtz ?

— Oui, mein Führer.

— Il est jeune, siffla le dictateur.

— Mais c'est le meilleur, répondit nerveusement Eckbert.

Adolf Hitler fixa le jeune officier qui reluquait ses propres chaussures.

— Votre plan s'apparente à de la trahison envers mon peuple et l'Allemagne. (Le silence remplit le bureau d'une froideur inexplicable.) Vous avez perdu votre langue ?! hurla Hitler.

— Non, mein Führer… Je ne pense pas que cela soit de la trahison, plutôt de la survie.

Adolf Hitler observa ce jeune homme qui lui disait clairement que la guerre était perdue. Il éclata de rage et cria, la bave aux lèvres :

— Jamais je ne laisserai mon pays aux mains des Russes !

Hendrich Jaguele essaya de rassurer son chef qu'il vénérait plus que tout.

— Il est hors de question que cela arrive.

Le chancelier le considéra avec les yeux remplis d'une colère froide.

— Et votre plan est infaillible, officier Jaguele ?

— Oui, mein Führer. Je peux vous le jurer, répondit-il sans détourner, cette fois-ci, le regard.

21

Bonjour, vous êtes bien sur le répondeur d'Arnaud Shimansky. Je ne suis pas joignable pour le moment. Vous pouvez laisser un message après le « bip ». Merci.

« Salut, mon pote. J'espère que tout roule pour toi. Moi, c'est pas le top. Je ne sais pas si c'est ce que j'ai bouffé chez ton grand-paternel, mais j'ai un terrible mal de ventre... En plus je ne fais que de la paperasse, il ne se passe rien... Je ne te raconte pas tous les dossiers de Schneider qu'il a en retard. Et bien entendu le patron veut que tout soit terminé pour hier. En parlant de Bulldog, il m'a demandé comment tu allais, comment tu gérais ton congé forcé... j'ai rien dit... Mais de toute façon, il va t'appeler je crois. Il est à bout avec tous ces changements et le ministre qui lui chie dans les bottes. J'attends ton coup de fil... Juste comme ça pour parler. Des bises mon canard. »

Bonjour, vous êtes bien sur le répondeur d'Arnaud Shimansky. Je ne suis pas joignable pour le moment. Vous pouvez laisser un message après le « bip ». Merci.

« Coucou, c'est maman. Juste pour te dire que papa est rentré à la maison. Le médecin l'a laissé sortir sans soucis. Il est en pleine forme. Et toi ? Bon bah, des bisous mon lapin. Passe le voir, ça lui fera plaisir. »

Bonjour, vous êtes bien sur le répondeur d'Arnaud Shimansky. Je ne suis pas joignable pour le moment. Vous pouvez laisser un message après le « bip ». Merci.

« C'est Gilles ! Enfin, Bulldog. J'espère que t'es pas mort… vu que tu ne réponds pas… Écoute. On est dans la merde au 36. Entre Schneider et Marceau qui sont malades, les congés de Marillion et Dubreuil, sans parler de ton absence… Je suis complètement en sous-effectifs et tout l'étage s'en ressent, si tu vois ce que je veux dire. Donc, si tu pouvais venir demain bosser un peu sur les dossiers en retard… Heu… Comment dire, cela m'arrangerait… Tu vois, pour ne pas que je perde ma place et que peut-être tu puisses sauver la tienne… Enfin… Tu sais, j'ai confiance en toi… Alors… Tu viens nous aider et tu ne fais pas de vagues… Juste comme un ami de la grande maison, de toute façon, tu as encore ta carte tricolore… Allez vieux chameau, je t'attends pour le premier briefing demain matin. »

Bonjour, vous êtes bien sur le répondeur d'Arnaud Shimansky. Je ne suis pas joignable pour le moment. Vous pouvez laisser un message après le « bip ». Merci.

« Salut, c'est Bertrand. Le serrurier. Tu peux me tél ? J'ai un truc à te demander. »

22

Ambre était sans voix, nauséeuse même. Elle n'arrivait pas à faire cesser les fourmillements qui lui grimpaient le long de l'épine dorsale. Elle ferma les yeux et les rouvrit, espérant qu'elle hallucinait. Mais non, c'était bien là et à quelques centimètres d'elle. Elle pouvait même le toucher si elle tendait le bras. Le doute s'immisça calmement dans son esprit. Était-ce un faux ou un vrai ? Elle n'éprouvait aucunement l'envie de saisir ce costume SS.

Cela faisait une grosse demi-heure qu'Arnaud et elle se trouvaient dans la maison de Marnes-la-Coquette. Le flic avait longuement hésité. Pouvait-il partager avec Ambre les découvertes qu'il avait faites dans le grenier de son grand-père ? Arnaud avait pris conscience qu'elle était la mieux placée pour l'aider dans sa quête de vérité. Et il ne pouvait plus se voiler la face. Alors, à la fin du repas, entre le millefeuille et le café, Arnaud l'avait invitée et, sans hésiter, elle avait accepté.

Après avoir payé l'addition, Arnaud s'était retrouvé dans la Smart d'Ambre qui avait filé à son allure maximale en direction de Marnes-la-Coquette. La conduite sportive d'Ambre avait angoissé Arnaud qui, en gentleman, n'avait fait aucune réflexion. Mais à chaque changement de voie, il s'était demandé si la voiture à deux places allait tenir le choc. Pour ne pas montrer à la conductrice qu'il n'était pas très rassuré dans sa boîte à sardines, il avait fermé les yeux et repensé à tout ce qu'elle lui avait raconté lors du dîner.

Le point de départ de sa vocation avait été, bien entendu, la funeste jeunesse de son oncle. Elle lui avait surtout avoué que le déclic avait été l'ouverture du procès de Klaus Barbie le 11 mai 1987. Elle n'était âgée que de huit ans, mais elle se souvenait que sa famille n'avait parlé que de ça pendant des mois. Au début, elle ne comprenait pas pourquoi c'était si important, mais elle voyait bien, même du haut de son jeune âge, que ce jour historique était vital pour son oncle Maurice et ses parents. Elle avait révélé à Arnaud le bonheur que cela avait été d'écouter le verdict. Neuf semaines après le début du procès, le boucher de Lyon membre de la Gestapo et capitaine SS avait été reconnu coupable de crimes contre l'humanité pour avoir déporté des centaines de Juifs dont 44 enfants dans la région d'Izieu. Une première en France pour ce chef d'accusation. Klaus Barbie avait été condamné à la prison à perpétuité. Malgré sa fuite en Amérique du Sud, malgré son changement d'identité, le chef de la section IV de la Gestapo de Lyon avait été débusqué, retrouvé, capturé, arrêté et emprisonné. Pour la famille d'Ambre, il fallait que ce soit le commencement d'une longue histoire. Il était maintenant indispensable de mettre tous ces exilés nazis au fond d'une cellule et qu'ils y meurent. Voilà comment tout avait commencé pour Ambre… Elle lui avait retracé ses études d'avocate, son envie de défendre les survivants des camps et leur famille. Tout s'était déclenché dans sa vie professionnelle le 8 octobre 1997. Alors âgée d'à peine dix-neuf ans, elle avait fait des pieds et des mains pour être une des nombreuses stagiaires du cabinet d'Arno Klarsfeld. Elle voulait être au plus près du procès qui se profilait. Après avoir sollicité plusieurs fois les avocats par lettre, appel téléphonique et directement à la sortie du bureau, Ambre avait réussi à se faire embaucher. Tout le monde avait adoré sa persévérance. Elle avait souhaité être au cœur de la machine de guerre et elle y était. Pendant des mois, Ambre avait classé, répertorié et photocopié les dossiers des 34 membres des familles de Juifs disparus qui accusaient Maurice Papon d'avoir organisé la déportation de plus de 1 600 Juifs de Bordeaux vers Drancy, pour finir dans les camps de la mort. Après six mois de procès forts en émotion, Papon fut condamné à dix ans de réclusion criminelle. Ambre se trouvait dans le camp des gagnants et elle voulait y rester. Il fallait continuer le combat et c'est ce qu'elle avait fait. Elle était devenue avocate et avait, tout naturellement, défendu des familles de déportés qui demandaient réparation à l'État français. Lors de son temps libre, Ambre avait aussi cherché et trouvé d'anciens collaborationnistes cachés au soleil dans les plaines du Brésil, d'Argentine, du Paraguay et même en Syrie. Puis un jour, on lui avait proposé la direction du Mémorial de la Shoah. Elle avait accepté sans réfléchir. Même avec ses nouvelles responsabilités, Ambre n'avait pas laissé tomber la recherche des assassins à travers le monde.

Arnaud avait rouvert les yeux quand la Smart était sortie de l'autoroute A13 pour récupérer la D407. En quelques indications, il avait guidé la jolie rousse jusqu'à la maison de Simon Shimansky.

Ambre se trouvait toujours sans voix. Elle ne pouvait pas croire ce qu'elle voyait. Arnaud déposa l'uniforme SS sur le parquet du salon.

— Voilà ce que j'ai découvert caché dans le fond d'une armoire. C'est incroyable, n'est-ce pas ?

— Je… comment dire… je n'ai pas de mots, balbutia Ambre.

— Je ne sais absolument pas pourquoi cela se trouve dans cette maison, lui avoua Arnaud.

— Il y a sûrement une explication.

Arnaud rigola.

— Oui. Mais laquelle ?

Ambre haussa les épaules en signe d'impuissance. Arnaud hésita quelques instants avant d'avouer à Ambre qu'il ne lui avait pas tout dit.

— J'ai encore un truc à te montrer, expliqua Arnaud.

Ambre lui sourit et lui répondit d'un air taquin.

— Vous êtes plein de mystères, monsieur Arnaud Shimansky.

— Plus que vous ne le croyez, madame Ambre Hebart ! cria Arnaud en montant l'échelle pour pénétrer dans le grenier.

Au-dessus d'elle, Ambre entendit les lattes du parquet grincer sous les pas d'Arnaud. Puis il redescendit des combles et s'approcha d'elle.

— J'ai aussi trouvé ça.

Ambre récupéra ce qu'Arnaud lui tendait.

23

Il fait une chaleur étouffante. Je ne vais pas rester longtemps. J'ai toujours détesté le soleil et la sueur qui me coule dans le dos m'horripile. Je ne le reconnais pas. Il a changé depuis la dernière fois que je l'ai vu. Il veut retourner dans son pays, mais son pays n'existe plus. Je suis juste ici pour lui fournir de nouveaux papiers. Aujourd'hui, il devient Wolfgang Gerhard.

Je le laisse seul dans une ferme. Je rentre. Je n'en peux plus de ce pays.

Je l'ai autorisé à venir avec nous pour qu'il ait la vie sauve et lui, tout ce qu'il veut, c'est voyager et rencontrer du monde. Il veut revoir sa famille, quel fou inconscient. Je ne sais pas quoi faire de lui. Il risque de tout faire imploser s'il se fait arrêter, j'ai peur qu'il parle pour sauver sa vie. Il faut que je retourne là-bas pour lui expliquer une nouvelle fois ce qu'il a le droit de faire. C'est une forte tête, je sais que je vais me retrouver face à un mur. Mais si je ne le fais pas... Je le regretterai un jour ou l'autre.

Je l'ai persuadé d'arrêter de voyager comme il le faisait. J'ai trouvé les arguments. Je suis fier de moi.

Je suis soulagé. Mais je devrais aussi stopper mes déplacements. C'est trop dangereux.

7 février 1979, c'est fait. Il est mort. Il s'est noyé lors d'une baignade quotidienne. Je vais m'occuper de son enterrement. Je vais le faire pour toutes les personnes qui m'ont fait confiance. J'ai une mission et je vais la mener à bien. Jusqu'au bout. Je vais devoir partir là-bas… Que vais-je encore raconter à ma famille ?

6 juin 1985, ce qui devait arriver est arrivé. Ils l'ont trouvé. Six ans après sa mort. Cela va leur donner envie de rechercher nos frères. Nous ne serons jamais tranquilles. Même après trente-cinq ans de cavale et de silence. Il faut faire encore plus attention.

24

Ambre referma délicatement le carnet qu'elle tenait entre les mains. Elle ne s'autorisa aucun *a priori,* mais tout cela était assez troublant. Il lui était impossible de ne pas penser le contraire. Même si son allemand était meilleur que celui d'Arnaud, elle eut un peu de mal à déchiffrer ce que racontait l'auteur dans ces mémoires. Mais pouvait-on parler de mémoires pour ces quelques phrases posées les unes après les autres ?

Arnaud attendait son verdict, deux tasses de café fumant dans les mains et une cigarette à la bouche. Ambre plaça le calepin sur la table et prit l'expresso qu'il lui tendait. Elle but lentement une gorgée du breuvage en fermant les yeux. Elle avait l'impression que le liquide brûlant qui traversait son corps purgeait son âme et ses entrailles. Quelques secondes plus tard, Ambre rouvrit les yeux sur l'homme qui patientait devant elle, droit comme un I. Elle devina qu'Arnaud attendait qu'elle partage son ressenti. Ambre s'appuya sur le rebord de la fenêtre du salon et prit le temps de réfléchir. Comment dire ce qu'elle pensait à Arnaud, sans faire naître de faux espoirs ? Pour être sûre de ce qu'elle supposait, elle allait devoir lire les trois carnets en entier. Malgré ses quelques doutes, elle se jeta à l'eau :

— J'ai réussi à traduire une grosse partie des deux feuillets que je viens de parcourir.

— L'écriture est assez petite, difficile de la lire correctement.

Ambre acquiesça d'un signe de tête.

— Effectivement. Mais le plus facile à déchiffrer ce sont les dates. L'auteur parle du 7 février 1979 et du 6 juin 1985.

— Tu sais à quoi cela correspond ?

Ambre fixa Arnaud.

— Oh que oui.

Arnaud ne respirait plus. Il attendait qu'Ambre lui révèle ce qu'elle savait.

— Si je te dis l'ange de la mort ? Cela te parle ? lui demanda-t-elle.

Le visage d'Arnaud devint blanc en quelques secondes. Depuis le début de la soirée, des noms sortis tout droit de l'enfer refaisaient surface. Klaus Barbie, Maurice Papon et maintenant c'était au tour du sinistrement célèbre docteur Josef Mengele. Que venait faire ce SS et criminel de guerre dans cette histoire ?

— Le médecin d'Auschwitz ? osa-t-il en espérant ne pas faire fausse route.

— Exactement, lui confirma Ambre.

Arnaud voulait davantage d'explications et fit signe à la jeune femme de continuer.

— La personne qui a écrit ces carnets est très bien renseignée. Car le 7 février 1979 correspond à la mort par noyade de Mengele.

— Pourquoi « bien renseignée » ?

— Très peu de gens connaissent le jour exact de la mort de cette pourriture. Mengele s'est enfui en Amérique du Sud juste après l'arrivée de l'armée russe qui libéra en janvier 1945 les prisonniers enfermés à Auschwitz. Il savait très bien que les horreurs qu'il avait perpétrées pendant la guerre dans le camp allaient lui valoir une arrestation, un jugement et la mort par pendaison. Je ne sais pas si tu connais le nombre d'expérimentations médicales qu'il a faites sur des enfants. (Ambre respira profondément. Arnaud la regarda sans bouger, ni parler.) On évoque plus de 200 enfants mutilés, charcutés, brûlés et amputés. Ce monstre est de la pire espèce. Il n'a jamais témoigné le moindre remords. On sait depuis un certain temps déjà que Mengele s'est réfugié au Brésil et qu'il a changé d'identité. Il se faisait appeler : Wolfgang Gerhard.

Arnaud se précipita sur le carnet qu'Ambre avait posé sur la table quelques minutes auparavant. Il feuilleta nerveusement le calepin en cuir.

— C'est le nom inscrit…

— Exactement. Josef Mengele est devenu Wolfgang Gerhard quand il est arrivé au Brésil pour se cacher des alliés qui le recherchaient pour le juger.

— Mais qu'est-ce que cela veut dire ?

— Attends, Arnaud. Je n'ai pas terminé. (Ambre se dirigea vers la cuisine.) Je vais me refaire un café. Tu en veux un ?

Arnaud déclina la proposition. Il préféra s'allumer une nouvelle cigarette. À travers la flammèche du briquet il observa Ambre. Elle se trouvait de dos penchée sur la machine à expresso. Arnaud n'arrivait pas à détourner le regard… Il tira interminablement sur sa Lucky Strike pour se recentrer. Ambre se tourna vers lui avec un sourire et posa ses fesses sur le plan de travail de la cuisine.

— Mengele est resté un peu moins de trente ans caché en Amérique du Sud. Malgré une recherche intense, personne n'a pu mettre la main sur ce salopard. Dans les années 1970, Mengele est tombé très malade. Il a eu plusieurs problèmes au cœur. Ce que nous savons maintenant, c'est que le 7 février 1979, date inscrite sur le calepin, Mengele est allé se baigner et a fait un arrêt cardiaque. Il est mort noyé à Bertioga, une ville côtière du sud-est du Brésil.

Arnaud montra du doigt le carnet posé sur la table.

— Et à quoi correspond la seconde date ?

— À la découverte de son corps, répondit tout simplement Ambre.

Arnaud leva les sourcils.

— Je ne saisis pas.

— Mengele est mort noyé. On l'a sorti de l'eau et on l'a enterré dans le cimetière de la ville d'Embu au Brésil sous le nom de Wolfgang Gerhard.

— Mais comment être sûr que la personne qui se trouve dans cette tombe est réellement l'ange de la mort ? interrogea Arnaud.

— Le 31 mai 1985, la police allemande a perquisitionné la maison d'un ami de la famille de Mengele pour une sombre histoire fiscale. Et tu sais quoi ? Les gendarmes ont trouvé, complètement par hasard, des lettres rédigées par des personnes qui ont recueilli le bourreau d'Auschwitz au Brésil. Dans un des courriers, un certain Bosser faisait mention de la mort de Josef Mengele. La police allemande a compris qu'elle était sur une affaire qu'il ne fallait absolument pas laisser passer. Alors, sans perdre de temps, les autorités ont pris contact avec la police brésilienne. Quelques jours plus tard, Bosser était arrêté et révélait, pendant sa garde à vue, être l'une des nombreuses personnes qui avaient caché Mengele pendant toutes ces années. Et tiens-toi bien, pour montrer sa bonne foi à la police brésilienne et pour bénéficier d'une remise de peine grâce à la clémence d'un juge, il a confessé connaître l'emplacement de la tombe de Mengele.

— C'est une histoire incroyable. Et que s'est-il passé ?

— La tombe a été exhumée quelques jours plus tard : le 6 juin 1985.

— Bonne pioche, murmura Arnaud, estomaqué, fixant le carnet.

Ambre hocha la tête.

— Après plusieurs examens médico-légaux, les scientifiques ont pu certifier que le corps retrouvé au Brésil était bien celui de Josef Mengele.

Arnaud était complètement largué. Il ne savait plus quoi penser.

— Pourquoi ces trucs étaient-ils cachés ici ? gémit-il en désignant les carnets sur la table et l'uniforme SS étendu sur le parquet du salon.

25

Des bottes noires étincelantes se trouvaient plantées en plein milieu d'un terrain boueux. Droit comme un I, l'officier SS ne bougeait pas d'un millimètre. Son uniforme immaculé se reflétait dans les flaques d'eau obscures. Son brassard rouge à croix gammée luisait dans la pénombre. Simon Shimansky souriait tout en s'allumant une cigarette. La porte qu'il fixait depuis quelques minutes s'ouvrit dans un grincement désagréable. Josef Mengele passa la tête et lui fit signe de rentrer. Simon ne se fit pas prier. Il marcha d'un pas rapide vers le cabinet du docteur qui se trouvait dans un coin isolé du camp d'Auschwitz. Dans sa salle de travail totalement carrelée de blanc, Josef Mengele se lavait les mains au-dessus d'une énorme bassine d'eau transparente qui progressivement se colorait en rouge vif. Shimansky eut un haut-le-cœur en voyant les bras du docteur recouverts de sang. Mengele sourit en remarquant l'expression sur le visage du jeune SS.

— Ce n'est que du sang. Tu ne vas pas vomir, j'espère ?

— J'ai simplement pris froid en venant dans cet endroit glacial. Rien à voir avec toute cette hémoglobine.

— C'est ce qu'on dit. Je viens juste de découper des siamois, alors, excuse-moi d'être taché, dit-il en souriant. Tu veux quoi au juste ?

— Te prévenir que tu allais mourir.

Josef arrêta de se savonner les bras. Il regarda Simon Shimansky de travers.

— Tu es venu pour me tuer ?

Simon se mit à rire.

— Oui. Un jour je vais te noyer.

Mengele regarda Simon droit dans les yeux.

— Pardon ?

— Et je suis venu moi-même t'informer qu'un jour je te tuerai.

BUZZ BUZZ BUZZ BUZZ BUZZ BUZZ BUZZ.

— Excuse-moi, mon téléphone sonne.

Josef regarda le jeune SS sortir son portable de son long manteau de cuir noir.

BUZZ BUZZ BUZZ BUZZ BUZZ BUZZ BUZZ.

Arnaud arrêta d'un geste d'agacement son radio-réveil qui émettait un BUZZ insupportable depuis une poignée de minutes. Enfoui sous sa couette, il essaya de calmer cette migraine qui l'immobilisait. Il ferma les yeux pour faire le vide et effacer son cauchemar. Réunir Simon Shimansky et Josef Mengele dans la même pièce, quel affront. Arnaud désirait pour quelque temps ne plus penser à rien… juste se réveiller tranquillement. Mais son cerveau refusait d'être en *stand-by*. Il faisait tout son possible pour lui projeter le film de la veille au soir en Cinémascope. Son encéphale lui repassa au ralenti, le restaurant, le sourire d'Ambre, le regard d'Ambre, les jambes d'Ambre, les cheveux d'Ambre puis aussi la petite balade sur l'A13 dans sa mini-voiture, qui, à chaque virage, glissait sur l'asphalte comme des glaçons au fond d'un verre, et enfin l'arrivée à Marnes-la-Coquette. Le plan suivant qu'il visionna mentalement était l'épisode le plus important de la soirée. Le moment où il avait émis une hypothèse qui lui semblait tenir la route. Difficile d'imaginer que son grand-père avait pu faire ces choses sans que sa famille en sache rien. Et pourtant, c'était la seule explication.

Simon Shimansky était un héros de l'ombre. Un inconnu qui faisait justice lui-même. Il avait tué l'officier SS à qui appartenait l'uniforme et lui avait volé son journal intime. Pouvait-on réellement déduire cela de l'inspection succincte d'un vieil uniforme et de la lecture de quelques pages de ces carnets ? avait argué Ambre. Il avait envie d'y croire et... eh bien, c'était plausible. Simon Shimansky avait sûrement dissimulé ces reliques au fond de son grenier pour garder une preuve de ce qu'il avait fait. Plus Arnaud étayait ses propos, plus il imaginait son grand-père en héros qui voulait se venger de tout le mal qu'on lui avait fait pendant la guerre.

BUZZ BUZZ BUZZ BUZZ BUZZ BUZZ BUZZ.

Le mode snooze de son radio-réveil le sortit à nouveau de ses pensées.

Ambre lui manquait déjà.

Elle l'avait laissé en bas de son immeuble tard dans la nuit. Il s'était couché tout habillé sans passer par la case salle de bains et lavage de dents. Maintenant, il le regrettait, il se sentait fripé, sale et ridicule. Dans un automatisme matinal, il récupéra dans sa veste son téléphone qu'il avait éteint, la veille au soir, en arrivant au restaurant. Son mobile se mit instantanément à vibrer quand il le ralluma. Une notification lui annonça quatre nouveaux messages sur sa boîte vocale.

*

— Oui je drague sur Internet. Comme beaucoup de monde. Pas vous ?

Arnaud se trouvait en face d'un homme de moins d'une trentaine d'années mais qui en paraissait douze de plus. Il était affublé d'un pantalon chino couleur saumon et de mocassins en daim d'une couleur indescriptible, certains diront orange sanguine, d'autres framboise, Arnaud lui partirait plutôt sur de la betterave. Son polo verdâtre qu'il portait fièrement était griffé d'un crocodile reconnaissable dans le monde entier. Le col relevé lui donnait, espérait-il, un côté charmant avec une légère touche à la Elvis Presley de la meilleure époque. Ce type hérissait les poils d'Arnaud. Il ne supportait pas son ton condescendant comme s'il n'avait rien à se reprocher.

Cela faisait maintenant presque vingt minutes qu'Arnaud posait des questions dans un bureau situé au rez-de-chaussée du 36 quai des Orfèvres. Il était assis sur une chaise bancale tandis que Stéphane Toliche se trouvait sur une chaise beaucoup plus confortable que la sienne. Pourquoi Arnaud avait-il choisit ce siège ? Pourquoi faisait-il toujours le mauvais choix ? Pourquoi Ambre ne l'avait pas appelé ? Pourquoi avait-il enfilé ce tee-shirt qui lui serrait désagréablement les épaules ? Pourquoi était-il dans cet endroit en train d'interroger un mec insupportable ? Pourquoi se posait-il toujours des questions ? Pourquoi ne criait-il pas sur tous les toits que son grand-père était un héros inconnu ? Et pourquoi Bertrand le serrurier lui avait laissé plusieurs messages ?

Arnaud tourna la tête pour regarder à travers la fenêtre. Le ciel était dégagé et le soleil l'hypnotisait paisiblement. Il n'écoutait plus Stéphane Toliche qui soliloquait tout seul comme une vieille personne. Arnaud préférait se rabâcher les questions existentielles qui vagabondaient dans sa tête depuis la veille au soir.

Ce que lui disait l'homme en face de lui ne l'intéressait absolument pas. Il se trouvait avec ce monsieur dans un bureau froid et lugubre de la police judiciaire juste parce qu'Arnaud avait accepté, sans broncher, de rendre service à Bulldog. Il avait accepté de prendre les dossiers de Schneider et de gérer la convocation en audition libre de l'énergumène qui lui faisait face. Il espérait, grâce à ce service rendu à la nation, récupérer son boulot de lieutenant de police.

Après avoir écouté ses quatre messages vocaux couché sur son lit, tout s'était passé très vite. Arnaud s'était précipité dans la douche pour ne pas arriver en retard au briefing du matin. Il était sorti de son appartement en trombe sans se raser et sans se sécher les cheveux. Après avoir garé la camionnette de Billard dans la cour du 36 devant le planton stupéfait, ce n'est pas tous les jours qu'un flic arrivait en fourgonnette pour bosser, il avait grimpé les marches quatre à quatre et ouvert la porte de la salle pile-poil au début de la réunion. Comme un ninja des temps modernes, il s'était faufilé pour se placer à côté de Billard qui se goinfrait de chips au vinaigre. Cette fois-ci, personne ne plaisantait. La situation était trop pesante. Le ministre était toujours sur le dos du 36 et poussait l'équipe à faire du chiffre, rien que du chiffre. Et cette situation mettait les hommes de Bulldog sur les nerfs, ils n'acceptaient pas que leur ministre de tutelle brasse du vent dans les médias sans vouloir écouter leurs besoins et leurs envies pour améliorer leur quotidien. Arnaud connaissait son patron depuis assez longtemps pour s'apercevoir en un regard qu'il était angoissé. Son élocution s'accélérait en début de phrase et il s'était remis – après six ans d'abstinence – à fumer. Tout cela ne sentait pas bon, en avait conclu Arnaud. En sept minutes chrono, Bulldog avait expédié son speech. Il voulait que ses hommes fassent le maximum pour rendre le locataire de la place Beauvau heureux. « Merde alors, avait-il juré, montrez-lui que vous savez bosser comme des chefs, qu'il comprenne, enfin, pourquoi nous sommes si grassement payés. » Une fois sa petite blague lancée, Bulldog s'était dirigé vers la porte et avait, avant de sortir de la salle, ordonné à Arnaud de le rejoindre dans son bureau. Ensuite, il avait attrapé son briquet dans la poche de sa veste pour s'allumer sa troisième cigarette depuis le début de la réunion et était sorti en claquant la porte.

Après avoir rangé leurs affaires, l'équipe entière avait pris la poudre d'escampette en laissant Billard et Arnaud seuls dans la petite pièce froide et sans âme.

Quand Arnaud avait fait irruption, plus tôt, dans la salle de réunion, Billard avait tout de suite remarqué dans l'attitude de son copain qu'il s'était passé quelque chose… quelque chose qu'il supposait coquin. Alors, Billard avait patienté tranquillement, en mastiquant ses chips au vinaigre, qu'Arnaud lui raconte tout sans rien omettre.

Maintenant, le lieutenant Shimansky se faisait scruter par son pote avec un petit regard lubrique. Quant à Arnaud, il connaissait, lui aussi, incroyablement bien Billard pour déchiffrer son regard. Il allait être déçu… Pour ne pas gâcher trop vite ses illusions, il resta muet comme une carpe.

Ce fut Billard qui, après avoir ingurgité un nouveau mini-paquet de chips et n'en pouvant plus, brisa la glace.

— Alors ? Du nouveau avec ta future femme ?

Arnaud rougit instantanément.

Avec un ricanement, Billard ajouta :

— Quand tu deviens tout rouge comme une tomate cœur-de-bœuf, c'est que tu as quelque chose à cacher. En plus, tu as coupé ton portable pendant des heures et tu es arrivé à la réunion pile-poil à l'heure avec, en plus, la tête d'un mec qui n'a pas beaucoup dormi de toute la nuit.

Arnaud leva les mains, résigné, et raconta le dîner en précisant qu'il n'avait pas tout gâché mais omit de parler de son grand-père, de l'uniforme SS et des carnets.

Avant de quitter la pièce, Arnaud annonça à Billard que sa camionnette se trouvait garée dans la cour tout en lui lançant ses clés... puis esquiva d'un cheveu de se les prendre en pleine tête.

Billard se mit à gueuler que tout le monde allait se foutre de sa gueule pendant dix ans si on l'apercevait au volant de son camion.

— Au fait. Je n'ai pas eu le temps de mettre les trucs au garde-meubles. Tu peux le faire s'il te plaît ?

— Putain, t'es chiant !!!!! hurla Billard tellement fort qu'il fit vibrer les vieux murs du 36.

*

— Et donc ? Pourquoi voulez-vous savoir si je drague sur Internet ?

— Hein ? Quoi ? baragouina Arnaud.

Stéphane leva les sourcils. Il n'en pouvait plus de ce flic qui n'était manifestement pas concentré.

— Excusez-moi. Vous me disiez ?

Stéphane souffla et articula grossièrement pour montrer son agacement à ce flic qui s'habillait comme un *teenager* américain malgré son âge :

— Je vous demandais : « Pourquoi vous voulez savoir si je drague sur Internet ? »

Arnaud n'en pouvait plus. Il alla directement au but sans prendre de pincettes.

— Parce que vous me semblez très calme pour quelqu'un qui harcèle les femmes, répondit le flic en tournant les pages de son dossier posé devant lui.

Stéphane perdit son arrogance et devint blanc comme la neige éternelle sur le sommet du mont Blanc.

— Comment ? Qui ? Quoi ? Où ? Je ne comprends pas. C'est pour ça que vous m'avez convoqué ici ? C'est quoi cette histoire ? Je comprends vraiment pas, bafouilla-t-il.

— Ne vous faites pas plus bête que vous ne l'êtes. Vous savez exactement ce que je veux dire, souffla Arnaud de lassitude.

— Mais non ! Ce n'est pas moi ! Enfin j'ai rien fait… je ne comprends pas. Vous vous êtes trompé ! C'est une erreur ! Je suis innocent.

— Nous avons eu plusieurs plaintes à votre sujet, continua Arnaud sans lever son regard. Nos experts maison en numérique ont pu contacter les responsables des sites de rencontres que vous utilisez. (Arnaud sourit sournoisement.) Ils nous ont donné tous les messages que vous avez envoyés, et, comme par hasard, vous avez dialogué avec toutes les femmes qui ont porté plainte.

Arnaud avait appuyé cette réponse avec un malin plaisir. Il y allait fort, il le savait, mais ça l'amusait.

Stéphane riposta en se justifiant lamentablement :

— Ha oui. Bon, c'est vrai. Je discute avec des nanas sur des applications, il n'y a pas de quoi fouetter un chat, je ne suis pas tout seul à faire ce genre de choses…

— Ne vous inquiétez pas, on va s'occuper des autres, exactement comme je suis en train de m'occuper de vous.

Arnaud souriait. Il avait réussi à déstabiliser ce crétin. Maintenant c'était lui qui le regardait de haut et avec condescendance. Il aimait son métier, constatait-il avec amusement. Intérieurement cette situation le faisait marrer, mais il ne pouvait pas le montrer à l'énergumène en face de lui qui s'était raidi sur son siège en bois. Stéphane Toliche commençait à transpirer. Son crocodile allait être noyé, comme son propriétaire, si cela continuait ainsi. Dans un geste angoissé, Stéphane s'essuya le front avec son avant-bras. Puis, il enchaîna avec une voix moins assurée qu'au début.

— Non mais, monsieur le commissaire…

— Lieutenant, rétorqua Arnaud sans aucune émotion.

— Oui… Pardon… lieutenant… Vous vous trompez. Je n'ai jamais harcelé une fille. Je vous le jure… Je ne vois pas ce qui vous fait penser ça.

Arnaud se souvenait des textos que Stéphane avait envoyés aux six filles qui avaient porté plainte contre lui ainsi que des dizaines de photos très explicites de son anatomie . Bulldog lui avait tout montré dans son bureau pour qu'il puisse préparer son interrogatoire. Il les avait trouvés très limite et s'était mis en tête de calmer ce mec.

— Quand on lit vos SMS. On peut dire que vous êtes quand même beaucoup voire ultra-insistant. Non ? Sans parler de certaines images que vous envoyez sans scrupule.

Arnaud venait de mettre un coup de massue à Stéphane en lui signifiant qu'il avait eu l'occasion de lire ses messages privés.

— Oui. Non… Peut-être, en fait, je ne sais pas… je drague sur les applications, je m'amuse. Tout le monde fait ça. Y a même des femmes qui en demandent… Je vous le jure.

Arnaud savait très bien que Stéphane n'était pas un agresseur ou pire un violeur. Il n'avait pas du tout le profil. C'était juste un mec qui se croyait beau, irrésistible et qui pensait que toutes les femmes devaient succomber à ses charmes. Mais Arnaud avait envie de lui faire peur.

— Ce que vous faites subir à toutes ces femmes, c'est-à-dire harcèlement sexuel et moral, est passible d'un an de prison et de 15 000 euros d'amende.

Stéphane blêmit. Arnaud était ravi. Il allait moins la ramener maintenant.

Dring Dring Dring – Dring Dring Dring – Dring Dring Dring.

Le téléphone d'Arnaud se mit à sonner au fin fond de son teddy.

D'un geste de la main, il fit comprendre à Stéphane de ne pas bouger le temps qu'il réponde à l'appel. Le suspect acquiesça d'un air moins désinvolte qu'au départ. Arnaud examina l'écran. Son cœur manqua un battement – déception que ce ne soit pas Ambre –, c'était Bertrand le serrurier. Encore ? Arnaud n'avait toujours pas pris le temps de le rappeler après son message. Le flic appuya anxieusement sur l'icône « décrocher » puis s'éloigna.

— Je te dérange ? demanda Bertrand.

— Un peu. Je suis sur une affaire. (Arnaud se tourna lentement vers Stéphane et le fixa froidement de ses yeux de loup.) Une grosse affaire, ajouta-t-il.

— Ha ! Je te rappelle plus tard si tu veux.

Arnaud souffla. Ce ne devait pas être si urgent.

— Qu'est-ce qui se passe ?

Bertrand s'éclaircit la voix et prit un léger temps pour répondre. L'attitude du serrurier agaça le flic.

— Accouche, Bertrand. Je n'ai pas que ça à faire. Faut que je mette des gens en prison. C'est mon devoir.

Il fit un petit clin d'œil à Stéphane puis se tourna pour contempler le ciel à travers la vitre.

— Pour faire vite, obtempéra Bertrand, je me suis un peu vanté dans le milieu d'avoir ouvert un Burg-Wächter en quelques minutes si tu vois ce que je veux dire.

— Et donc ?

— Y a un mec qui me prend par le bras en sortant d'une partie de poker au club de jeu de la place Clichy. Comme j'avais gagné un joli paquet de fric, je pensais que le type, il voulait me piquer mon pognon, tu vois le truc ? Mais, non.

— Bertrand, si tu ne vas pas directement à la raison de ton appel, je raccroche et je te mets en indésirable jusqu'à ta mort.

— Houlà, t'es sensible toi, aujourd'hui. Bon le mec me prend par le bras et me demande : tu as réellement ouvert un Burg-Wächter ? Moi, fier comme un pinson, je dis oui… Tu me connais, je suis pas du genre à me vanter.

Le serrurier lâcha un rire gras.

— Accouche, Bertrand.

— Alors, le mec, il me demande : de quelle époque il était le coffre ? Je lui réponds entre 1930 et 1948. Et là, le type, il me reprend le bras et me lance : c'était un Brain ? Je réfléchis et je me souviens que c'était inscrit derrière sur une plaque… Alors je lui dis oui… Et tu sais quoi ? Dans les coffres Brain Burg-Wächter fabriqués de 1936 à 1941, il paraît qu'il y a une cachette dans le fond. Une plaque ou un truc blindé que tu dois retirer en poussant vers le haut et en tirant sur l'un des côtés. Bon comme ça, ça a l'air facile surtout au téléphone, mais en fait ce n'est pas si simple. Le mec m'a dit aussi que les nazis planquaient souvent leurs affaires personnelles dans cette cachette et qu'il fallait toujours regarder là-dedans quand on déplombait un Brain Burg-Wächter. Voilà.

Bertrand s'interrompit quelques secondes pour laisser Arnaud ingurgiter tout ce qu'il venait de lui apprendre puis reprit :

— Tu sais, toi, si y a ça dans ton blindé ? Tu voudrais pas y jeter un coup d'œil ? Ça vaut le coup de voir si y a pas des lingots à croix gammée ou des Reichsmarks ou alors la moustache d'Adolf ?

Bertrand se marra dans l'appareil. Son rire hérissa Arnaud.

— J'irais vais voir ça.

— Tu me tiens au courant ?

— Non.

Arnaud raccrocha. Il resta devant la fenêtre pour méditer. C'était dingue, se dit-il, il pensait en avoir terminé avec les Allemands, les nazis et les SS. Mais non, ça le rattrapait une nouvelle fois. Il rangea son téléphone et se passa la main sur son visage avant de se tourner vers Stéphane qui n'avait pas bougé d'un millimètre sur sa chaise.

— Bon. Je ne vais pas y aller par quatre chemins. Vous avez deux solutions : ou vous continuez vos conneries sur les sites de rencontres et nous nous revoyons très rapidement et à ce moment-là, je vous défère devant un juge avec un grand risque de passer par la case prison, ou alors vous devenez un gentleman en respectant les femmes et je vous mets juste un rappel à la loi en vous laissant partir… C'est à vous de choisir…

Stéphane s'affaissa et s'essuya une nouvelle fois le front qui perlait de sueur. Il était plus que soulagé. Il venait de sortir d'une cellule en à peine trois secondes.

— Je prends la deuxième solution… Je suis désolé… Vous avez raison… Je vais arrêter… Ça veut dire que… Que je suis libre ?

Arnaud lui fit un petit sourire. Qu'est-ce qu'il pouvait être con, ce type, pensa-t-il.

— Oui. (Arnaud ajouta avec un sourire malicieux :) Mais c'était à deux doigts.

Stéphane se leva allégé de tous les problèmes qu'il s'était imaginés. Il tendit une main tremblante à Arnaud. Après la poignée légèrement hypocrite, le lieutenant Shimansky se précipita dans sa voiture. Arnaud fila à toute allure et sirène hurlante vers Marnes-la-Coquette pour découvrir ce que le coffre-fort de son grand-père pouvait encore receler comme secret.

26

Mon cher Simon,

Cela fait drôle de t'appeler comme cela. Mais je comprends. Il faut bien que tu changes d'identité. Comme beaucoup ici. Depuis ton départ, une multitude de choses a évolué. La garde rapprochée est plus petite et nous avons le sentiment d'être en sécurité. Depuis que nous avons changé d'endroit et que nous nous sommes installés ici, je ressens une certaine plénitude, que ce soit pour nous mais plus particulièrement pour lui. La maison est exactement comme celle qu'il a connue et aimée. Lui est un peu fatigué, sa santé, comment te dire... Elle est changeante. Certaines fois – et c'est de plus en plus rare –, il se réveille avec une forme incroyable et l'envie de tout recommencer. Mais plus généralement, on ne le voit pas de la journée. Il préfère rester cloîtré dans sa chambre jusqu'au dîner. Et cela depuis qu'elle n'est plus là. Cela a été un choc incroyable pour lui.

Ce qu'il préfère, ce sont les visites régulières de ses anciens amis. Amis n'est pas le meilleur mot, mais c'est ce qui me vient à l'esprit à la rédaction de cette lettre. Ce sont toujours les mêmes qui passent le voir. Le cercle restreint des initiés, ils viennent lui remonter le moral. Tu les connais. Ils ne sont pas trop bavards, mais très attachés à lui. Ils parlent du bon vieux temps et parfois de politique. Quand cela arrive, je l'entends hurler de la cuisine. Les murs chancellent et personne n'ose le contredire... Comme au bon vieux temps.

L'autre jour, on lui a offert deux chiens. Ils ne se quittent plus. Ils sont toujours à ses côtés. Il lui arrive de partir en balade en leur compagnie dans la forêt qui se trouve juste derrière la maison. Je les entends aboyer de plaisir. Je ne sais pas s'il risque quelque chose. L'îlot est bien gardé mais on ne sait jamais avec ces fils de putes de communistes.

Je me demande si ma lettre arrivera un jour, c'est carrément le désert ici. L'Argentine est belle, mais tu le sais aussi bien que moi : on ne peut pas faire confiance aux autochtones. Tu me manques, mon grand frère. L'autre jour, je parlais de toi avec lui. Il me questionnait sur ta nouvelle vie. Je crois qu'il aimerait te revoir une dernière fois. Est-ce que tu crois que c'est possible ? Ça nous fera une occasion. Qu'en penses-tu ? Je voulais aussi te promettre une chose, la mission que tu m'as donnée... je la mènerai jusqu'au bout, tu peux compter sur moi. Je lui ai juré fidélité jusqu'à sa mort et je prie pour que ce jour arrive le plus tard possible.

J'espère que tu pourras me répondre. Lire tes mots me rend heureux.

Peut-être à bientôt.

Ton petit frère qui t'aime.

Markus

*

Simon,

Quelle joie de t'avoir revu, même si cela fut bref. Tu n'as pas beaucoup changé. Tu as toujours ce regard vif qui me plaisait tant quand nous étions enfants. Je me souviens qu'à tes côtés, je n'avais jamais peur. Quand j'étais gamin, tu me rassurais... Et j'ai ressenti la même sensation pendant ton séjour parmi nous.

Il m'a avoué qu'il avait été très heureux de partager ce court moment avec toi pour ses soixante-douze ans. Il pense que sa fin est proche et ta visite lui a un peu changé les idées. Il ne pensait pas pouvoir vivre aussi longtemps en sécurité. Il te remercie encore, mais cela, je crois qu'il te l'a dit. Toi aussi, je t'ai trouvé fatigué. Peut-être que c'est dû au voyage et à la chaleur. Vingt-quatre heures de périples pour rester si peu de temps doivent éreinter un homme. On m'a raconté qu'on t'avait reçu comme un vrai chef d'État lors de ton arrivée de l'autre côté de l'île. J'espère que cela a été effectivement le cas, car j'ai moi-même tout organisé pour que tout te soit agréable. La communauté est très active et tu ne peux pas savoir combien elle t'est reconnaissante pour tout ce que tu as fait. Nous nous entraidons tellement que nous sommes comme une vraie famille. Est-ce que tu l'as ressenti lors de ton passage ici ? Je l'espère sincèrement.

À jamais mon grand frère.

M.

*

Mon frère,

Cela faisait longtemps que je n'avais pas pris la plume pour te donner des nouvelles. Aujourd'hui, c'est pour t'en annoncer une bien triste. Il nous a quittés cette nuit, dans son sommeil, mais je sais qu'on t'a déjà envoyé un télégramme. Cela faisait plusieurs jours qu'il était alité et sa santé se dégradait d'heure en heure. On s'y attendait mais c'est difficile à admettre. Nous l'aimions tous. Penses-tu pouvoir venir te recueillir sur sa sépulture ? Toi qui as tout fait pour qu'il soit en paix, tu devrais... Je suis bouleversé. Je n'avais qu'un but dans la vie : le protéger. Que vais-je devenir ? Je ne retournerai pas au pays. Il a trop changé. Ce n'est plus ma nation. Je vais rester ici. Prendre une maison près de Los Cipresales et regarder la mer en attendant la mort. Je te ferai parvenir ma nouvelle adresse. Si jamais toi aussi tu souhaites venir attendre le trépas à mes côtés, tu es le bienvenu. Maintenant qu'il n'est plus là, nous n'avons plus de raison de vivre. En attendant que la mort nous sépare.

Je t'aime.

M.

27

— Tu ne savais vraiment pas que papy avait un frère ?

Maxime Shimansky secoua la tête. Il n'avait pas connaissance de l'existence d'un oncle Markus. Le traumatisme qu'il avait ressenti en lisant les lettres était comparable à l'onde de choc qu'avait créée l'explosion de la centrale nucléaire de Tchernobyl. Il ne pouvait pas y croire. Tout son corps lui faisait mal. Cela faisait déjà plus d'une heure que le père d'Arnaud relisait les lettres manuscrites que son fils lui avait transmises. Il avait plusieurs fois pris des pauses entre ses lectures pour calmer son cœur qui cognait aussi fort qu'un marteau piqueur fracturant le bitume. Maxime savait que son père était un menteur, mais à ce point ?

Après le départ précipité de l'interrogatoire de l'homme au polo crocodile, Arnaud avait, en chemin, appelé Ambre. Il était tombé sur son répondeur et lui avait laissé un message aussi désarticulé qu'une marionnette de chiffon posée à même le sol.

Comme toujours, son esprit s'était mis a divagué. Dans sa tête, plein de choses se bousculaient. Arrivé à la maison de son grand-père, il avait grimpé au grenier. Ensuite, il s'était mis à genoux devant le coffre et avait délicatement ouvert la porte. À l'aide de l'application lampe torche de son Smartphone, Arnaud avait éclairé l'intérieur en espérant repérer le mécanisme qui pouvait lui donner accès à cette soi-disant cachette secrète. Arnaud avait essayé par tous les moyens d'ouvrir le double fond du coffre. Il avait transpiré de colère et de défaitisme pendant plus de trois quarts d'heure avant de comprendre qu'aucun secret ne se trouvait caché dans le Brain Burg-Wächter. Ce con de Bertrand avait dû se tromper de modèle ou il s'était fait balader. Bizarrement, il s'était senti soulagé.

Quelques secondes plus tard, son téléphone qui se trouvait posé à l'intérieur du coffre-fort avait émis un petit BIP pour lui notifier la réception d'un nouveau texto. Le message texte venait de Bertrand justement. Le serrurier voulait savoir si Arnaud avait eu le temps de trouver le mécanisme pour démonter la plaque qui obstruait la cachette. Pour couronner le tout, le serrurier avait achevé son message avec une émoticône qui faisait un clin d'œil en tirant la langue. Arnaud souffla, comment un homme de plus de cinquante-trois ans pouvait signer un texto avec un smiley ? D'un geste vif du pouce Arnaud avait lancé l'appel téléphonique. Il avait l'intention de lui passer un savon. Bertrand avait décroché avant la deuxième sonnerie.

— Alors ? Je suis sûr que tu as trouvé des trésors. Putain, on partage hein !

— Je n'ai rien trouvé… Y a pas de double fond. On s'est foutu de ta gueule et, par ricochet, tu te fous de ma gueule, c'est pas bon pour toi, Bertrand !

— Non, mec. C'est toi qui dois te gourer. On ne me refile jamais de faux tuyaux. Tu t'y prends mal.

Bertrand avait expliqué calmement comment défaire la trappe. Arnaud avait écouté ses conseils et en était venu à bout en quelques secondes. Il avait compris comment démonter le mécanisme. Arnaud avait remercié le serrurier qui avait hurlé dans l'appareil :

— On partage si tu trouves des trucs hein !? J'ai un très bon receleur !

Bertrand avait explosé de rire avant de raccrocher.

Arnaud avait regardé pendant un petit instant la porte du coffre béante. Cela lui faisait penser à une bête féroce qui ouvrait la gueule pour le dévorer. Délicatement, il avait introduit sa main à l'intérieur pour prendre la grosse enveloppe scotchée à la paroi du coffre. Assis dans la poussière qui recouvrait le plancher du grenier, Arnaud avait déchiqueté l'emballage. Il en avait sorti des lettres manuscrites. Après une grande inspiration, il avait commencé sa lecture.

Pour la troisième fois de la journée, son père relisait le courrier avec les larmes aux yeux. Il ne comprenait pas pourquoi il y avait tant de mystères et de secrets dans sa famille.

— Je ne sais vraiment pas quoi te dire, Arnaud. Je suis perdu, effrayé et complètement déstabilisé par ce que je viens de lire et de relire. Si j'ai bien compris, mon père ne s'appelait pas Simon ? Mais pourquoi ? Qui était-il ? Et je ne sais absolument pas qui est ce Markus ni ce qu'il faisait en Amérique du Sud. Je n'en ai jamais entendu parler de toute ma vie ! J'aurais voulu ne jamais lire ces lettres. Peut-être qu'on se trompe, qu'elles n'étaient pas destinées à ton grand-père ?

Maxime redonna les feuilles volantes à son fils qui ne savait pas quoi répondre. Impossible de faire tant de mal à son père. Car, depuis la découverte de ces lettres, une autre horrible vérité refusait de se formuler clairement dans l'esprit de Shimansky.

Pourquoi Simon avait-il changé de nom ? Pourquoi n'avait-il jamais parlé d'un Markus vivant de l'autre côté de l'Atlantique ? Quel était le secret partagé entre les deux frères ? Mais surtout, ces carnets… étaient-ils de la main de son ancêtre ? Et donc, l'uniforme…

Arnaud ne pouvait plus se bercer d'illusions.

28

Le froid de février s'immisçait placidement dans les locaux de la police judiciaire. Dans les couloirs, les flics gardaient leur blouson en attendant que les radiateurs fassent leur dur labeur : réchauffer les combles de la vieille demeure. Dans son bureau, Bulldog mâchouillait nerveusement son stylo. Cela faisait plus de dix minutes qu'il écoutait Arnaud parler de ses problèmes familiaux. Le flic lui avait expliqué qu'il souhaitait avoir un peu de temps pour réfléchir et que surtout la paperasse c'était pas son truc, que le terrain lui manquait. Bulldog arracha d'un coup sec un bout de plastique qu'il cracha, avec la précision d'un joueur de basket, directement dans la corbeille à papier. Arnaud continua son laïus. Il voulait essentiellement passer plusieurs jours en compagnie de son père qui se trouvait dans un sale état depuis l'enterrement de Simon.

— Tu te fous de moi Shimansky ? J'ai tout fait ! Tu entends ! Tout fait pour que tu restes près de nous au 36 et toi, l'air de rien, tu me plantes un couteau dans le dos et par la même occasion, tu te tires une balle dans le pied ! Elle est belle TA solidarité.

— Je suis désolé patron…

— Je savais que t'étais con, Shim'... Mais pas à ce point-là.

Arnaud ne dit rien. Bulldog émit un grognement, il avait repéré, dès qu'Arnaud était rentré dans son bureau, que son lieutenant allait se foutre de sa gueule. Et c'était exactement ce que faisait, sans aucun état d'âme, ce petit con. Alors, pour ne pas s'énerver et exprimer des choses qu'il pourrait regretter, Bulldog sortit une cigarette de son paquet caché à l'abri des regards sous une casquette des Yankees. Arnaud sut à ce moment-là qu'il allait, inévitablement, passer un très mauvais quart d'heure. Bulldog alluma sa Marlboro sans lâcher du regard celui qui se trouvait assis en face de lui.

Deux jours avant cette entrevue dans le bureau du patron du 36, Arnaud avait quitté son père en ayant comme objectif de découvrir les secrets de sa famille. La seule qui pouvait l'aider, c'était Ambre. Vingt-trois minutes plus tard, Arnaud avait poussé la porte du bureau de la jeune rousse avec le cœur qui lui tapait la poitrine comme une dactylo frappant vigoureusement sur les touches de sa machine à écrire. Comment Ambre allait-elle réagir ? Pourquoi n'avait-il pas eu de nouvelles d'elle ?

En le voyant entrer, Ambre s'était levée et l'avait embrassé d'un rapide mais concret baiser sur les lèvres. Arnaud avait senti son sang monter à la tête. En deux secondes, il avait ressemblé à une tomate farcie bien cuite. Ambre avait rigolé puis l'avait invité à s'asseoir en face d'elle.

— J'allais justement t'appeler. Je n'ai pas eu une seconde à moi. Tu vas bien ?

Arnaud avait essayé de reprendre sa couleur initiale, en vain. Il avait souri, avait dégluti et avait répondu que tout allait pour le mieux.

— On dîne ensemble ce soir ? lança Ambre sans lui laisser le temps de reprendre ses esprits.

— Oui ! Enfin, oui, je veux... Si tu veux... Moi, je veux. Toi, tu veux ? demanda un peu trop vite Arnaud.

— Tu bafouilles toujours comme ça quand on te fait des avances ? plaisanta Ambre.

Le rythme cardiaque d'Arnaud s'était emballé.

Le couple avait dîné dans un petit restaurant près de la place de la République. Ambre n'avait pas commandé de vin. Arnaud avait pris ce geste comme un signe de perspicacité. Ensuite, à la lueur de la pleine lune, ils avaient remonté le boulevard Voltaire, main dans la main. Une fois arrivé devant l'immeuble d'Ambre, Arnaud l'avait embrassée. Et trois minutes et vingt-deux marches plus tard, ils s'étaient retrouvés chez la jeune femme. Ils avaient fait l'amour... Plusieurs fois. Au milieu de la nuit, les deux tourtereaux avaient glissé dans les bras de Morphée. Ils avaient, pour la première fois, passé une soirée et une nuit sans jamais prononcer le nom de Simon Shimansky. La vie était belle, se dit-il, un sourire béat aux lèvres, en sombrant dans un sommeil cotonneux.

*

À 8 h 03, Arnaud avait ouvert les yeux dans une chambre arrosée par le soleil qui filtrait à travers les volets. Le bruit de la rue ronronnait de plaisir comme un chat que l'on caresse. Il s'était tout de suite demandé si cette soirée fabuleuse n'avait pas été qu'un rêve. Alors, pour conjurer le sort, il avait tâté, délicatement, mais avec appréhension, le côté droit du lit. Sa main avait rencontré le dos nu d'Ambre qui dormait paisiblement. Il l'avait regardée quelques instants avant de se lever pour préparer le petit déjeuner.

L'odeur de l'omelette au fromage que lui préparait Arnaud l'avait réveillée en lui ouvrant l'appétit. Elle était sortie de sa chambre en costume d'Ève. Sa nudité avait fait, une nouvelle fois, rougir Arnaud.

— Il va falloir que tu arrêtes de rougir chaque fois que tu me vois dans cette tenue…

— Tu veux du café ? demanda Arnaud pour éviter le sujet.

— Tu ne m'embrasses pas avant ? avait bougonné Ambre.

Arnaud avait collé ses lèvres sur les siennes tout en essayant de rester stoïque. Puis, pour ne plus mettre son petit ami dans l'embarras, Ambre avait, avant de s'asseoir, revêtu un peignoir en soie sur lequel étaient imprimés de jolis motifs japonais.

Arnaud avait raconté, en croquant dans ses toasts grillés, l'histoire incroyable de la cachette secrète et la découverte des lettres signées Markus. Ambre l'avait écouté avec énormément d'attention. Depuis le début, elle sentait que quelque chose clochait dans la famille d'Arnaud. Après la lecture du carnet, elle n'avait pas pu l'empêcher de trouver une explication qui aurait été idéale… si elle était vraie. Ambre en avait une autre, mais Arnaud ne semblait pas prêt à l'entendre.

— Je vais scanner les photos que tu m'as apportées hier soir. Je les ferai transférer à mes collègues internationaux, peut-être que ça matchera… C'est toute l'aide que je peux t'apporter. Toi, tu es flic, alors tu devrais faire une enquête poussée. Cette histoire te perturbe et te perturbera tant que tu n'auras pas découvert la vérité.

— Je ne sais même pas par où commencer, avait gémi Arnaud.

Ambre avait éclaté de rire.

— Pour un professionnel de l'investigation judiciaire tu commences mal. Ou alors tu ne veux vraiment pas ouvrir les yeux. Mais c'est pourtant simple mon amour.

— Je t'écoute, avait murmuré Arnaud en rougissant.

— Tu dois absolument parler à ce Markus Shimansky s'il est encore en vie. Lui seul peut t'apporter des réponses. Personne d'autre. Et à ce que l'on sait, il se trouve peut-être encore en Argentine, alors, tu te sors les doigts d'où je pense et tu pars là-bas pour mettre un point final à cette histoire.

Après quelques instants de réflexion, il avait pleinement pris conscience qu'elle avait raison.

— Je vais demander un congé sans solde.

Ambre n'avait pas répondu. Elle lui avait juste fait un sourire qui voulait dire : c'est ton histoire… Tu fais comme tu le sens.

Il avait cogité toute la journée. Par où commencer ? Qu'est-ce qui était le plus important à ses yeux ? Il avait fait une liste de tous les indices qu'il avait trouvés dans les carnets et les lettres. Le soir même, il avait téléphoné à Bulldog pour lui demander s'il pouvait passer le voir le plus rapidement possible.

Maintenant il se tenait devant son chef qui essayait d'écraser son mégot dans un reste de café au fond d'un gobelet en plastique.

— Donc, tu es en train de te foutre de ma gueule.

— Mais non, patron…

— Bien sûr que si Ducon !

— Je suis désolé…

Bulldog hurla à nouveau tellement fort que le 36 se mit à chanceler de la cave au grenier.

— J'en ai rien à carrer ! Je te demande gentiment de venir nous aider, car comme tu le sais, nous sommes en sous-effectif. En plus, tu le sais très bien que je me suis bougé le cul pour que tu restes près de nous après ta putain de bavure, alors que tout le monde, là-haut, voulait te virer. MAIS TOI !!!! Monsieur Shimansky, calmement et sans penser aux autres, réclame un congé !

— Je…

— Ta gueule, Shim' !! Je vais te le donner ton putain de congé…

Bulldog haussa encore un peu plus le ton pour ajouter :

— T'es en congé pour le restant de ta vie…

Le chef du 36 se leva, pointa du doigt la porte et gueula au bord de l'apoplexie.

— JE TE VIRE !!!!!!!! BARRE-TOI DE MON BUREAU !!!

Les vieilles fenêtres de la police judiciaire parisienne en tremblèrent de frayeur.

29

— Tout ça pour ça ? répéta Billard à Arnaud pour la deuxième fois en quinze secondes.

Les deux collègues se trouvaient dans un bar cosy de la place de la République. Arnaud venait de terminer de raconter son entrevue avec Bulldog. Son copain ne comprenait pas pourquoi Arnaud avait fait cette sottise surtout après les mois compliqués qu'il venait de passer.

— Tu te rends compte du gâchis ? Bulldog faisait tout pour te garder. Fallait absolument pas que tu gaspilles cette carte ! s'agaça Billard.

Arnaud souffla de lassitude.

— Un jour ou l'autre, on m'aurait viré définitivement. On cherchait un prétexte… Tu le sais très bien.

Billard n'était pas d'accord. Il secoua la tête de tous les côtés.

— Non ! Non ! On s'est battu pour que ça n'arrive pas, Arnaud ! Et nous avions presque réussi… Pourquoi tu as tout gâché ? Putain, mais pourquoi ?

Arnaud se pinça les lèvres. Il ne pouvait pas laisser Billard sans explications. Le moment était venu de tout déballer à son meilleur ami. Il commença par la découverte de l'uniforme SS, puis continua avec les carnets, la détention de son grand-père dans les camps nazis, la disparition de sa première famille. Billard l'écoutait, abasourdi.

— Mais pourquoi avait-il caché tout ça, ton grand-père ?

— C'est ce que j'aimerais savoir, répondit Arnaud avant d'aspirer grâce à la paille, plantée dans son verre, une rasade de Virgin mojito.

— OK. Mais ce n'est pas une raison de tout laisser tomber comme ça. Si ?

Arnaud reposa son verre et regarda Billard droit dans les yeux.

— J'ai besoin de comprendre.

Arnaud parla ensuite de sa rencontre avec Klein, de l'absence de son nom sur les listes du Mémorial et de la découverte des mystérieuses lettres. Billard ne savait plus quoi dire. L'histoire était incroyablement romanesque. Arnaud enchaîna ses premières conclusions expliquant la présence des carnets et de l'uniforme. Il ne voulait pas que son pote ait l'impression qu'il lui cachait quelque chose. Arnaud marqua une pause dans son récit et ajouta :

— Et puis, au milieu de tout ça… j'ai rencontré Ambre.

— Ha oui ! Ambre. Tu ne m'as toujours pas raconté… y a eu des trucs olé olé ? le taquina Billard.

— Oui, t'inquiète. J'y viens.

Billard prit sa pinte de bière et en avala une énorme lampée.

— J'espère que tu n'as pas tout gâché.

— Oh non ! Je pense que cette fois… j'ai tout fait pour que ça marche.

Arnaud reprit une gorgée de son cocktail sans alcool et précisa qu'il l'avait revue la veille et que la soirée avait été aussi douce que dans ses rêves.

— Et elle en pense quoi de tout ça ? l'interrogea Billard tout en reposant son énorme chope sur la table.

Arnaud fixa l'entrée du bar avec un sourire béat.

— Tu pourras le lui demander… La voilà.

Billard tourna la tête et découvrit une jolie rousse fendant la foule perchée sur des hauts talons. Son tailleur noir et cintré lui allait impeccablement bien. Il mettait en valeur ses jolies formes. Ambre traversa la salle pour les rejoindre. Billard trouvait la nouvelle copine d'Arnaud magnifique. Ce dernier devint rouge comme un poivron après un baiser de sa douce. Billard éclata de rire puis tendit la main à la nouvelle venue.

— On pourrait se faire la bise, non ? dit-elle en souriant.

Billard regarda Arnaud.

— J'adore cette dame, lâcha-t-il avec un sourire jusqu'aux oreilles.

Billard et Ambre s'embrassèrent. Après les présentations, Arnaud prit la main de sa petite amie et la regarda.

— J'ai démissionné aujourd'hui, annonça-t-il un peu fébrile.

Billard explosa de rire.

— Tu t'es fait virer plutôt.

— Ouais et comme une merde.

Ambre commanda un verre de vin et quelques en-cas à un serveur qui passait par là puis croisa ses belles et longues jambes. Arnaud lui narra tout ce qui s'était passé dans le bureau de son chef. Billard regardait les deux tourtereaux. Le couple avait l'air heureux. C'était ce qui pouvait arriver de mieux à son copain.

Cependant, toute l'histoire que venait de lui raconter Arnaud le tourmentait. Comment et avec quoi allait-il vivre ? Comment allait-il pouvoir se battre contre ses démons ? Arnaud était fragile. À quoi cela servait de chercher des réponses enfouies depuis plus de cinquante ans ? Et puis d'ailleurs… qu'allait-il déterrer ? Quels mystères renfermait la vie de Simon Shimansky ? Est-ce qu'Arnaud était assez solide pour recevoir la vérité en pleine face ? Mais l'apprendrait-il, cette vérité ? Quelle aurait été sa réaction s'il s'était trouvé à la place de son copain ? Il n'en savait diablement rien. Il revint à la conversation.

— Et tu vas faire quoi ? demanda la jolie rousse à son petit ami.

— Ce que tu m'as conseillé de faire. Je vais enquêter, connaître la vérité, comprendre ce qui s'est vraiment passé.

Le trio fut interrompu par le serveur qui apportait la commande. Billard attrapa un bout de fromage sur la planche qu'on venait de poser sur la table et Ambre en profita pour boire une gorgée de sauvignon.

— Et tu vas vivre comment ? tenta Billard.

Arnaud aspira le fond de son soft-cocktail, posa son verre et sourit comme s'il avait gagné une partie de poker avec une paire de deux.

— Grâce à ça…

Il fouilla dans la poche intérieure de son teddy American College et en sortit une enveloppe.

— Le dernier cadeau de Simon Shimansky, dit-il avec un air malicieux.

30

Monsieur Arnaud Shimansky,

Suite au décès de monsieur Simon Shimansky numéro de contrat d'assurance n°200878A, survenu à la date du 30 janvier 2017, nous avons l'honneur de vous annoncer que vous êtes le bénéficiaire d'une assurance vie désignée par le souscripteur susnommé.

La somme totale dont vous êtes le bénéficiaire est de 95 784 euros.

Nous pourrons débloquer les fonds une fois votre relevé d'identité bancaire enregistré.

Merci de nous joindre un RIB par courrier postal, par e-mail ou en déposer un à notre étude au 28 rue de Ponthieu 75008 Paris.

Merci de votre compréhension.

Maître Julien Racours

31

Ma chère Ambre,

Si tu as cette lettre entre les mains, c'est que tu viens de rentrer chez toi. Et que tu as trouvé l'enveloppe sur le lit.

C'est décidé, je pars. Je ne te quitte pas, bien au contraire, je m'en vais pour mieux revenir. J'ai beaucoup réfléchi pendant ces deux derniers jours et je pense que tu as raison. Il faut que j'aille au bout de cette histoire pour pouvoir renaître. Et je sais que tu ne m'en voudras pas.

C'est drôle d'écrire une lettre à la main, cela fait des années que je n'en avais pas eu l'occasion et je trouve cela plutôt agréable. J'ai l'impression que c'est plus facile d'avouer ses sentiments avec un stylo.

Je voulais commencer cette missive par t'avouer que tu es la rencontre la plus importante de ma vie. Je sais que nous sommes ensemble depuis peu de temps, mais j'aime ta présence, ton rire, ton regard, ta façon de mettre ta mèche de cheveux derrière ton oreille... Tout chez toi.

Depuis que Billard t'a rencontrée, il n'arrête pas de me parler de toi. Ambre ceci, Ambre cela. Il me prie de ne pas tout gâcher, que tu es la femme parfaite. Tu as pu le constater, je le considère un peu comme mon grand frère. Il a toujours été là pour moi, et je crois qu'il est quand même, un tout petit peu, jaloux. Il a l'impression que tu vas prendre sa place. Alors, si c'est possible, je te demande un service. Est-ce que tu peux t'occuper de lui pendant mon absence ? Je n'aime pas quand il est tout seul. Sa vie n'a pas été facile, Il va sûrement t'en parler, mais sache qu'il a perdu sa femme dans un accident de la route, elle était accompagnée de sa fille de huit ans... Même si la majorité des gens ont l'impression en le voyant que c'est un roc, je peux te le dire, Billard est super fragile même s'il ne le montrera jamais. Je connais ses failles, comme il connaît les miennes. Nous nous sommes tellement entraidés pendant toutes ces années... Ne lui dis pas que je t'ai raconté ça. Il t'en parlera quand il en sentira le besoin.

J'ai l'impression que je divague en écrivant cette lettre. C'est très instinctif, je vais là où mon cerveau me transporte. J'imagine que tu as dû t'apercevoir qu'à l'intérieur de ma tête, il se passe beaucoup de choses. Depuis notre toute première soirée, j'ai beaucoup pensé à mon grand-père et à l'horreur des camps. Je n'arrive pas à comprendre comment des hommes peuvent arriver à tuer d'autres hommes.

Je suis un peu rentré dans la police pour ça.

J'ai parlé de toi à mes parents, ils veulent absolument te rencontrer. Je pense que tu n'y échapperas pas. Mon père va mieux depuis son attaque. Il reprend du poil de la bête et j'ai l'impression qu'il a lui aussi envie de comprendre tout ce qui se passe autour de son père. Son accident l'a fait relativiser sur la vie. Il m'a davantage parlé de sa jeunesse, de mon papy... Il en a mis du temps, mais il y est arrivé. Alors moi aussi j'ai fait un effort et je lui ai parlé de toi.

Il m'a appris que, quand il était jeune, son père partait souvent en voyage. Mon grand-père travaillait au début de la création de sa galerie avec l'Amérique du Sud. Il avait même organisé une petite exposition de peinture dans la région de Buenos Aires. Je pense que tu as raison, que la clé de toute cette histoire, que ce soient l'uniforme SS, les lettres ou les carnets, se trouve là-bas.

Hier soir, après avoir fait plusieurs recherches sur les quelques lieux que mentionne Markus dans les lettres envoyées à Simon, j'ai décidé, comme tu me l'as conseillé, de partir pour l'Argentine. Maintenant, j'ai du temps libre et de l'argent. J'ai donc pris un billet d'avion sans me poser plus de questions. Je ne peux pas te dire quand je vais revenir.

Que vais-je découvrir là-bas ? Sûrement rien. Mais j'ai besoin de me retrouver avec moi-même. Et ce voyage sera bénéfique pour moi et aussi, je le souhaite, pour nous.

Je t'aime.

Arnaud

DEUXIÈME PARTIE

32

Malgré la classe affaires et son fauteuil plus que confortable, Arnaud débarqua de l'avion exténué, sûrement le contrecoup de tout ce qui s'était passé depuis des jours, se dit-il. Toutefois, il devait l'avouer : la *first* était un véritable palace volant et il en avait énormément profité. Il avait très bien mangé et avait même dégusté une très bonne eau pétillante à température ambiante. Il était surtout très fier d'avoir résisté à goûter aux grands crus de bordeaux que les hôtesses lui proposaient régulièrement. En revanche, il avait repris deux fois du dessert avant de terminer par un expresso aux saveurs d'Éthiopie. Ensuite, il avait positionné le casque Bluetooth, offert par la compagnie aérienne, sur ses oreilles et s'était emmitouflé dans une couverture douce et confortable pour regarder un film. Bien entendu, il n'avait pas été jusqu'au bout de sa comédie. Il s'était endormi comme un nourrisson après une bonne tétée. Le vol s'était passé sans turbulences. Il s'était réveillé tranquillement grâce à l'odeur de l'arabica qui embaumait tout l'appareil.

Quand il avait rouvert les yeux, l'équipe de stewards passait déjà entre les sièges pour proposer aux voyageurs un petit déjeuner. Arnaud avait dévoré ses œufs au bacon et dégusté son jus d'orange frais. Puis, lentement, l'avion avait commencé sa descente vers l'aéroport de Buenos Aires.

Trente-deux minutes plus tard, le pilote avait posé délicatement l'appareil sur la piste d'atterrissage. Arnaud était sorti le premier sous les sourires de tout l'équipage.

Dans la file d'attente pour la douane, Arnaud jeta un œil à sa montre. Il n'était que 8 h 17 et la chaleur prenait déjà ses quartiers. Il mit ses lunettes aux verres fumés pour se protéger des rayons du soleil qui cognaient vigoureusement à travers le toit en verre de l'aérogare. Arnaud commença à rêver d'une bonne dose de nicotine. Même en Argentine, fumer dans les lieux publics était interdit. Il prit donc son mal en patience et attendit un quart d'heure avant que l'homme moustachu dressé derrière un comptoir lui fît un signe de tête pour lui intimer de s'approcher.

D'un mouvement de bras, Arnaud lui tendit son passeport. Le douanier le lui arracha des mains et lut méticuleusement chacune des pages. Puis, sans un regard vers Arnaud, il le tamponna d'un geste mécanique. Le moustachu lui rendit son bien en lui souhaitant, dans un français approximatif, un bon séjour dans leur pays. Arnaud traversa la zone douanière pour pénétrer officiellement en Argentine. Il était soulagé de ne pas avoir besoin de passer des heures à patienter devant le tapis roulant qui régurgitait métronomiquement les valises. Il avait décidé de voyager léger en ne prenant qu'un simple sac à dos comme paquetage.

D'un pas empressé, Arnaud sortit de l'aéroport international Ezeiza. Avant de se mettre à la recherche d'un taxi pour se rendre dans le centre de Buenos Aires, il s'alluma la cigarette tant fantasmée. Le poison qui s'immisçait graduellement dans ses artères lui fit un bien fou. Après trois taffes proches de l'extase, Arnaud regarda au loin et repéra plusieurs *tacheros* qui attendaient les clients. Après avoir écrasé son mégot avec le talon de sa basket, il traversa la rue pour atteindre la voiture qui stationnait en début de file.

— À Buenos Aires, s'il vous plaît, dit-il en s'engouffrant à l'arrière du véhicule.

— *Es grande Buenos Aires. Vas o mi amigo ?* baragouina le chauffeur.

L'homme jeta un coup d'œil interrogateur à Arnaud à travers le rétroviseur.

— *Francia ?*

La chance était peut-être avec lui, espérait-il.

— Oui ! Oui ! Français c'est ça, je suis français ! Vous parlez français ? lui demanda-t-il avec une énorme espérance dans la voix.

— Oh, gringo ! Tu tombes dans le bon *tacheros* ! rigola le chauffeur.

— Gringo ? Ça ne fait pas un peu cliché ?

Arnaud scruta l'intérieur du taxi qui transpirait le stéréotype. La moumoute beige autour du volant, les dés en mousse qui pendaient du pare-brise ainsi que sur les sièges, les billes en bois naturel qui offraient au conducteur un effet relaxant et massant. Arnaud se marra. Il se croyait dans un taco parisien des années 1980.

— Tu sais, gringo ! Les touristes aiment bien le folklore !

Les deux hommes rirent.

— Alors ? Tu vas où ?

— Buenos Aires.

— C'est grand là-bas, gringo… T'as pas une adresse ?

Arnaud secoua la tête.

— Je suis parti sur un coup de folie. Je ne sais même pas où dormir ce soir.

— Je vais t'emmener dans l'hôtel d'un ami. Tu y seras bien. (Le chauffeur se retourna et sourit avec un air satisfait. Ses deux dents en or scintillaient à la lueur des rayons du soleil qui s'immisçaient dans l'habitacle.) Mon nom c'est Gonzalo. Le tien ?

— Arnaud.

Gonzalo tendit la main, le Français fraîchement arrivé la serra énergiquement.

— Et c'est parti mon kiki ! C'est comme ça que vous dites chez vous ?

Arnaud répondit par l'affirmative. Gonzalo démarra la voiture et quitta sa place de parking sans mettre son clignotant, ni regarder par les rétroviseurs extérieurs. Le taxi récupéra, à toute allure, la route 25 de mayo pour rejoindre le centre-ville de la capitale fédérale qui se trouvait à une vingtaine de kilomètres. Entre le ronron du moteur et la musique traditionnelle jouée à la flûte de Pan. Arnaud, victime collatérale du décalage horaire, s'endormit pendant la demi-heure de trajet. Le freinage intense de Gonzalo réveilla Arnaud en sursaut.

— Voilà, amigo ! Hôtel de mon copain.

Arnaud regarda par la fenêtre en ajustant ses lunettes de soleil sur son nez. Il contempla l'établissement qui lui faisait face. C'était un formidable palace qui frôlait la mer dont l'horizon s'abandonnait dans l'insondable.

— C'est ton copain qui tient ça ? demanda Arnaud en décidant lui aussi de le tutoyer.

— Oui ! C'est mon copain qui tient la porte !

— Tu me prends vraiment pour un touriste, s'amusa le flic français.

— Ouais, gringo ! Et tu me dois 2 000 pesos !

Arnaud souffla. Il avait oublié de faire du change à l'aéroport.

— Viens avec moi à l'intérieur. Je n'ai pas de monnaie.

Les deux hommes sortirent du taxi. Gonzalo salua le portier tandis qu'Arnaud s'engouffrait dans l'immense hall du Palacia Duhau. Le flic s'arrêta au milieu de l'entrée pour admirer l'intérieur de l'hôtel qu'il jugeait extraordinaire. Il s'approcha du lobby qui se trouvait baigné de marbre rose et patienta le temps que la charmante réceptionniste s'occupe de lui. La jolie Argentine s'avança vers son nouveau client en faisant claquer ses talons hauts sur le sol. Elle lui demanda dans un français épicé d'un léger accent ce qu'il souhaitait. Arnaud lui fit savoir qu'il désirait réserver deux nuits et faire du change. Une fois les formalités terminées, Arnaud paya la course à Gonzalo.

— Merci, gringo. J'espère que ça te plaira ici !

— Moi aussi.

Gonzalo lui serra la main avant de mettre les billets au fond de sa poche de pantalon. Le chauffeur de taxi resta un moment devant le Français. Il hésitait à lui poser une question. Arnaud lui fit comprendre, d'un signe de tête, qu'il pouvait parler.

— Si tu veux, je te fais la visite de Buenos Aires ce soir ?

— Et ça va me coûter combien ?

— Pas beaucoup. Je te ferai un prix d'ami et pas de touriste. (Arnaud ricana.) Ici à 20 heures, ça te va ?

— OK, répondit Arnaud.

Gonzalo sifflota un air de flûte de Pan en prenant le chemin de la porte à tambour de l'hôtel. Arnaud mit son sac sur le dos, récupéra sa carte d'accès à sa chambre. En appuyant sur la touche du quatrième étage, il se demanda ce qu'il foutait dans cet endroit.

33

— Alors, gringo ? Comment tu trouves les *empanadas* ? demanda Gonzalo.

— Super bons. On dirait des mini-calzones à la viande, répondit Arnaud en avalant sa bouchée.

— Des quoi ?

— Des pizzas, expliqua Arnaud.

Gonzalo éclata de rire puis hurla dans le restaurant ce que le Français assit en face de lui venait de lui dire. Un brouhaha de contestation envahit la salle dans laquelle une dizaine d'Argentins dînaient.

— Je crois qu'ils n'ont pas aimé ta comparaison avec le machin italien, rigola le chauffeur.

— Merci d'être solidaire, s'offusqua gentiment Arnaud.

Gonzalo croqua dans son petit pain fourré tout en haussant les épaules. Cela faisait deux heures qu'Arnaud était en compagnie de Gonzalo. La nuit commençait à tomber et il n'avait pas avancé d'un pouce. Déjà une journée perdue, conclut-il en sirotant son maté.

— C'est succulent ce truc ! souligna Arnaud en reprenant une gorgée.

— C'est du thé typique. C'est notre dieu à nous… C'est comme euh… Comment c'est déjà ? Ah oui ! Votre Ricard !

Le flic français éclata de rire. Gonzalo lui plaisait de plus en plus.

Quand Arnaud était monté dans son immense suite quelques heures plus tôt, il s'était écrasé de fatigue sur son lit sans trouver le sommeil. Il était resté une bonne heure à regarder le plafond. Il avait végété dans cette position avant de se lever pour prendre une douche brûlante qui, espérait-il, le décrasserait.

Après son passage par la salle de bains d'un luxe aussi ahurissant que sa chambre, Arnaud s'était vautré sur son lit en peignoir éponge siglé du nom de l'hôtel. Couché sur son matelas king size aussi moelleux qu'un nuage dans le ciel d'Écosse, Arnaud avait passé plusieurs minutes à zapper sur toutes les chaînes internationales historiques. CNN, BBC, RAI… D'un mouvement du pouce, il avait mis le volume à fond en passant sur TV5 Monde. Il s'était relevé légèrement pour regarder ce que diffusait la chaîne francophone. Il avait augmenté le volume pour écouter le reportage sur le remaniement et la nomination du nouveau ministre de l'Intérieur. Ce dernier jouait du menton en affirmant pouvoir remettre de l'ordre dans les rues et faire le ménage dans la grande maison. Puis, il avait ajouté fièrement face caméra : « Je veux une police irréprochable car la police républicaine doit être exemplaire. » Assis en tailleur sur son lit, Arnaud avait eu un pincement au cœur en pensant à ses collègues qui devaient bouillir en entendant ce genre de déclaration de leur ministre chargé de la sécurité intérieure et des libertés publiques.

Dans un geste d'agacement, il avait coupé la télévision et s'était penché pour attraper son Smartphone dans la poche de sa veste qui traînait en boule sur la moquette. Il avait allumé son mobile et attendit quelques secondes. Il avait eu envie d'appeler Ambre et il s'était langui d'entendre sa voix. En découvrant le message qui s'affichait sur son écran, Arnaud avait éclaté de rire : VOUS N'AVEZ PAS L'OPTION APPELS ET DONNÉES À L'ÉTRANGER. VEUILLEZ APPELER VOTRE SERVICE CLIENTS POUR L'ACTIVER.

Il avait posé son portable sur la table de nuit et avait médité sur sa connerie. Il était parti tellement rapidement de Paris qu'il n'avait pensé à rien. Il n'aurait jamais été bon s'il avait dû être en cavale. Couché sur son lit, il s'était endormi aussi vite qu'un chat fatigué d'avoir pourchassé un petit mulot. Quand le téléphone de la chambre l'avait réveillé, Arnaud se trouvait emmitouflé dans ses draps de luxe. Sa bouche était pâteuse et son oreiller se trouvait trempé de bave. Il s'étira de tout son long en bâillant fortement et avait décroché l'appareil qui émettait toujours un bruit strident. La voix de Gonzalo bourdonna dans sa tête comme un gong japonais avant un match de sumotoris.

— Hey, amigo ! Je suis là et à l'heure, annonça fièrement l'Argentin.

— J'arrive...

Arnaud avait raccroché, s'était levé en vitesse, s'était passé un coup de peigne et de brosse à dents. Il s'était habillé hâtivement et avait dévalé quatre à quatre les marches pour retrouver Gonzalo qui bavardait avec son copain le portier.

Gonzalo avala sa mini-pizza argentine.

— Et tu viens faire quoi à Buenos Aires ? demanda-t-il au touriste français.

— Et toi ? Pourquoi parles-tu si bien français ? s'étonna le flic.

Gonzalo regarda Arnaud avec un sourire coquin.

— Les touristes françaises... Elles aiment beaucoup parler.

Arnaud se marra. Gonzalo reposa sa question :

— Et toi ? Pourquoi l'Argentine ?

— Je suis à la recherche de mon grand-oncle, répliqua Arnaud, prudent.

— À Buenos Aires ?

— Justement, je n'en sais rien. Je n'ai que quelques pistes... très incertaines.

Arnaud sortit son calepin de la poche de son blouson qu'il avait gardé malgré la chaleur étouffante. Il y avait inscrit quelques villes et plusieurs adresses. Le chauffeur de taxi attrapa le carnet de notes et l'étudia méticuleusement. Gonzalo pointa une adresse de son index graisseux.

— Celle-là ? Elle est importante pour toi ? demanda-t-il en dévisageant Arnaud.

— C'est la rue d'une galerie d'art. Je l'ai trouvée sur Google. L'associé de mon grand-père a organisé des expositions à cet endroit. Je ne sais pas si elle existe toujours.

Gonzalo leva les épaules.

— C'est probable. En plus, ce n'est pas loin d'ici. (L'Argentin pointa une autre page du carnet.) Et celle-là ? Elle est importante aussi pour toi ?

Arnaud fit oui de la tête.

— Ha !

Gonzalo remua sa moustache d'un air embêté. Arnaud lui demanda ce qui n'allait pas.

— Bah, tu sais… Los Cipresales… Bah, ce n'est pas une ville. C'est plutôt un quartier.

— De Buenos Aires ?

Gonzalo secoua la tête.

— Non de l'autre côté de l'Argentine. C'est un faubourg huppé d'une ville qui s'appelle Bariloche.

L'Argentin remua sa moustache. Il ne savait pas comment lui annoncer la mauvaise nouvelle.

— Le seul hic, c'est qu'elle se trouve à plus de dix-sept heures de route.

— Oh merde ! C'est loin, expectora Arnaud en recrachant son maté.

Le chauffeur de taxi essuya à l'aide d'une serviette en papier sa jolie chemise à carreaux qui, le croyait-il, le faisait ressembler à un *cow-boy* américain. Il regarda Arnaud avec un sourire malicieux.

— C'est loin, mais tu sais… On a des avions dans notre joli pays.

Arnaud se sentit un peu idiot.

— Et pour la galerie ?

Gonzalo laissa Arnaud avec sa serviette dans la main. Il se leva en fouillant dans sa poche, et en sortit une poignée de billets qu'il jeta négligemment sur la table.

— Viens ! Je t'y emmène. Et le dîner, c'est pour moi. Tu vois, je ne suis pas un attrape-touriste, plaisanta-t-il en se grattant la moustache.

Les deux hommes sortirent du restaurant et se retrouvèrent dans un Buenos Aires bâché par un ciel rouge orangé. Arnaud observa le paysage et prit une grande bouffée d'oxygène, puis il s'alluma une cigarette. Tout en inhalant sa dose de drogue autorisée, Arnaud contempla le soleil qui se couchait à l'horizon. Il ne trouva pas de mots pour expliquer le spectacle magnifique qui se jouait devant lui. Si le paradis existait, il ressemblait à ça, imagina-t-il le sourire aux lèvres.

34

Plusieurs minutes après avoir disparu, la vieille femme réapparut par une porte qui se trouvait au fond de la boutique. À l'aide de sa canne, elle s'avança vers Arnaud et Gonzalo. Elle tenait dans son autre main un porte-documents vieillot. Les deux hommes attendirent impatiemment qu'elle se rapproche. Arnaud expira de fatigue en regardant Gonzalo qui souriait sous sa jolie moustache.

Cela faisait dix-sept minutes que les deux hommes se trouvaient dans la galerie. Ils avaient foncé dans les rues de la ville pour arriver avant la fermeture. Une fois le taxi garé à cheval sur un trottoir, Arnaud avait couru à l'adresse pour vérifier si la boutique était toujours ouverte malgré l'heure avancée dans la soirée.

Arnaud avait scruté par la vitrine l'intérieur de la boutique. Une vieille femme était en train d'ouvrir son courrier à son bureau avec un joli coupe-papier en argent. Elle avait levé la tête et d'un geste de la main avait invité Arnaud à entrer. Le flic avait poussé la porte de la galerie et s'était avancé d'un pas léger. Il avait contemplé la pièce en retenant sa respiration. L'odeur de naphtaline et de poussière lui était montée à la tête. La galerie appartenait à un autre temps. Un temps où son grand-père vivait toujours. Il s'était avancé doucement, comme s'il avait l'impression de marcher sur des œufs. Les peintures accrochées au mur lui avaient paru anciennes et sans valeur.

— Bonjour, je...

Il avait été interrompu par la clochette de la porte. Le chauffeur de taxi venait de le rejoindre. La femme avait posé ses enveloppes sur sa table et avait fait un sourire aux deux hommes qui lui faisaient face.

— Vous êtes français ?

Arnaud avait acquiescé timidement.

— Moi, je suis de Bahia, avait corrigé Gonzalo.

Augusta avait enlevé ses lunettes et posé son coupe-papier.

— En quoi puis-je vous aider, messieurs ?

Arnaud avait remercié sa bonne étoile. Il était une nouvelle fois tombé sur une personne qui parlait sa langue. Alors, calmement, il lui avait expliqué le motif de sa présence ici. Son grand-père avait-il, oui ou non, eu un rapport avec cette galerie ? Augusta s'était levée en leur disant qu'elle avait peut-être quelques archives dans l'arrière-boutique, puis elle avait disparu derrière une petite porte en bois qui avait grincé à son ouverture.

Une fois à son bureau, Augusta se laissa tomber sur son fauteuil et fit sauter les élastiques qui entouraient la sacoche. Arnaud tremblait. Plus Arnaud regardait Augusta, plus il trouvait quelque chose de troublant dans son regard. Elle leva la tête vers le Français.

— Vous me dites que votre grand-père a travaillé ici ?

— Je ne sais pas. Je ne sais rien. Peut-être son associé de l'époque. Je pense qu'il a fait quelques expositions dans cet endroit. Ce n'est qu'une supposition suite à ma découverte de ceci dans ses affaires.

Arnaud tira de sa poche une carte de visite avec l'adresse exacte de la galerie. Augusta l'attrapa de ses longs doigts courbés et la regarda intensément.

— Je vois. Juste après la guerre. Je n'étais pas encore là, mais mon père si.

Elle ouvrit la pochette cartonnée en faisant très attention à ne rien déchirer. Elle fit tomber le contenu sur son bureau. Plusieurs photos glissèrent devant elle. Augusta les observa une par une. Gonzalo s'impatientait… Qu'elle était longue à exécuter les choses.

— Ah ! (Augusta venait de tomber sur un truc intéressant.) C'est la seule photo prise devant la galerie.

Arnaud prit la photo en faisant attention aux mains frêles d'Augusta. Une fois en sa possession, le flic s'approcha de la seule source de lumière ; un vieil halogène en fin de vie qui peinait à éclairer la boutique. Il observa le cliché.

Et il n'en crut pas ses yeux. Sur la petite image en noir et blanc, il reconnut son grand-père. Il souriait devant la galerie. Il était en compagnie de deux hommes. Arnaud reconnut sans le moindre doute Klein Habsbourg. Le plus troublant pour le flic, c'était que le troisième homme qui agrippait Simon Shimansky par le bras ressemblait étrangement à Klein. Il se retourna vers la vieille femme.

— Je peux garder la photo ? demanda-t-il sans y croire.

— Oh oui. Je viens de vendre le fonds de commerce. Je dois tout faire disparaître. Alors ça m'arrange, se justifia Augusta.

Arnaud la remercia et sortit, comme un zombie, sur le trottoir pour prendre l'air. Il laissa le chauffeur de taxi seul avec la vieille femme. Il avait besoin de s'oxygéner et de réfléchir. Il se sentait étouffer dans cette vieille boutique qui sentait le passé. Il s'alluma une cigarette et fixa les étoiles qui scintillaient dans un ciel sans nuages.

Son grand-père avait réellement mis les pieds sur le sol argentin. Mais plusieurs questions restaient en suspens : que traficotait-il en Amérique du Sud ? Qui était la personne qui ressemblait à Klein ? Qui était Markus ? Et ça, Arnaud avait la ferme intention de le découvrir.

— Tu devrais revenir dans la boutique, annonça Gonzalo qui venait de le rejoindre sur le trottoir. Je crois que l'ancienne ne t'a pas tout raconté. Elle a la mémoire qui flanche et elle me dit que parfois sans prévenir tout lui revient. Elle a eu des flashs en regardant les photos.

Ils y retournèrent.

— Je dois absolument vous raconter une petite histoire.

35

Buenos Aires, 1954

La fumée des cigares que les trois hommes savouraient donnait à la pièce un petit air de bain turc. L'odeur âcre des *panatellas* ressemblait aux livres anciens que l'on découvre par hasard au fond d'une cave. Près de la cheminée sans feu, une petite fille jouait avec un train en bois. Hanz, son père, la regardait s'amuser avec une énorme tendresse. Simon Shimansky, assis derrière un bureau, tenait un verre de schnaps qu'il faisait tournoyer dans sa main droite. Il était heureux, tout marchait comme sur des roulettes depuis des années et il ne voyait pas pourquoi cela changerait. Son plan avait été méticuleusement préparé et il n'avait fait, il en était certain, aucune erreur. Ce n'est pas ce que l'homme au chapeau assis au fond de la pièce pensait.

Malheureusement, depuis quelque temps, Klein se sentait traqué et particulièrement en danger. Simon l'avait plusieurs fois rassuré, mais rien n'y faisait. C'était comme ça, quand on avait connu la guerre, on ne se sentait plus en sûreté nulle part. En voyant Klein s'agiter dans son fauteuil, Simon ne put s'empêcher de souffler.

— Arrête, Klein. Cela fait des années que tu nous épuises avec tes angoisses. Il ne s'est jamais rien passé. Alors, fais comme ton frère Hanz. Profite de la vie, s'énerva-t-il.

— Un jour, tu verras… ça va nous exploser en pleine gueule, cracha Klein en même temps que sa fumée de cigare.

— Tu ne me fais pas confiance ? demanda Simon en levant ses sourcils.

— À toi, si ! Mais il n'y a pas que toi dans la boucle. Les gens parlent, tu le sais… tu le sais très bien.

— Personne ne le fera, j'ai mis ma vie dans ce projet. Fais comme nous, passe à autre chose !

— Cela devient trop dangereux. Il faut qu'on stoppe avant qu'on ne se fasse prendre.

Simon sourit. Il voulait hurler sur son ami. Mais la présence de la petite Augusta ne le lui permettait pas. Il ne voulait en aucun cas lui faire peur. Il prit une gorgée de son eau-de-vie pour se calmer.

— Si tu veux arrêter, tu peux, lança-t-il en le regardant dans les yeux.

Klein prit appui sur son siège pour se lever.

— Oui, Simon. Notre collaboration cesse ici.

Simon regarda fixement Hanz.

— Et toi ?

— Je reste.

Klein sortit en claquant la porte. Le cendrier posé en équilibre sur l'accoudoir de son frère tomba. Toutes les cendres du cigare se déversèrent sur le tapis. Le frère jumeau de Klein se mit à quatre pattes pour les ramasser rapidement sous le regard noir de Simon.

36

Arnaud se trouvait toujours assis devant Augusta. Il ne saisissait pas ce qu'elle voulait lui faire comprendre avec son histoire. Elle le scruta de ses yeux froids. Arnaud avait l'impression de passer un scanner.

— Vous êtes vraiment le petit-fils de Simon Shimansky ?

Arnaud acquiesça en se demandant si la vieille ne perdait pas la boule.

— Saviez-vous ce qu'il faisait en Argentine ?

— Je suis ici pour le savoir.

— Il vendait des toiles de maîtres…

— Il était galeriste, rien de plus normal, souffla Arnaud.

Augusta secoua la tête de lassitude et compléta :

— Des toiles de maîtres volées aux Juifs pendant la guerre.

Un rocher semblait s'être abattu sur la tête d'Arnaud.

— Comment osez-vous ? cracha-t-il pourtant au visage de la vieille femme.

Augusta resta calme malgré l'agitation de l'homme en face de lui. Elle n'avait jamais eu peur de qui que ce soit.

— Votre grand-père effrayait tout le monde. C'était… comment on dit ? Un chef, un parrain, ajouta-t-elle avec un flegme déconcertant. Vous voyez ce que je veux dire ?

Mon père m'a tout raconté avant de mourir. Je vous le dis, exactement, comme il l'a fait. Ils avaient tous peur de Shimansky en Argentine, termina-t-elle.

— Que vous-t-il révélé ? demanda le flic français, complètement troublé.

Gonzalo posa sa main sur l'épaule d'Arnaud.

— Je vais te laisser. C'est ton histoire, pas la mienne. Prends soin de toi, gringo.

Arnaud lui serra la main en le remerciant pour tout ce qu'il avait fait depuis son arrivée. L'Argentin sortit de la boutique sans se retourner. Augusta regarda Arnaud droit dans les yeux et reprit la conversation comme si de rien n'était.

— Je vais vous dire tout ce que je sais. Après, ce sera à vous de croire ou pas. Ça ne me concerne pas.

Arnaud se passa les mains dans les cheveux. Il ne savait plus où il était.

— J'ai tellement appris de choses ces derniers jours que je ne suis plus à ça près.

La vieille ferma ses paupières et commença son récit :

— Mon père se prénommait Hanz. Il avait un frère jumeau qui s'appelait Klein. Pendant la guerre, ils ont rencontré un dénommé Simon. Ensemble, ils ont monté une filière pour vendre des tableaux spoliés aux Juifs pendant l'occupation de l'Europe par les Allemands. C'est Simon qui a tout organisé. En revenant de la guerre, il était seul et perdu. Il traînait tous les jours du matin au soir à l'hôtel Lutetia pour retrouver sa famille disparue. C'est à cet endroit qu'il a rencontré une jeune femme qui avait survécu aux camps. Elle lui parla de sa rafle et de ses années en enfer. Avec le temps, cette femme s'ouvrit de plus en plus à Simon. Elle lui raconta qu'avant la guerre, ses parents avaient une collection de tableaux inestimable. Elle voulait tout faire pour retrouver un maximum d'œuvres d'art spoliées par les nazis pendant l'occupation. Simon s'intéressa beaucoup à cette histoire. Lui aussi voulait mettre la main sur les tableaux. Mais pas pour la même raison. C'est à ce moment-là que votre grand-père s'est associé avec des gens pas comme il faut. Il s'est rapproché d'une association de malfaiteurs pour retrouver tous les objets de valeur que les SS avaient laissés dans Paris juste avant la débâcle. L'organisation criminelle a fait un très joli travail d'investigation. En quelques semaines, ils ont mis la main sur un butin incroyable. Je ne sais pas comment ils ont fait pour retrouver ce trésor, mais le fait est qu'ils l'ont retrouvé. Ils ont fait le partage. Les tableaux pour Simon et le reste pour les voyous. L'or, les bijoux et l'argent.

» Quelques jours plus tard, Simon a approché mon oncle pour monter une petite organisation sur le marché parallèle. Ils ont vendu les œuvres aux collectionneurs du monde entier. Simon est devenu un spécialiste. Il savait comment passer des tableaux sans se faire attraper par les douanes. Son carnet d'adresses regorgeait de noms de centaines d'amateurs de toiles de maîtres. Il voyageait partout. Amérique, Amérique du Sud, Europe et même en Russie communiste.

Augusta rouvrit les yeux.

— Voilà tout ce que je sais.

Arnaud se leva calmement de sa chaise.

— Je ne sais que croire. Mon grand-père n'était pas un gangster. C'est impossible…

— J'ai vu, de mes yeux, votre grand-père ici même. Je l'ai vu déballer des Rembrandt et autres chefs-d'œuvre inestimables.

— Là, c'est plus évident. Simon Shimansky était un galeriste parisien réputé. Il venait sûrement vendre des toiles à votre père. Ce n'est pas plus compliqué que ça. Pour le reste... Comment mon grand-père aurait-il pu agir ainsi après avoir vécu l'horreur des camps ?

Augusta haussa les épaules.

— L'appât de l'argent et du pouvoir peut vous faire faire n'importe quoi. J'ai plein d'exemples si vous voulez.

— C'est impossible, insista Arnaud.

— Vous êtes venu jusqu'en Argentine chercher des réponses. Vous en avez trouvé, mais comme elles ne vous plaisent pas, vous ne voulez pas les entendre, ricana-t-elle. C'est bien français comme attitude. Vous êtes ici pourquoi au juste ? Pour que je vous dise que votre grand-père était un homme exceptionnel, très généreux ? Malheureusement, je ne peux pas...

Arnaud sentait son sang bouillir.

— Je suis venu retrouver le frère de Simon Shimansky. Et je sais qu'il a vécu ses dernières années à Bariloche. C'est là-bas que des réponses m'attendent.

À peine ses dernières paroles avaient-elles franchi ses lèvres qu'Arnaud perçut dans le regard d'Augusta de la terreur, de la crainte ou quelque chose de semblable. Qu'est-ce qu'il avait bien pu dire pour qu'elle ait cette réaction ?

— Pourquoi faites-vous cette tête ?

Augusta devint blanche. Elle avait perdu de son assurance. Exactement comme un suspect en garde à vue qui se sentait acculé. Arnaud scruta la femme aux cheveux blancs.

— De quoi avez-vous tellement peur ? Est-ce Bariloche qui vous inquiète ?

BINGO. Les iris d'Augusta venaient de se refermer, comme une focale d'appareil photo qui recherchait la meilleure lumière. Ce fut à peine perceptible mais Arnaud l'avait remarqué.

— Je ne vois pas ce que vous voulez dire.

Elle ne raconterait rien de plus, il le savait. Alors, sans un mot, il tourna les talons et sortit.

37

Buenos Aires, quelques années plus tôt

Hanz se trouvait dans un lit d'hôpital. Sa santé se détériorait à chaque lever du soleil. Plus il toussait, plus son mal croissait. Son cancer généralisé lui bouffait tout l'intérieur. Lui aussi avait été un cancer pour d'autres personnes. Ils les avaient bouffées, détruites et même brûlées. À la veille de rencontrer le grand architecte de l'univers, Hanz ne voulait pas partir sans avoir la confirmation que sa fille garderait le secret jusqu'à sa mort à elle.

Après une quinte de toux, Hanz essaya de se relever. Sa fille l'obligea à rester couché. Elle ne voulait pas qu'il souffre encore plus. Hanz chercha au plus profond de son être la force de se redresser et de regarder Augusta droit dans les yeux.

— Tu te souviens de tout ce que je t'ai raconté ? (Augusta pleurait sans pouvoir s'arrêter. Elle prit la main de son père et la serra très fort.) Même après ma mort, il y aura des gens pour venir poser des questions. Cela peut être des jeunes, des vieux, des femmes, des gentils, des méchants, mais dans tous les cas, il faut que tu t'en méfies. Toujours. Ne jamais lâcher. Tu comprends ? Tu ne dois jamais raconter ce que tu sais.

— Oui, papa.

— Tu sais quoi faire, n'est-ce pas ?

Augusta fit oui de la tête. Hanz attendait que sa fille lui dise de vive voix.

— Je leur raconte la jolie fable que tu as relatée à toutes les personnes qui sont venues fouiner pendant toutes ces années.

Hanz sourit à sa fille. Elle allait garder le secret jusqu'à sa tombe. Il était fier d'elle. Il pouvait mourir en paix. Sa force s'évapora après une toux interminable. Du sang coulait de ses lèvres. Augusta éclata en sanglots. Hanz termina sa vie dans les bras de sa fille.

Augusta reposa la tête de son père sur l'oreiller, remonta le drap jusqu'au haut de son crâne. Puis elle se leva, essuya ses larmes et sortit de la chambre comme si rien ne s'était passé.

38

Les rayons de la pleine lune éclairaient le mur blanc de la chambre d'hôtel comme un film en Cinémascope. Le cerveau d'Arnaud n'avait pas assez de temps pour visionner les vingt-quatre images seconde qui se projetaient dans les profondeurs de son esprit. Cela faisait maintenant trois heures qu'Arnaud s'était cloîtré dans sa chambre.

Ce qu'il avait découvert aujourd'hui le perturbait. Chaque fois qu'il grattait la croûte qui dissimulait la vie de son grand-père, une histoire différente apparaissait et s'accrochait aux autres. Arnaud se prenait la tête, au propre comme au figuré. Qui croire ? Que croire ? Qui disait la vérité ? Markus ? Augusta ? Personne ? Le pape ? Arnaud craquait. Il n'en pouvait plus.

Quoi qu'il en soit, il était conscient d'une chose : Simon Shimansky n'était pas l'homme qu'il affirmait être. Mais qui était-il vraiment ? Comment avait-il évolué après la guerre ? Était-il un justicier qui assassinait des nazis ? Était-il un galeriste réputé et honnête ou était-il plutôt un homme qui naviguait en eau trouble dans la vente des tableaux spoliés aux Juifs pendant la guerre par les Allemands ? Tout cela faisait un peu trop pour un seul homme. Particulièrement pour son grand-père.

Arnaud avait du mal à se l'avouer, mais Simon Shimansky l'avait toujours un peu terrorisé. Son regard, sa présence et son autorité naturelle avaient toujours mis Arnaud mal à l'aise. Ce sentiment allait-il altérer tout jugement sur son aïeul ? Il était flic. Et la première chose que l'on apprend en entrant dans la grande maison était qu'il ne fallait pas être court-circuité pas ses émotions, spécialement si cela impliquait la famille.

Arnaud fut interrompu dans ses réflexions par la sonnerie du téléphone posé sur sa table de nuit. Il décrocha.

— Hey, gringo ! Une bière au bar de l'hôtel, cela te dit ?

Une goutte de sueur perla sur le front d'Arnaud. Il respira à fond.

— Plutôt une eau pétillante.

— Une bière pour moi et de l'eau pour toi. Je t'attends.

Arnaud se frotta le visage et se leva. Il sortit de sa chambre avec le sourire aux lèvres. Il était content de retrouver le chauffeur de taxi argentin.

Les portes de l'ascenseur s'ouvrirent sur le bar. Arnaud fut subjugué par la beauté du lieu. Le sol en marbre rose faisait ressortir la lumière chaude des lustres en cristal qui éclairaient la salle d'une lueur tamisée. Grâce aux reflets des illuminations, le comptoir en acajou scintillait de mille feux au milieu de la pièce. Gonzalo l'attendait confortablement installé dans un fauteuil club couleur caramel. Arnaud s'approcha lentement en essayant de faire le moins de bruit possible. Il ne souhaitait pas déranger les clients qui prenaient un verre dans cet endroit calme et reposant. Gonzalo l'accueillit en buvant une longue gorgée de bière.

— Tu devrais goûter notre Quilmes. C'est un plaisir pour les papillons.

— Tu veux dire les papilles, lui apprit Arnaud en s'installant face à lui.

— Ouais papilles, papillons. C'est pareil non ?

Arnaud fit non de la tête. Il appela un garçon qui arriva instantanément. Que c'était bon le service d'un palace, se gargarisa-t-il.

— Un maté, s'il vous plaît.

Le serveur acquiesça et partit en direction du comptoir pour lancer la commande auprès du barman. La moustache du Sud-Américain frémit de plaisir.

— Je vois que tu t'es mis au goût argentin, gringo. Je suis un bon guide !

— Je n'aime pas l'alcool.

— Très bonne chose. Moi, c'est tout le contraire.

Il but une autre énorme gorgée de Quilmes, en émettant un rire fort et gras qui résonna dans le salon intime. Plusieurs clients huppés de l'hôtel se retournèrent avec réprobation.

Le serveur apporta le maté avec une moue contrariée. Gonzalo fit semblant de ne pas le remarquer, il n'en avait rien à faire de ce que les autres pensaient. Sans un bruit, l'homme au plateau plaça un sous-bock sur la table basse en verre fumé et déposa la calebasse dessus avant de s'éloigner tout aussi discrètement.

— Je n'ai pas aimé la vieille de tout à l'heure, murmura Gonzalo en se penchant vers Arnaud.

— Moi non plus.

— Ce ne sont pas mes affaires, mais je crois qu'elle gazouille ! La vieillesse, sûrement.

— Je ne sais pas quoi te répondre, Gonzalo. Je suis perdu. J'ai toujours été perdu. C'est un peu le leitmotiv de ma vie.

— Leimo quoi ? demanda l'Argentin avec une grimace.

— Un truc qui se répète constamment. Tout le temps. Tu vois le genre ?

Gonzalo fit un signe de tête pour informer Arnaud qu'il comprenait.

— Tu vas faire quoi alors ?

— Je pense que je vais partir pour Bariloche. Tu connais cette ville ?

— Pas très beaucoup. J'en ai entendu parler. Il paraît que la ville est maudite.

Arnaud s'esclaffa bruyamment. Les gens se retournèrent une nouvelle fois vers eux. Gonzalo leur fit un joli sourire doré.

— Maudite ? Il manquait plus que ça...

Le chauffeur de taxi s'approcha tellement d'Arnaud que ce dernier pouvait sentir son haleine qui refoulait le houblon. Arnaud eut instantanément envie de déguster une bonne bière fraîche. Il balaya avec une volonté d'acier trempé cette convoitise. Il ne fallait surtout pas craquer. Ni maintenant ni jamais.

— Gringo. Tu ne parles pas espagnol. Et tu veux aller à Bariloche tout seul ? Sans rien comprendre ? C'est héroïque !

— Tu me proposes quoi ? demanda Arnaud.

— Pour 1 000 dollars US, je viens avec toi !

— Je croyais qu'on était amis. En fait, tu veux me plumer ? s'amusa Arnaud.

— Non, je veux t'aider. Tu es sympathique mais tu es perdu ! Et tu m'as trouvé. Donc, je veux t'accompagner.

Arnaud réfléchit pendant un temps infime. Pouvait-il vraiment faire confiance à cet homme ? Probablement pas. Mais Arnaud décida de prendre le risque.

— OK ! On part demain. Je vais réserver les billets d'avion, annonça-t-il.

Gonzalo devint blanc comme un cul de nudiste.

— Je viens… mais à une seule condition.

— Tu m'as déjà donné ton prix, grimaça Arnaud.

— On y va en voiture. Je ne supporte pas l'avion.

— OK ! Mais c'est 800 dollars alors…

Gonzalo eut un sourire carnassier.

— Gringo, tu es dur en affaires… Mais je suis d'accord !

Les deux hommes se serrèrent les mains. Une demi-heure plus tard, ils se séparèrent en se donnant rendez-vous pour le lendemain matin très tôt. Le voyage risquait d'être fatigant : ils allaient devoir traverser l'Argentine d'est en ouest sur une distance de plus de 1 550 kilomètres. Arnaud s'arrêta devant les ascenseurs et se retourna pour interpeller Gonzalo :

— Au fait ! Tu ne m'as pas dit pourquoi Bariloche était maudite !

Le chauffeur sourit de ses plus belles dents cuivrées et se frotta la moustache pour réfléchir.

— C'est une longue histoire. J'ai tout le temps de te raconter ça pendant notre voyage ! Bonne soirée, gringo !

Gonzalo sortit de l'hôtel, laissant Arnaud seul avec sa fatigue et ses interrogations.

39

Bonjour, vous êtes bien sur le répondeur d'Arnaud Shimansky. Je ne suis pas joignable pour le moment. Vous pouvez laisser un message après le « bip ». Merci.

« Salut, ma poule ! C'est Billard. J'ai eu ton texto qui me disait que tu partais en Argentine. Qu'est-ce que tu es allé foutre là-bas ? Enfin bref, c'est tes oignons pas les miens. Je ne te parle pas de ceux que j'ai aux pieds, hein ! Ah ah ah ! Sinon, tu m'as pas dit. Quand est-ce que tu reviens ? Je te signale que tu as Ambre dans ta vie maintenant, faudrait pas tout gâcher pour des histoires de fantômes ! Parce qu'en y repensant… je me suis dit : c'est pas tes histoires, Shim'. C'est vieux, c'est la vie de ton grand-père et sa décision de ne rien dire, respecte-la… Tu ne crois pas ? Ah oui tu ne peux pas répondre, je suis sur ton répondeur… Sinon, à la PJ, tout est calme. Et tu sais ce qu'on dit quand c'est trop calme ? C'est que ça va péter et j'espère que le mec qui a inventé cette expression à la con se trompe. Sinon, il y a un super resto qui vient d'ouvrir juste en face du 36. Le mec est sympa et il fait un putain de bon bourguignon. Ce midi, j'en ai repris trois fois… Faut que tu le goûtes !!! Bon et sinon Bulldog est toujours énervé contre toi, mais ça va passer. Si tu peux, prends-lui des cartouches de clopes en *duty-free*, ça lui fera plaisir, ah ah ah ! Bon, je te laisse. Pas de conneries, Shim'. Bisou ! Non pas bisou, pardon, c'est un réflexe, je viens d'appeler ma mère… Enfin bref, salut, camarade. »

Bonjour, vous êtes bien sur le répondeur d'Arnaud Shimansky. Je ne suis pas joignable pour le moment. Vous pouvez laisser un message après le « bip ». Merci.

« Bonjour ou bonsoir, je ne sais même pas combien on a de décalage horaire avec l'Argentine. J'ai lu ta lettre. Elle m'a touchée. Je ne veux pas t'ennuyer avec ce message, mais j'ai envie que tu reviennes vite. Tu me manques déjà. Si tu as le temps, envoie-moi un texto ou appelle-moi. Au revoir. Ah oui. Je t'aime aussi. »

Bonjour, vous êtes bien sur le répondeur d'Arnaud Shimansky. Je ne suis pas joignable pour le moment. Vous pouvez laisser un message après le « bip ». Merci.

« Coucou, Arnaud, c'est papa. J'espère que ton voyage se passe bien. La maison de ton grand-père est vendue. Je suis soulagé. Et tu sais qui l'a achetée ? Klein. Incroyable. Nous avons pris un café ensemble ce matin. On a parlé de toi et de ton départ pour l'Argentine. Il a posé plein de questions sur ton voyage. Je crois qu'il a envie de te téléphoner pour savoir si tu tiens le choc. Allez, je te laisse. Maman t'embrasse aussi. »

40

— Non mais attends… Ça fait combien de temps qu'on roule ?

Gonzalo regarda l'horloge sur le tableau de bord.

— Un peu plus de cinq heures, annonça-t-il à Arnaud.

— Et on n'a même pas fait la moitié ? s'insurgea le flic. C'est con que tu n'aimes pas l'avion.

— Ouais, mais on a une Range Rover ! hurla Gonzalo dans la voiture comme un enfant qui reçoit le cadeau rêvé pour Noël.

— Tu l'as trouvée où au fait ?

— Je l'ai volée sur le parking de l'hôtel. (Arnaud allait protester quand l'Argentin le coupa en éclatant de rire.) Fais pas cette tête amigo. Tu me prends pour un *làdron* ?

— Un quoi ?

— Un voleur de poules. (Gonzalo regarda Arnaud avec un sourire.) C'est la voiture de ma cousine. Elle me la prête. Moyennant finance, ajouta l'Argentin.

— En fait… Elle te la loue, s'amusa Arnaud.

— Tu joues sur les mots, amigo !

Arnaud tourna la tête vers la fenêtre pour ne pas dire ce qu'il pensait de la cousine. Il préféra regarder les paysages qui se dévoilaient tout le long du trajet. Il aimait l'Argentine, il aimait ses plaines, sa verdure, son soleil et le calme qui ressortait de tout cela. Un jour, il emmènerait Ambre dans ce fabuleux pays. Il en était certain.

Plus tôt dans la journée, Arnaud s'était acquitté de sa note d'hôtel pour les deux nuits passées dans ce fabuleux palace, de la taxe de séjour et surtout de l'énorme facture laissée au bar. Constatant le montant exorbitant inscrit sur le ticket, Arnaud avait vérifié les consommations. Peut-être que le barman s'était trompé de numéro de chambre, jugea le flic français. En un coup d'œil, il s'aperçut que Gonzalo avait consommé six bières en l'attendant la veille au soir et qu'il s'était même commandé des brochettes de bœuf angus. Il avait payé la facture sans sourciller – notant pour lui-même d'être un minimum prudent toutefois – et avait rejoint Gonzalo qui avait troqué son vieux tacot pour une confortable Land Range Rover de 2011. Il avait jeté son sac de voyage sur le siège arrière et s'était installé à l'avant. L'Argentin avait aussitôt démarré le 4×4 en faisant chauffer l'asphalte du parking du palace avec ses grosses roues.

— Ça leur fera les pieds à ces peigne-culs, avait hurlé par la fenêtre le gentil chauffeur de taxi.

Puis, il avait appuyé sur l'accélérateur laissant derrière lui un monstrueux nuage de poussières, de particules fines et de gaz d'échappements. La voiture était sortie de l'hôtel dans un vacarme digne d'un rallye. Ensuite, Gonzalo avait roulé… sans trop parler, sans trop le regarder et sans trop remuer sa moustache. Quant à Arnaud, il avait somnolé en contemplant le fabuleux panorama sud-américain.

— On devrait s'arrêter pour manger un bout, non ? proposa le flic en se frottant les yeux de fatigue.

— C'est toi le chef, gringo ! Tu dis, je fais !

— J'ai faim.

La moustache de Gonzalo remua toute seule. Arnaud comprit que, sous cette montagne de poils, l'Argentin pouffait. Après un rapide coup d'œil dans le rétroviseur, le chauffeur actionna son clignotant vers la droite et sortit de l'autoroute pour rejoindre Santa Rosa, la capitale de la région.

— Tu connais l'expression « perdu dans la pampa » ? (Arnaud fit oui de la tête.) Eh bien… tu y es, mon amigo ! lui apprit-il avec un sourire.

Arnaud regarda par la fenêtre et ne comprit pas ce que voulait dire le moustachu. Après avoir roulé deux kilomètres, l'Argentin se gara sur un parking presque vide.

— On est où ?

Le Sud-Américain ouvrit grand les bras devant lui.

— Dans la pampa, gringo !

— Carrément ?

Gonzalo secoua la tête. Il était content de son petit effet.

— J'étais guide avant de devenir taxi. Je connais l'Argentine presque comme ma poche.

Arnaud scruta le chauffeur. Hier, il connaissait mal la région et aujourd'hui, il avait été guide ? Arnaud ne dit rien, mais il commençait à douter d'avoir pris la bonne décision.

— Et on mange bien dans la pampa ?

— Je t'emmène dans le meilleur restaurant de la région, dit-il.

Arnaud pressa le pas. Il avait une faim de loup.

41

La pampa ne ressemblait absolument pas à ce qu'Arnaud fantasmait dans ses plus beaux rêves. Pour lui, la pampa était synonyme de plaines, de montagnes et de calme. Santa Rosa ressemblait à Madrid. Arnaud fut déçu. Il s'était représenté cette région comme un paradis. Mais non. C'était une ville comme les autres. Avec des magasins, des restaurants, des touristes et pas un bœuf à l'horizon.

— Bah, gringo, qu'est-ce qui t'arrive ? interrogea Gonzalo en voyant Arnaud les bras ballants.

— J'ai l'impression d'être en Espagne.

— Quoi ?!

L'Argentin éclata de rire. On ne lui avait jamais fait une réflexion aussi stupide.

— Tu as vu les paysages que nous avons croisés depuis que nous sommes partis de Buenos Aires ?

— Je ne parle que de cette ville. C'est… décevant.

Gonzalo comprit ce que voulait dire Arnaud.

— C'est la capitale de la région, gringo. Tu voulais quoi ? Des maisons avec des toits en caca de vaches ? (Le chauffeur de taxi se mit à rire encore plus fort.) T'es vraiment un Français. T'es jamais content…

— Oui ! Bon, ça va. C'est joli. C'est même très joli !

Gonzalo ouvrit la porte du restaurant et invita Arnaud à y pénétrer.

— Tu verras... Ce que tu vas manger... ça va te faire changer les idées. Et si t'es blasé, je te laisse seul dans la haute plaine.

Gonzalo suivit Arnaud à l'intérieur du restaurant.

— Tu n'as pas choisi le pire, dit Arnaud en se tournant vers le moustachu.

— Non, gringo ! J'ai choisi le meilleur.

Le Pampa-Rosa était le plus grand restaurant gastronomique de la région. La décoration transpirait la cuisine exceptionnelle et un service remarquable. Le feu qui crépitait dans la cheminée au fond de la salle apportait à la pièce un petit côté chalet montagnard. L'odeur de la viande grillée agrippait agréablement les narines et surtout les papilles. Le sol recouvert d'un tapis épais donnait l'impression de marcher sur un green de golf. Une jeune serveuse les accueillit et leur proposa de les accompagner à une table. L'Argentin et le Français s'assirent. La serveuse réapparut avec les cartes et les leur distribua.

— Je vais te faire une sélection aux petits moignons.

— Oignons. L'expression, c'est aux petits oignons, rigola Arnaud.

— Ce n'est pas pareil ?

Arnaud fit non de la tête et lui expliqua la différence, puis il ouvrit la carte à son tour. Il commençait à connaître son guide, donc il allait quand même jeter un œil. Mais même en y étant préparé, le flic eut un léger mouvement de recul.

— C'est en pesos ou en dollars ?

— Bah, c'est en dollars.

— Le plat est à 600 dollars ?

Gonzalo secoua la tête.
— Ouais ! On va se régaler.
— Les prix m'ont un peu coupé l'appétit.
Gonzalo haussa ses épaules. Arnaud se leva sans rien dire pour aller aux toilettes. Gonzalo ne bougea pas… et commanda deux verres de vin.
En revenant, Arnaud repéra le liquide écarlate qui l'attendait sur la table. Il trembla légèrement – il avait envie de tremper ses lèvres, juste pour goûter – mais résista. Il inspira profondément et rejoignit Gonzalo qui venait de terminer son verre.
— Tu peux prendre le mien. Je ne bois pas.
Sans rien dire, l'Argentin récupéra et siffla d'une traite le mendoza.
— À 78 dollars le verre, tu pourrais le déguster.
— T'es drôle, amigo.
Arnaud ne répondit pas.
Lorsque la serveuse apporta les plats, il fut obligé de reconnaître que c'était mortellement succulent. Chaque bouchée était un orgasme. Chaque cuillerée de sa crème aux champignons et au foie gras, une explosion de joie. L'entrée était d'une douceur extrême. L'entrecôte black angus argentin finissait par faire oublier son prix. Arnaud n'avait jamais mangé de sa vie une viande aussi onctueuse, douce et goûteuse. Il n'en revenait pas. Les deux hommes mangèrent en silence pour rendre hommage au talentueux cuisinier.
Parfois, il fallait juste savourer et apprécier.

*

— Hey, amigo ! Tu fais la gueule ? demanda Gonzalo en remuant sa moustache après avoir siffloté des airs inaudibles.

Cela faisait deux heures que la Range Rover filait sur l'autoroute en direction de Bariloche.

— Non, je ne fais pas la gueule. Je fais mes comptes, plaisanta Arnaud.

Gonzalo lâcha le volant du 4×4 qui roulait à plus de 160 kilomètres à l'heure. La voiture ne bougea pas d'un iota.

— Mais arrête, gringo. Tu ne peux pas dire que tu n'as pas bien mangé ! lui dit-il en pointant son gros index vers Arnaud.

— Non, je ne peux pas dire ça. Mais ne pousse pas trop loin. Et remets tes mains sur le volant. Tu vas nous tuer.

Gonzalo remua sa moustache. Cette fois-ci il ne souriait pas. Il réfléchissait. Il posa ses mains pour guider la voiture et tourna légèrement la tête vers Arnaud.

— C'est vrai, je fais ça de temps en temps... plumer les touristes.

— Sans déconner, lâcha Arnaud, sarcastique.

— Mais sincèrement. Je t'aime bien. Je te promets moins de dépenses. T'es mon amigo !

Arnaud ricana. Charge à lui d'être prudent. Il le savait dès le début et à présent, il était coincé avec cet énergumène jusqu'à la prochaine destination. Une fois sur place, il sera certainement temps d'aviser.

Gonzalo lui demanda ce qu'il pensait trouver à Bariloche. Foutu pour foutu... Arnaud décida de lui raconter tout ce qui s'était passé depuis l'enterrement de Simon.

42

Bonjour, vous êtes bien sur le répondeur d'Arnaud Shimansky. Je ne suis pas joignable pour le moment. Vous pouvez laisser un message après le « bip ». Merci.

« Bonjour, Arnaud. C'est Klein. Je pense que ton père t'a informé que je venais d'acheter la maison de Simon. Ça m'a fait tout drôle d'y retourner. J'y ai passé tellement de temps avec Edwige et ton grand-père. J'en ai encore le cœur serré. Ton père m'a dit que tu étais en Argentine. C'est un beau pays. Si tu veux appelle-moi, je te dirai quoi visiter. Je me demandais aussi où tu avais mis les meubles ? Et les tableaux dont nous avions parlé ? J'ai été surpris de trouver la maison de ton grand-père quasiment vide… Je voulais garder quelques souvenirs de Simon. Enfin bref, ce serait bien si tu pouvais me rappeler rapidement. On parlera aussi de ton voyage. Ça m'intéresse. À bientôt. »

Bonjour, vous êtes bien sur le répondeur d'Arnaud Shimansky. Je ne suis pas joignable pour le moment. Vous pouvez laisser un message après le « bip ». Merci.

« Salut, c'est Billard. Tu me manques frérot. Paris ce n'est pas pareil sans toi. Je me suis aperçu que tu n'étais jamais parti aussi loin et surtout aussi longtemps. Ça doit te changer. Je t'appelle surtout pour te donner des nouvelles du 36… Comme je le présageais, il y a bien eu une tempête après le calme… Des gosses ont trouvé une femme dans une ruelle près du Père-Lachaise, la pauvre, elle a été violée puis assassinée. Elle s'appelait Isabelle. C'était une étudiante en droit de vingt-cinq ans. La seule chose positive dans cette putain d'histoire, c'est qu'on a récupéré de l'ADN sous un des faux ongles de la victime, et on va pouvoir s'en servir. Les scientifiques sont enthousiastes. Y a plus qu'à attendre. Je sais que t'es loin et peut-être que tu t'en fous de cette histoire, mais j'avais énormément besoin de partager tout ça avec toi… Et puis merde ! Appelle-moi, nom de Dieu… Je te laisse des messages et tu ne réponds pas. C'est chiant quand même. Allez… J'y retourne. Je te donne des news dès que j'en ai ! Bye bye ! »

Bonjour, vous êtes bien sur le répondeur d'Arnaud Shimansky. Je ne suis pas joignable pour le moment. Vous pouvez laisser un message après le « bip ». Merci.

« C'est Ambre. C'est un peu bizarre de parler à un répondeur. Mais j'avais envie d'entendre ta voix… Sinon, ici, rien de bien neuf. C'est la routine. J'espère que de ton côté ça bouge et que tu arrives à avoir des réponses à tes questions. Je vais travailler tard ce soir, alors n'hésite pas à m'appeler… À n'importe quelle heure. Je t'embrasse. »

43

Les panneaux de circulation le long de la route avertirent nos voyageurs qu'ils s'approchaient de San Carlos de Bariloche. Arnaud ne pouvait pas quitter du regard la vue incroyable qui lui faisait face. Rien à voir avec Santa Rosa. Les alentours de Bariloche ressemblaient exactement aux paysages argentins dont il se faisait l'idée depuis des années. Des plaines verdoyantes à perte de vue, des neiges éternelles aux sommets des montagnes avec tout autour des lacs étincelants qui évoquaient, de loin, des rivières de diamants.

Les deux hommes avaient roulé pendant plus de neuf heures en s'arrêtant de temps en temps pour se ravitailler et se rendre aux toilettes. Arnaud avait, pendant ce long trajet, raconté son histoire. Gonzalo l'avait écouté jusqu'au bout, sans dire un mot. Il avait juste de temps en temps remué sa moustache. L'Argentin avait attendu la fin du récit pour ouvrir la bouche et lui apprendre que Bariloche avait été, juste après la Seconde Guerre mondiale, un repaire de nazis. Il expliqua également que c'était pour cette raison que les gens du pays pensaient que la ville était maudite. Arnaud n'en avait pas cru ses oreilles.

Cette info pouvait-elle confirmer que Simon avait été un chasseur de SS, de nazis, d'assassins et de barbares ? En tout cas, il était sur la bonne voie.

Gonzalo lui avait aussi raconté que Bariloche était appelée le Tyrol argentin. Arnaud leva un sourcil en signe d'étonnement.

— Pourquoi ?

— Tu verras. Si Santa Rosa te faisait penser à Madrid... Tu me diras à quoi te fait penser Bariloche.

Deux kilomètres plus tard, Gonzalo stoppa la voiture et coupa le contact. Une fois le silence revenu dans l'habitacle, il se tourna vers Arnaud.

— Nous sommes arrivés. On fait quoi ?

— Trouvons un hôtel. Mais plus de coups tordus, je suis crevé, OK ?

— OK ! (Gonzalo redémarra la voiture puis roula pendant une dizaine de minutes avant de se garer sur le parking d'un hôtel.) C'est un établissement bon marché. On peut même prendre une chambre pour deux si tu veux.

Arnaud remercia l'Argentin, mais il préférait quand même dormir seul. Le chauffeur sortit de la voiture en soufflant de soulagement. Lui non plus n'avait aucune envie de partager son lit.

Les deux hommes grimpèrent les quelques marches en pierre pour pénétrer dans l'hôtel. Arnaud se dirigea directement vers le lobby et déposa son passeport sur le comptoir. Avec son plus beau sourire, Otto, le réceptionniste, s'approcha en lui souhaitant la bienvenue à l'hôtel Tangoinn. Dans un geste professionnel, il attrapa la pièce d'identité en lui demandant en quoi il pouvait l'aider. Gonzalo, qui avait rejoint Arnaud à la réception, expliqua en espagnol qu'ils voulaient réserver deux chambres pour trois nuits minimum.

L'homme tapa quelques secondes sur son ordinateur puis ouvrit le passeport d'Arnaud. Le visage d'Otto changea en un claquement de doigts. Il leva la tête de son clavier et demanda à Arnaud :

— Shimansky ?

Arnaud regarda le réceptionniste et acquiesça. Le garçon changea complètement de comportement. Il redonna le passeport et annonça aux deux hommes qu'ils allaient être surclassés.

— Je crois qu'on va nous filer des suites, ricana Gonzalo.

— Pourquoi ?

— J'en sais rien gringo. Mais à mon avis cela a un rapport avec ton nom.

Le réceptionniste appela par téléphone deux porteurs qui arrivèrent rapidement d'une porte dérobée. En trois minutes, Arnaud se retrouva seul dans sa gigantesque suite. Le téléphone posé sur table basse du salon sonna. Arnaud décrocha.

— Hey, gringo ! Je ne sais pas qui tu es, mais la chambre, c'est un palace… Je vais dormir un peu.

— À plus tard.

Il regarda le jardin qui donnait sur la fenêtre. C'était magnifique. Les fleurs resplendissaient de bonheur, le gazon paraissait être du velours et quelques canards s'amusaient à se courir après. Arnaud décida d'aller faire un tour dans Bariloche.

44

Ce que voyait Arnaud était incroyable. San Carlos de Bariloche était une ville fantastique avec un cadre paradisiaque. Gonzalo ne lui avait pas menti. L'endroit avait une similitude avec la Suisse allemande. L'architecture, les toits des maisons, les montagnes chapeautées de neige et les quelques lacs qui entouraient tout ce panorama faisaient de Bariloche un joli village typique du Tyrol. Ici, dans cette ville, il se sentait bien. Les mains dans les poches, Arnaud déambulait au cœur du quartier mentionné dans les lettres de Markus envoyées à son grand-père. Malheureusement, il ne connaissait pas assez bien la langue pour poser des questions aux Argentins qu'il croisait. Il reviendrait avec Gonzalo, ce serait plus judicieux, se dit-il en s'arrêtant un moment pour contempler la cordillère des Andes qui se trouvait illuminée par les rayons du soleil.

Il marcha une petite demi-heure sur le front de mer de Los Cipresales, puis eut faim. Il se mit donc en quête d'un restaurant. Au coin d'une rue, Arnaud tomba sur une jolie officine orange qui, dans sa vitrine, proposait une grande variété de charcuteries. Arnaud en avait l'eau à la bouche. Il s'approcha du magasin et poussa la porte. La clochette au-dessus du chambranle annonça aux employés du Vienna-delicatessen qu'un nouveau client venait d'entrer.

Un homme surgit de la réserve située au fond du magasin. Il portait un plateau rempli de saucisses qu'il posa sur un petit établi devant lui. Puis, calmement, il se retourna pour servir son nouveau client. Arnaud souriait. L'homme qui devait mesurer au moins deux mètres le fixa de ses yeux bleu métal. Sa coupe de cheveux courte sur les côtés lui donnait un air martial et assez autoritaire. Son corps musclé le faisait ressembler au colosse de Rhodes. L'homme lui demanda en espagnol ce qu'il voulait. Le charcutier ne cessait de scruter Arnaud de bas en haut et de droite à gauche. Arnaud se risqua à baragouiner quelques phrases en espagnol, sans succès. Le charcutier attendit patiemment. Arnaud tenta de lui parler en français, en anglais… mais l'homme resta stoïque. En dernier recours, Arnaud essaya quelques mots en allemand. L'homme sourit. Dans un dialecte bien à lui, Arnaud commanda un sandwich au charcutier. Il fut très étonné de constater que le charcutier argentin n'avait aucun accent et qu'il parlait la langue de Goethe mieux que lui. La clochette au-dessus de la porte émit un tintement, un vieillard qui marchait à l'aide d'une canne fit son apparition dans la boutique. Arnaud se retourna pour le saluer, le vieillard fixa le Français intensément. Un ange passa.

Après avoir payé, le flic sortit du magasin en croquant dans son pain au sésame.

Les deux hommes regardèrent Arnaud s'éloigner de la place. Le vieillard leva la tête vers le charcutier qui aiguisait ses couteaux.

— Ce jour devait arriver, lâcha-t-il.

— Nous étions en paix depuis tant d'années... Il vient prendre le relais ?

— Je ne pense pas. Plutôt nous apporter des problèmes.

Le bruit du couteau sur l'aiguiseur hérissait le pelage du vieux.

— Arrête ce bruit, Erich. J'ai les poils qui se dressent.

— N'est-ce pas plutôt la peur, Herman ? La peur de tout perdre ?

— Qui a le plus à perdre ici ? Je vais bientôt mourir... Faut qu'on se réunisse et rapidement.

— Il lui ressemble, se contenta de répondre Erich en grimaçant.

— C'est exactement ce que m'a dit Otto.

— Tu as remarqué ses yeux, Herman ?

— Oui, la même froideur... Un regard de loup. Tu ne lui as pas parlé français ?

— Non. Je voulais savoir s'il parlait allemand.

Le vieillard rit.

— Tu as toujours un coup d'avance. C'est ce que j'aime chez toi.

— Je sais. Et maintenant ? Qu'est-ce qu'on fait de lui ?

— Pour le moment rien, dit le vieillard en enlevant son chapeau pour essuyer son crâne qui ruisselait de sueur.

Le charcutier fit oui de la tête et retourna dans son arrière-boutique tandis que le vieil homme sortait à son tour.

Dans sa réserve, le charcutier saisit son téléphone portable. Il attendit quelques secondes puis annonça dans l'appareil :

— C'est bien lui. Que faisons-nous ?

*

Arnaud finissait de se lécher, de plaisir, les doigts pleins de moutarde quand un désagréable frisson glissa le long de sa colonne vertébrale. Quelque chose clochait. Une sensation étrange le parcourut. Il se retourna. Rien. Il continua à marcher mais le trouble en lui enflait, un peu comme une bête qui vous ronge de l'intérieur. Il se retourna une nouvelle fois et il les vit. Deux hommes le suivaient. Il en était certain. Il slaloma dans les rues de Bariloche pour retourner à son hôtel. Au bout d'un quart d'heure, les deux hommes étaient toujours sur ses talons. Arnaud commença à transpirer. Dans quelle merde s'était-il fourré ?

Ses poursuivants ne se cachaient même plus. « OK, ça suffit les conneries. » Arnaud décida qu'il était temps de les affronter et s'arrêta pour leur parler.

Les deux hommes passèrent à côté de lui sans rien dire, ni même le regarder. Arnaud se demanda s'il ne devenait pas complètement fou. Puis, soulagé, il reprit le chemin de son hôtel.

À la réception, Otto lui sourit aimablement. Arnaud lui rendit son sourire et appuya sur le bouton pour appeler l'ascenseur. Le Français entra dans la cabine, se tourna et avant que les portes ne se ferment, il aperçut les deux hommes qui le suivaient quelques minutes plus tôt, confortablement installés dans les fauteuils du salon, près de la réception.

45

Arnaud frappa à la porte de la chambre de Gonzalo. Ce dernier lui ouvrit, les yeux mi-clos. Arnaud entra et verrouilla la serrure à double tour avant de s'engouffrer dans la suite. Gonzalo émergeait difficilement de sa sieste. Il n'arrivait pas à imprimer ce que lui baragouinait le gringo. Arnaud respira lentement et lâcha :

— Je suis suivi.

Gonzalo leva les sourcils. Arnaud le regarda dans les yeux de son regard bleu et froid.

— T'en es vraiment certain ?

— Ouais. Je ne te l'ai pas dit, mais en France, je suis flic. Je ne me trompe pas.

Gonzalo eut un léger mouvement de recul.

— Ça te gêne que je sois flic ?

— Non, pas du tout… Mais pourquoi ne pas me l'avoir dit avant ?

— Je n'en voyais pas l'intérêt.

Arnaud se passa les mains sur le visage.

— À ton avis… pourquoi on me suit ?

Gonzalo se gratta la tête.

— Comment veux-tu que je le sache ?

Arnaud s'agitait comme un taureau empressé d'entrer dans l'arène pour faire du rodéo. L'Argentin se releva doucement et attrapa Arnaud par le bras.

— Ça a peut-être un rapport avec cette chambre ?

Arnaud regarda Gonzalo.

— Comment ça ?

— Avant de m'endormir, je me suis demandé pourquoi nous avions été surclassés. Pas toi ?

— Je reviens.

Arnaud fila à la réception. Otto l'accueillit avec un sourire aimable comme il le faisait avec tous ses clients. Arnaud dévisagea Otto de ses yeux de loup.

— Puis-je vous poser une question ? lui demanda-t-il.

— Bien entendu.

— Pourquoi nous avoir surclassés ?

Le petit rictus du réceptionniste agaça Arnaud, mais il ne fit aucune réflexion.

— Tout simplement parce que notre hôtel n'est pas complet. Nous voulions vous faire plaisir. C'est comme ça que nous recevons nos nouveaux clients. (Otto replaça ses petites lunettes rondes en acier correctement sur son nez.) Y a-t-il un souci avec votre chambre ?

Arnaud se pinça les lèvres. Ce n'était pas de cette façon qu'il obtiendrait des réponses.

— Non. Tout va bien. Je suis désolé de vous avoir dérangé.

Le réceptionniste salua Arnaud de la tête et partit s'occuper d'un autre client qui patientait à l'autre bout du comptoir. Le flic fit demi-tour pour remonter dans sa chambre. Comment pouvait-il découvrir la vérité ? s'interrogeait-il en appuyant sur le bouton de l'ascenseur. Seul devant les portes, il attendit que la cabine s'ouvre. Une fois à l'intérieur, Arnaud enfonça le bouton de son étage et patienta en attendant que la machine élévatrice fasse son dur labeur jusqu'au sixième.

Il ne s'en aperçut pas tout de suite. Son cerveau ne voulait pas imprimer ce que ses yeux lui envoyaient. Mais c'était bien là, devant ses deux rétines. Arnaud s'approcha des cloisons de l'ascenseur. Il n'avait pas rêvé, les motifs qui se croisaient de droite à gauche le long de la paroi de verre formaient de minuscules croix gammées.

46

Berlin, mars 1945

L'orage grondait férocement depuis des jours comme si le ciel voulait expier tous les péchés du monde et plus particulièrement ceux de ces dix dernières années. Dans les couloirs de l'hôtel Adlon, c'était la panique. La guerre allait être perdue et tout le monde essayait de sauver sa peau. Depuis quelques jours, les trois premiers étages de cet hôtel de luxe situé dans le centre-ville de Berlin avaient été transformés en hôpital de guerre pour accueillir les soldats blessés lors de l'avancée des Russes sur la capitale du Reich allemand.

Au cinquième étage, dans une chambre baignée de pénombre grâce aux volets clos, deux officiers de la *Schutzstaffel* se faisaient face. Depuis plus d'une heure, le plus gradé des deux murmurait. L'autre écoutait religieusement les ordres de son supérieur. On lui donnait une mission et il allait devoir la mener à bien. Le gradé baissa légèrement la voix. Les espions pouvaient être partout et il se devait d'être prudent, surtout en ce moment. D'un geste affectueux, il prit la tête de son interlocuteur entre ses mains.

— C'est un plan extrêmement millimétré. S'il y a une poussière dans l'engrenage, nous sommes tous morts. TOUS ! Tu comprends ? (Le moins gradé des deux secoua la tête. Il avait saisi l'importance de sa tâche.) Il faut que tu me trouves un Berlinois qui lui ressemble. Faut absolument que la personne ait sa taille et sa carrure. C'est primordial.

Le jeune officier transpirait à grosses gouttes. Tout reposait sur lui. Le plan fonctionnerait s'il faisait tout ce qu'il fallait à des moments bien précis. C'était un peu comme de l'horlogerie suisse, expliquait son supérieur.

Au loin, les bombardements et les tirs de mortiers redoublèrent d'intensité. La chambre vacillait à chaque explosion. L'hôtel allait-il rester debout ou s'effondrer ? se demandèrent les deux Allemands.

Dans les couloirs, le personnel courait pour se protéger des éventuels éboulements causés par les ondes de choc. Aucun individu n'était en sécurité dans le Berlin d'aujourd'hui. Il fallait faire vite. Les Russes s'approchaient dangereusement et la nécessité de finaliser le plan avant leur arrivée dans la capitale du Reich était primordiale. Et de cette urgence, les deux officiers étaient inévitablement conscients.

— Ensuite, tu fais exactement ce que je t'ai dit. Tu pars pour l'Espagne et tu attends mon signal. C'est bien compris ?

Le jeune officier leva le bras bien droit pour faire un magnifique salut hitlérien, puis claqua les talons de ses bottes en cuir parfaitement cirées. Il était prêt à mourir pour sa patrie et pour son chef. Les deux hommes se regardèrent, les larmes aux yeux.

— J'espère te revoir.

— Moi aussi. Tu vas me manquer, Markus.

Sans se concerter, ils se prirent quelques instants dans les bras, en silence, comme si la terre s'arrêtait de tourner pour leur donner le temps de se dire au revoir. Le plus jeune sortit de la chambre en regardant une dernière fois l'homme en face de lui, puis claqua la porte sans un mot.

Au loin des sirènes tonnaient. Dans le ciel des avions projetaient des bombes et dans les rues, les Berlinois hurlaient, pleuraient ou… mouraient. Hendrich Jaguele sentit son cœur saigner. Il avait mal pour son pays. Minute après minute, l'Allemagne perdait la guerre. Il regarda dehors à travers les persiennes ; la pluie tombait toujours. Il fit le tour de la pièce, enfila son manteau et sortit de la chambre la tête baissée. Il dévala les escaliers d'un pas rapide tout en s'allumant une cigarette. Il savait que fumer n'était pas bien perçu dans le Reich *Befehl*, mais Hendrich ne pouvait pas s'en passer. Il sortit de l'hôtel et s'engouffra dans la voiture qui l'attendait. Il fit un signe de tête pour donner l'ordre à son chauffeur de démarrer.

— Au bunker. Et vite.

La Mercedes fila dans un Berlin en ruine et méconnaissable.

47

— Effectivement, cela ressemble à de minuscules croix gammées.

— T'es aveugle ou quoi ?

Gonzalo se redressa. Cela faisait dix minutes qu'il scrutait la paroi de l'ascenseur.

— OK. Ce sont des croix gammées. Et alors ? Tu veux qu'on fasse quoi ?

Arnaud n'en savait strictement rien. Il était allé chercher l'Argentin après avoir découvert cette épouvantable décoration.

— Je t'avais dit que Bariloche était un repaire nazi dans les années 1950. Alors je pense que cela doit sûrement être un vestige…

Arnaud fit une moue. Il n'était pas convaincu. Il y avait un truc qui clochait dans cette ville, mais malheureusement il n'arrivait pas à mettre le doigt sur ce que c'était. Il fallait qu'il réfléchisse.

Arnaud se massa la nuque. Il fallait qu'il trouve quelque chose, rien qu'un petit truc pour obtenir des réponses. Il se tourna vers l'Argentin.

— Tu ne m'as pas tout expliqué sur Bariloche, c'est quoi son histoire ?

Gonzalo éclata de rire.

— J'étais guide touristique à Buenos Aires, pas ici. Je t'ai raconté tout ce que je savais. Ce sont des histoires qu'on entend régulièrement dans le pays. Ce sont des légendes urbaines. Comme le monstre du loch Ness ou le Yéti... C'est tout. Et puis, tu sais, les rumeurs c'est comme les peigne-culs, il y en a de plusieurs sortes.

Arnaud sourit légèrement à cette petite plaisanterie.

— Qui peut me renseigner ?

Le chauffeur de taxi montra des petits flyers posés sur un présentoir juste à côté de l'ascenseur. Arnaud en récupéra un. C'était une publicité pour l'office du tourisme local. Elle expliquait que, si vous aviez envie de tout savoir sur cette jolie ville de la province du Monte Negro, vous étiez obligé de passer au centre touristique. Gonzalo regarda Arnaud.

— C'est la meilleure adresse.

Arnaud acquiesça.

— On y va ? proposa le flic en vérifiant les horaires.

L'Argentin fit oui de la tête et attrapa Arnaud par le bras.

Les deux hommes sortirent de l'hôtel sous un soleil qui chauffait la peau comme une plancha en Espagne.

*

Le bruit des vagues qui se brisaient sur le ponton en bois à quelques mètres de sa fenêtre lui faisait du bien. Les clapotis de l'eau le berçaient et cela lui plaisait. Il se trouvait alité depuis plusieurs mois déjà et l'inaction le rendait dépressif. Son corps le laissait tomber mais pas sa tête, et ça, il en était très reconnaissant. Jamais il n'aurait apprécié d'avoir un esprit atrophié, si cela était arrivé, il se serait tiré une balle dans la tête.

Mais là, même s'il ne pouvait presque plus se lever de son lit, il pouvait lire, écrire et réfléchir. Il n'avait ni de raison ni le désir de se suicider. Au large, le bruit d'un moteur l'avertit qu'ils approchaient. Il posa son livre et tenta de se redresser. Chaque fois qu'ils venaient, il essayait de ne pas trop leur montrer sa souffrance. Le cancer qui le rongeait de l'intérieur lui appartenait. Il ne souhaitait pas ennuyer les autres avec sa santé. Même si tout le monde connaissait le mal qui le grignotait, personne n'en parlait en sa présence. C'était le patron et ils le respectaient pour ça. Et lui, il appréciait cet accord informel. Le crissement des graviers sous les pieds de ses visiteurs l'informa qu'ils venaient de débarquer. Le bruit des canards lui signifiait maintenant que le petit groupe venait de passer la barrière qui scindait la propriété de la plage. Il remit son oreiller derrière son dos et attendit qu'ils frappent à la porte. Il compta jusqu'à trois dans sa tête.

TAP-TAP-TAP.

Il sourit comme un enfant. Il appréciait quand les choses étaient millimétrées aussi admirablement qu'un métronome.

— Vous pouvez entrer, annonça-il en essayant de pousser sa voix le plus fort possible.

La porte s'ouvrit sur trois hommes. Ils avaient comme toujours une tête d'enterrement quand ils venaient le voir. Ils savaient que la fin approchait et avaient toujours un pincement au cœur en débarquant sur l'île. Markus leur sourit pour leur prouver que tout allait bien.

— Alors ? leur demanda-t-il.

— C'est bien lui, souffla le charcutier, puis il ajouta : Il a vos yeux.

Markus sourit intérieurement. Il ne voulait pas montrer aux autres l'émotion qui le submergeait. Herman posa sa canne contre une chaise et s'approcha de Markus pour l'ausculter. Tout en écoutant dans son stéthoscope, le médecin demanda au malade ce qu'ils devaient faire.

— Vous savez pourquoi il est ici ?

Otto et Erich firent non de la tête. Le réceptionniste enchaîna :

— Il se balade. Pour le moment il ne fait rien de bien précis. Nos gars le surveillent.

Le charcutier leva la main pour prendre la parole.

— Il est quand même allé voir Augusta à Buenos Aires. Et nous savons tous que c'est un passage obligé quand les gens veulent nous rencontrer... ou pire.

— Exactement, répondit Markus. Augusta est un leurre pour les gens qui nous recherchent. Elle a fait un très bon travail, depuis le début.

— Elle a toujours donné de fausses pistes aux charognards, dit Erich avec un sourire carnassier. (Les hommes rigolèrent. Le charcutier reprit :) Et elle en a perturbé beaucoup. C'est une maligne.

— Elle lui a raconté quoi ? interrogea Markus.

— La même histoire que d'habitude. Que c'était un escroc et un voleur. Qu'il a passé des années après la guerre à voler des tableaux à son peuple.

Markus hocha la tête.

— Très bien. Cela a dû pas mal le contrarier. (Puis il ajouta :) Il me ressemble vraiment ?

Les hommes acquiescèrent. Markus laissa son esprit divaguer.

— J'aimerais tellement le voir… Vous pensez que c'est possible ? demanda-t-il aux trois hommes.

Le charcutier haussa les épaules.

— C'est vous le chef.

Otto se frotta les mains avec un air sadique.

— Si vous le souhaitez, on peut organiser ça…

Markus toussa en crachouillant un peu de sang. Herman rangea ses ustensiles de médecine dans son sac.

— Vous ne voulez toujours pas que je vous soigne ? demanda-t-il contrarié.

Markus fit non de la tête.

— La seule chose que je souhaite, c'est de le voir de mes yeux avant que la mort me fauche. Je sens que cela peut arriver plus vite que prévu.

Otto était content. Il allait pouvoir assouvir ses pulsions. Les trois hommes saluèrent Markus d'un signe de tête et sortirent de la chambre. Derrière la porte en bois le malade expectora avec un bruit qui terrifia le trio qui repartait vers le bateau.

Markus s'essuya la bouche avec son mouchoir qui se trempa de sang. La mort venait de prendre rendez-vous. Il espérait juste pouvoir lui parler avant de disparaître définitivement de ce monde. Il voulait lui raconter tout ce qu'il avait sur le cœur avant de se retrouver au purgatoire.

48

— Comme vous avez pu vous en apercevoir lors de votre arrivée dans notre belle contrée, Bariloche est située près des Andes du sud à une altitude située entre huit cent et neuf cent cinquante mètres. Bariloche a été fondée sur la rive sud du lac Nahuel Huapi. La ville est très proche du Chili, qui est à quelques dizaines de kilomètres. Notre jolie commune a été fondée le 3 mai 1902. Le tout premier habitant était un ressortissant suisse. Bariloche est dérivée du mot Vuriloche, qui signifie « Homme de l'autre versant de la montagne ». En 1909, Bariloche comptait 1 250 habitants d'origine essentiellement germanophone, italienne et chilienne…

Arnaud bâillait intérieurement tandis que Gonzalo, à côté de lui, s'endormait. Il semblait même au Français qu'il bavait légèrement sous sa moustache. Cela faisait une heure et vingt minutes que les deux hommes étaient assis dans la salle de conférence de l'office du tourisme. Et les bla-bla-bla de la guide touristique, qu'Arnaud suivait à l'aide d'un logiciel de french translation, ne répondaient en rien aux questions qu'il était venu chercher au fin fond de la pampa. Les haut-parleurs grésillaient, le son se coupait et le minuscule casque audio n'était pas adapté à sa tête. Il en avait marre de le repositionner toutes les trente secondes. Dans un mouvement agacé, il l'enleva pour le poser sur ses genoux.

Arnaud ne désirait qu'une seule chose : comprendre pourquoi Bariloche avait la réputation d'être une ville qui avait recueilli d'anciens nazis. Il attendit donc la fin du discours de la charmante Argentine pour la questionner sur le sujet. Arnaud réveilla Gonzalo à coups de coude. Le chauffeur de taxi sursauta en couinant. Il se frotta les yeux et essuya la bave agglutinée à la commissure de ses lèvres. Il remercia mentalement la jeune femme pour sa berceuse verbale. Assis à côté de lui, Arnaud lui fit un signe de tête pour l'informer que la présentation de la région venait de se terminer. Les deux hommes se levèrent pour rejoindre la jolie brune aux grands yeux verts qui rangeait son micro, ses fiches bristol et son PowerPoint. Elle se tourna vers les deux individus qui lui souriaient bêtement. Elle leur demanda quelles activités touristiques les intéressaient. Arnaud essaya de comprendre ce qu'elle disait, mais comme depuis son arrivée sur le continent sud-américain, il ne pigea quasiment rien. Gonzalo vint à sa rescousse en expliquant à la guide qu'en tant que journalistes, ils souhaitaient des informations sur la ville. La jeune femme qui s'appelait Catalina était prête à répondre à toutes les questions sur Bariloche. Elle ajouta également qu'elle pouvait essayer de parler français, même si cela faisait longtemps qu'elle n'avait pas pratiqué. Arnaud la remercia du fond du cœur. Catalina sourit puis les invita, d'un geste de la main, à passer dans son bureau pour discuter. Catalina s'assit à son bureau et proposa aux deux hommes de faire de même.

— Que voulez-vous savoir ?

— Nous faisons un article sur les nazis, répondit Arnaud en toussant.

— Vraiment ? Vous n'avez rien d'autre à raconter sur Bariloche ? souffla Catalina.

— Si bien sûr, c'est une merveilleuse ville. Mais notre article porte sur les rumeurs qu'on raconte sur cet endroit.

— Ce ne sont pas des rumeurs. Ce sont malheureusement des histoires vraies... On aurait préféré, croyez-moi, que cela soit des ouï-dire. Vous voulez que je vous raconte ?

Les deux hommes firent oui de la tête, comme des enfants à qui on proposait de lire un extrait de *Oui-Oui perd sa trousse*.

49

Bariloche, 20 avril 1946

Erich Priebke finissait de compter les lingots d'or qui se trouvaient posés sur la table de sa salle à manger. En face de lui, Arturo, un Argentin, mettait les petits rectangles d'or dans un sac en cuir dès que l'Allemand lui en tendait un.

— Cela ne vous gêne pas d'avoir un svastika gravé dessus ? demanda Erich pince-sans-rire.

— Toujours pas. De l'or, c'est de l'or, rétorqua le Sud-Américain avec un sourire satisfait.

— C'est quand même de l'or fauché aux Juifs et fondu pour en faire des lingots.

— Juif ou pas, je m'en tape, je viens de vous le dire. C'est de l'or. Et si vous voulez que notre gouvernement vous laisse tranquille, c'est le prix à payer.

— Je ne suis que le messager, Arturo. Pas l'organisateur.

— Comme moi…

Erich redonna un lingot que l'Argentin plaça dans sa sacoche.

— Et mon nouveau passeport ? Vous pensez me l'apporter quand ?

— La prochaine fois que nous nous verrons. N'ayez aucune crainte, j'honorerai notre contrat jusqu'à la fin... Si vous honorez le vôtre. Cela va de soi.

— Ce que je vous donne aujourd'hui le prouve, non ? (Arturo saisit un autre lingot des mains de l'Allemand.) Je ne veux pas être un clandestin dans ce pays. Je veux changer de nom, changer de vie. Ne plus être celui que je suis. Je veux une nouvelle existence en Argentine.

— Nous allons tout faire pour ça. Notre gouvernement a tout prévu. Il faut nous laisser un peu de temps pour mettre les choses en place.

— Je suis recherché par tous les services secrets du monde entier. Je veux disparaître le plus vite possible, se plaignit l'Allemand.

L'Argentin souffla sommairement.

— Je le sais. Nous faisons au plus vite, je viens de vous le dire.

Erich fixa Arturo de son regard d'acier. L'ancien chef de la Gestapo pouvait d'un coup d'œil rendre les gens mal à l'aise. L'Argentin commença à transpirer et essaya d'éviter son regard. L'Allemand ne lui avait jamais fait une bonne impression. Malheureusement, il était obligé de passer chez lui pour percevoir l'argent que les exilés lui devaient. Arturo récupéra le dernier lingot et ferma sa sacoche. Il se leva pour serrer la main de son hôte. Puis, sans se faire prier, il quitta la maison et décampa. Sur le seuil, Erich regardait l'Argentin s'éloigner dans l'énorme nuage de poussière que son deux-roues soulevait à son passage. Erich retourna dans sa maison. Il était heureux d'avoir pu fuir l'Europe et ne pas se faire arrêter par les Américains ou, pire, par les Russes. Il s'était caché des semaines et des semaines dans plusieurs endroits d'Argentine avant de venir se terrer dans cette ville où se trouvaient déjà des dizaines de nazis. Il regarda le tableau accroché fièrement et sans honte à son mur. Il leva le bras en l'air et salua le portrait d'Adolf Hitler. Aujourd'hui, c'était son anniversaire. Et il était inimaginable qu'il ne le lui souhaite pas.

50

— Qui était cet Erich ? demanda Arnaud qui avait été très attentif à la petite histoire que venait de leur raconter la jeune guide argentine.

— Le patron des nazis de Bariloche.

— Comment… comment ça ? balbutia Arnaud en écarquillant les yeux.

Catalina sourit et demanda aux deux hommes s'ils avaient un peu de temps devant eux. Arnaud et Gonzalo firent oui de la tête. La guide lança son récit comme une conférencière endurcie :

— De nombreux nazis comprirent bien avant la bataille de Stalingrad que la défaite pointait son nez. Alors, pour ne pas se faire arrêter et condamner à mort, plusieurs officiers eurent l'idée de fonder des entreprises en Argentine. Pourquoi l'Argentine me demanderez-vous ? (Catalina fit une grimace. Elle faisait les questions et les réponses. Une vraie professionnelle, pensa Arnaud.) À cette époque, notre gouvernement flirtait avec les thèses du IIIe Reich. Il a accueilli à bras ouverts tous les officiers qui voulaient fuir l'Allemagne meurtrie. Pendant quelques mois, les Allemands accumulèrent des réserves d'or et d'argent volé dans toute l'Europe.

Ils investirent en Argentine dans l'immobilier et aussi dans les moyens de communication. Tout cela leur permettait d'assurer leurs arrières du point de vue économique. En plusieurs mois, plus de deux cents sociétés anonymes ont été montées dans tous les coins du pays. Au moment où il était devenu inévitable que le Reich s'effondrait, ils se sont tous exilés en Argentine et plus spécialement à Bariloche. Certaines familles cachèrent dans des bunkers construits dans le sous-sol de leur maison un véritable arsenal. Elles étaient prêtes à accueillir et secourir tous les émigrés politiques qui arrivaient d'Allemagne. Pendant des années et des années, ces gens ont vécu royalement grâce à leurs commerces, leurs hôtels, leurs restaurants et tout ce qu'ils avaient créé en amont. Tout cela avec la protection du gouvernement argentin.

— Pourquoi Bariloche ? demanda Arnaud à Catalina.

La guide prit à nouveau un léger temps pour réfléchir avant de répondre.

— Notre paroisse ressemble à une partie de l'Autriche. Les nazis ont eu un coup de cœur pour ce village qui leur faisait penser à leur pays. Ils n'ont pas été inquiétés, ils avaient un accord avec notre gouvernement de l'époque. Ils avaient aussi un deal avec toutes les strates du régime. De l'argent contre une immunité. Comme je vous le disais, les nazis n'ont pas été que bien accueillis, ils ont été aussi énormément protégés. C'est une honte pour notre pays et la blessure est encore béante et nous fait toujours aussi mal.

La guide marqua un temps avant de larguer la bombe qui allait suivre :

— Juan Perón, le président de l'Argentine de l'époque, aurait négocié avec les plus hauts dignitaires nazis la tranquillité des ressortissants allemands moyennant plusieurs dizaines de millions de dollars. Une fois que les criminels de guerre furent installés et en sécurité, les hommes politiques de la région réclamèrent eux aussi leur part du gâteau en lingots d'or. Les nazis n'avaient pas eu d'autre choix, pour être tranquilles, que de payer.

Arnaud n'en croyait pas ses oreilles. Comment un gouvernement pouvait protéger des assassins qui avaient sur leurs mains le sang de millions d'hommes, de femmes et d'enfants ?

— Dans toutes les histoires, il y a un point final… Mais la nôtre met du temps à se terminer. À ce jour, nous n'avons toujours pas fermé le livre. Il y a encore d'anciens officiers nazis dans notre fabuleuse ville, et ils ne sont pas inquiétés. Ici, personne ne parle de cela… On en a tous honte. Je suppose que vous connaissez les dénommés, Mengele et Eichmann ?

Arnaud et Gonzalo hochèrent la tête.

— Ces deux assassins sont passés, malheureusement, à Bariloche. Mengele est même resté caché des mois dans une maison à deux pas d'ici.

— Et cet Erich dont vous nous parliez tout à l'heure ? Il est toujours vivant ?

Catalina fit non de la tête.

— Il s'est fait arrêter en 1995. Il a réussi à se faire oublier pendant toutes ces années. Il avait même ouvert une jolie charcuterie. Elle existe toujours. Vous êtes peut-être passé devant. On ne peut pas la louper, elle est orange.

Cela expliquait pourquoi c'était en la quittant qu'Arnaud avait été suivi… Catalina se leva pour ouvrir un tiroir dans une armoire métallique. Elle en sortit un gros dossier en carton. Après avoir enlevé les élastiques qui l'entouraient, elle fouilla à l'intérieur et en sortit un exemplaire du quotidien français *Le Monde* qu'elle tendit à Arnaud.

— Tenez, cela pourrait peut-être vous intéresser.

Arnaud récupéra le journal en la remerciant. Il tourna délicatement les pages, l'exemplaire qu'il avait entre les mains était vieux de plus de quatre ans.

51

Article du journal *Le Monde* du 11 octobre 2013

Le criminel de guerre nazi
Erich Priebke n'est plus.

Le 24 mars 1944, trois cent trente-cinq personnes, dont soixante-quinze Juifs, ont été exécutées en représailles à une attaque au cours de laquelle trente-trois soldats allemands avaient été tués. Le responsable de cette tuerie immonde se nommait Erich Priebke.

En 1995, grâce aux investigations d'un journaliste, Erich Priebke, plus connu en Argentine sous le nom de Otto Pappe, est arrêté dans la jolie station balnéaire de Bariloche. Il fut ensuite extradé en Italie.

Une question peut se poser : comment un officier de la Gestapo responsable du massacre des Fosses ardéatines, près de Rome en 1944 peut avoir vécu sans être inquiété pendant plus de cinquante ans ? Nous savons à ce jour qu'il a pu fuir l'Allemagne grâce à la Croix-Rouge qui lui a fourni de faux papiers. Et à mon avis, il n'est pas le seul à s'être enfui d'un IIIe Reich anéanti et en cendres.

Lors de l'enquête, les policiers ont également découvert qu'il n'avait jamais laissé tomber l'idéologie nazie. Il était même le chef d'une petite association d'anciens SS qui vénéraient toujours le chancelier Adolf Hitler en lui organisant, le jour de son anniversaire, le 20 avril, une grande réception. À cette occasion, ils revêtaient leurs uniformes pour revivre leur jeunesse perdue.

Sa charcuterie dans le centre de Bariloche était la plaque tournante des exilés allemands. Personne ne pouvait arriver dans cette région sans passer voir Erich pour qu'il lui fournisse de faux papiers et un travail. Eichmann est passé par la boutique, Mengele aussi. Pendant des années, il a régné sur la communauté nazie de Bariloche. Aujourd'hui, il n'est plus. Il est mort à cent ans dans la région de Rome. Malheureusement pour nous, Il n'a passé que dix ans en prison en raison de son âge.

La deuxième question que je pose dans cet article est : Erich Priebke a-t-il été capable de mettre dans la tête des enfants et des petits-enfants des exilés SS l'idéologie nazie ? Ceci est à vérifier… Mais je suppose que c'est plus que probable.

Laurent Arfi

52

La chaleur du soleil qui rayonnait dans le ciel trempait le dos d'Arnaud. Cela faisait une heure qu'il était sorti de l'office du tourisme et qu'il marchait en plein cagnard. Il avait demandé cette fois-ci à Gonzalo de l'accompagner à l'adresse que son grand-oncle avait notée dans une des lettres envoyées à son frère. Les deux hommes avaient interrogé quelques habitants du quartier. Sans résultat. Personne ne connaissait ou n'avait entendu parler d'un Markus Shimansky. Cela faisait dix minutes que l'Argentin l'avait laissé seul pour tenter de trouver une collation. Debout au milieu d'un lotissement aisé de la ville, Arnaud attendait le retour de son ami moustachu en se demandant dans quelle maison son grand-oncle avait pu bien vivre pendant tout ce temps. Il n'arrêtait pas de penser à ce que lui avait raconté Catalina. Il en avait mal à la tête. Arnaud ne doutait plus de la venue de Simon Shimansky dans cette ville. La question qui le hantait était : qu'était-il réellement venu faire ici ?

Arnaud tournait en rond et il ne le supportait plus. Ambre lui manquait. Billard lui manquait. Ses parents lui manquaient. Il fallait qu'il réagisse, qu'il arrête de végéter comme il le faisait depuis son arrivée en Argentine.

NOIR.

Arnaud hurla.

On venait de lui mettre un sac opaque sur la tête. Il ne voyait plus rien. On lui posa la main sur sa bouche pour ne pas qu'il crie. Il se débattit sans succès. Il essaya de frapper à l'aveuglette, mais cela ne servait à rien.

PAM.

On venait de lui assener un coup sur la tête. Il s'écroula.

NOIR.

*

Arnaud ouvrit difficilement les yeux.

Il avait une migraine effroyable et le picotement lancinant qu'il ressentait sur sa nuque lui donnait la nausée. Arnaud essaya de respirer calmement en évitant la crise d'angoisse. Où pouvait-il bien se trouver ?

Un temps.

Il mit une poignée de secondes pour se rendre compte qu'il se trouvait couché à l'arrière d'un véhicule. Il n'arrivait pas à savoir s'il s'agissait d'un camion ou d'une voiture. Quelle importance ? s'énerva-t-il. Il avait toujours un sac sur la tête et ses mains étaient ligotées dans son dos. Tout en gesticulant pour essayer d'enlever ses liens, il se demanda si l'Argentine avait aussi, comme en Colombie, des fractions armées qui enlevaient les touristes pour une rançon. Il n'en avait jamais entendu parler. Ce n'était donc pas, *a priori*, pour son argent qu'on lui avait éclaté un bout de crâne.

Non.

C'était autre chose. Mais quoi ? Qui ? Il n'était pas bâillonné, il avait donc la possibilité de parler. À un moment, le véhicule ralentit et tourna à droite puis se mit à crapahuter. Arnaud eut l'impression de ne plus être sur une route goudronnée et droite, mais plutôt sur un chemin de terre cabossé. Où l'emmenait-il ? Et pour quoi faire ? Son visage sera-t-il diffusé lors des gros titres dans les journaux télévisés en fin de journée ? Quand même, imagina-t-il, un flic français enlevé en Argentine fera forcément du bruit dans sa mère patrie. Arnaud ne bougea pas. Il sentit la voiture ralentir à nouveau. Elle ne roulait presque plus et le moteur perdait de la puissance. Il était certain que la fin de son abracadabrantesque voyage approchait. Il espérait, fortement, qu'avant de se faire tuer, ses ravisseurs lui proposeraient de fumer une dernière cigarette. Il en avait tellement envie.

La voiture s'arrêta. Le frein à main fut enclenché et les portes claquèrent. Sans violence et sans un mot, Arnaud se fit sortir de la voiture. Tout allait très vite. Un homme le poussa par les épaules pour marcher et trois mètres plus loin le força à lever les jambes. Une fois les deux pieds posés, Arnaud reconnut le roulis et le tangage d'un bateau. Une main guida Arnaud sur un siège. Il s'assit tranquillement. La houle et l'oscillation de l'embarcation lui donnèrent mal au cœur. L'odeur de gasoil, annonça à Arnaud que le moteur allait démarrer. Le bateau fila sur l'eau comme une hirondelle dans les airs. Au bout de trois minutes, Arnaud dégobilla toute la bile enfouie dans ses entrailles.

53

Bonjour, vous êtes bien sur le répondeur d'Arnaud Shimansky. Je ne suis pas joignable pour le moment. Vous pouvez laisser un message après le « bip ». Merci.

« Putain merde, Shim', ça fait trois jours que je te laisse des messages et tu ne rappelles jamais ! Pourquoi ? Tu t'es fait kidnapper ou quoi ? Si c'est le cas, t'inquiète, je ne paierai pas ta rançon. Ah ah ah. Je ne vais pas casser mon PEL pour toi ! Bon… sans déconner. J'ai une bonne nouvelle et je voulais t'en parler en direct mais tu ne me laisses pas le choix. Tu te souviens de mon message précédent ? La jeune fille assassinée… Eh ben, l'ADN a matché. On a une identité. Le tueur est connu. Son blase est Alexandre Roland. Il a fait de la prison… il y a une dizaine d'années pour attouchements. Bulldog a quadrillé tout Paris. Le mec a été vu la semaine dernière dans un squat de la Plaine Saint-Denis. Le ministre nous a demandé de le choper. Il est abruti celui-là ! C'est ce qu'on essaye de faire depuis des jours… Les mecs dans leur bureau, ils se prennent pour des flics. Qu'est-ce qu'ils sont cons, je te jure. Bon, mon pote, tu me manques. Je déjeune tout seul. Je m'emmerde. Je ne peux pas saucer ton assiette.

Je t'ai parlé du nouveau resto ? Rien que d'en parler j'ai la dalle. Bon, je vais attendre que tu m'appelles. Si jamais t'es mort… tu préviens quand même hein !!! Que je prenne un RTT pour ton enterrement… Ah ah ah… J'espère que la prochaine fois, je t'apprendrai l'arrestation de l'enculé ! Que ça fait du bien de te parler du boulot… même si c'est par l'intermédiaire d'un répondeur. À plus mon poteau ! »

Bonjour, vous êtes bien sur le répondeur d'Arnaud Shimansky. Je ne suis pas joignable pour le moment. Vous pouvez laisser un message après le « bip ». Merci.

« Salut. C'est Bertrand. Juste pour te dire qu'il y a des mecs qui recherchent le même modèle de coffre-fort que celui que j'ai ouvert l'autre jour pour toi. C'est peut-être une coïncidence, mais je voulais quand même te prévenir. Même marque, même modèle, même année… Ils offrent beaucoup pour mettre la main dessus. À mon avis tu n'as pas trouvé les lingots cachés à l'intérieur, et eux, ils les veulent. Et… Euh… Comment te dire… je crois que c'est ma faute… j'ai beaucoup trop parlé de ce coffre dernièrement… Enfin, bref. Je t'ai prévenu… Tu ne m'en voudras pas… »

Bonjour, vous êtes bien sur le répondeur d'Arnaud Shimansky. Je ne suis pas joignable pour le moment. Vous pouvez laisser un message après le « bip ». Merci.

« Arnaud, c'est encore Klein. Je… je voulais te prévenir que tout ce que tu peux apprendre dans ce pays… ne sera pas la réalité. C'est un essaim de menteurs. Mon message peut te sembler énigmatique. Mais tu comprendras peut-être un jour… Appelle-moi, si tu veux qu'on parle. Au revoir, Arnaud. »

54

Le bateau commençait sa décélération en arrivant aux abords du ponton en bois. Les clapotis de l'eau faisaient penser à Arnaud au compte à rebours avant l'heure de son exécution.

FLIP-FLAP-FLIP-FLAP.

Et il ne comprenait toujours rien.

FLIP-FLAP-FLIP-FLAP.

Le bateau flottait en suivant le mouvement des vagues. Le bourdonnement du moteur avait disparu. Arnaud tendit l'oreille. Aucun bruit ne lui était familier. Putain, mais c'est quoi cette merde ? siffla-t-il entre ses lèvres.

Deux mains se posèrent sur ses épaules. Il comprit qu'on lui demandait de se lever. Il déplia ses jambes et suivit la personne qui le guida pour descendre de l'embarcation flottante. Quand il posa ses deux pieds sur la terre ferme, il reconnut le grincement d'une barge. Le soleil lui chauffait la nuque. Les canards caquetèrent autour de lui joyeusement. Arnaud essaya d'imaginer le paysage, le ponton, la plaine qui devait être d'un vert éclatant.

La main le poussa à nouveau dans le dos. Arnaud marcha quelques mètres sur du gravier avant d'entendre une porte s'ouvrir et se refermer brusquement. La température baissa en un rien de temps. Il se trouvait à présent à l'intérieur d'une maison en pierre, cela ne faisait aucun doute. Arnaud reconnut l'odeur et l'atmosphère de ce genre de demeure. On le poussa de nouveau. Il marcha une vingtaine de pas avant qu'on lui demande, avec un geste sur son épaule, de s'asseoir. Un fois le cul sur sa chaise, on lui enleva le sac qu'il avait sur la tête depuis le début de son voyage forcé. Il cligna des yeux, ébloui. Même si la pièce se trouvait dans la pénombre, il avait du mal à laisser ses paupières ouvertes. Ses iris s'habituèrent peu à peu. En face de lui, assis dans un lit, se tenait un vieillard qui lui souriait. Arnaud jeta un regard aux quatre coins de la chambre, il n'y avait personne d'autre. Mais où étaient passés ses ravisseurs ? Et qui était ce vieil infirme qui le fixait de son sourire édenté.

Arnaud attendait que le vieil homme prenne la parole. Le grabataire était tellement ému qu'il n'arrivait pas à ouvrir la bouche pour parler. Les deux hommes se toisèrent pendant de longues minutes. L'homme âgé brisa le silence de sa voix lointaine et caverneuse :

— Qu'est-ce que tu viens faire ici ?

Arnaud éclata de rire malgré sa faim, sa soif et son envie de fumer une dizaine de clopes en même temps. Le vieux était amusant, pensa-t-il.

— Si on me l'avait dit, j'aurais pu vous répondre. Mais je vous signale qu'on m'a tabassé, assommé et kidnappé. Donc, c'est à moi de vous poser cette question. Qu'est-ce que je fous ici ?

Le vieillard toussa. Quelques gouttes de sang éclaboussèrent les draps.

— Je voulais dire en Argentine, reprit-il après s'être essuyé la bouche.

Nous y voilà, pensa Arnaud. Que faisait-il dans ce beau pays ? Tout était résumé dans cette question. Qu'est-ce qu'il foutait là ?

— Je fais du tourisme. D'ailleurs, j'ai perdu mon guide, il va s'inquiéter.

Le vieux sourit.

— T'inquiète, on s'en est occupé de ton… amigo.

Arnaud perdit ses couleurs.

— Vous l'avez tué ?

Le vieux secoua la tête puis toussa une nouvelle fois, mais cette fois-ci, sans cracher la moindre goutte de sang.

— Non. Je ne crois pas. Enfin, pas encore.

— Vous me voulez quoi ?

— Te voir. (Arnaud tenta de dissimuler sa surprise.) Tu sais qui je suis ?

Un vieux qui se prend pour don Corleone ? songea Arnaud.

— Pas le moins du monde, lui avoua-t-il.

Le vieillard essaya de se relever légèrement pour regarder l'homme assis sur une chaise en face de lui. Il attendait ce moment depuis des dizaines et des dizaines d'années… Alors, il ne voulait pas tout gâcher. Il toussa légèrement et dans un souffle annonça à Arnaud :

— Je suis le frère de ton grand-père.

Arnaud ouvrit grand ses yeux.

— Markus ?

— Je suis heureux de constater que pour toi, je ne suis pas inconnu. Ton grand-père m'a parlé de toi. Juste une fois. Je n'ai pas eu la chance de rencontrer ton père. Je suis heureux de te voir aujourd'hui.

Qui aurait cru que le vieil homme viendrait à lui ? Mais pourquoi dans ces conditions ?

— Tu es malade ?

— Je suis mourant.

— Pourquoi m'avoir kidnappé ? Il y a des moyens plus conventionnels de renouer avec sa famille.

Markus soupira dans un râle venu d'outre-tombe :

— C'est une longue histoire.

55

Bariloche, 1985

L'immense cheminée en marbre rouge qui trônait au milieu de la pièce chauffait les joues des deux hommes qui dégustaient du schnaps. L'énorme bûche au milieu du feu crépitait de plaisir. Le civet de lapin qu'ils venaient de savourer embaumait encore toute la cuisine. Les deux hommes étaient heureux. C'était la première fois depuis plus de deux décennies qu'ils se retrouvaient. Ils étaient émus de se revoir.

— Tu repars demain ?

— Oui. Tu sais très bien que je ne peux pas rester ici trop longtemps.

— Tu es toujours inquiet ?

— Toujours. Et je le serai toute ma vie. Je vis la peur au ventre qu'on découvre qui je suis. Ce que j'ai fait.

— Mais tu as réussi.

Il sourit.

Il était fier de tout ce qu'il avait accompli. Fier d'avoir mené sa mission à terme sans anicroches. Mais lui ? Pouvait-il être content de sa vie ? Il n'en savait rien. Il avait presque vécu pour la personne qui dormait au premier étage de la grande maison dans laquelle il se trouvait depuis quelques heures.

Maintenant, sa vie semblait vide et trompeuse. Pour ne plus penser à tout cela il termina son verre d'eau-de-vie d'une traite. Le liquide âcre et puissant lui brûla l'œsophage et cela lui fit du bien. Markus remplit une nouvelle fois son verre sans qu'il conteste.

— Oui. J'ai réussi. C'était difficile. Sans toi, jamais nous n'aurions pu le faire.

Les deux hommes se fixèrent.

— Comment va le *Reichführer* Kleinardtz ?

— Comme d'habitude. Paranoïaque jusqu'au bout des ongles.

Markus rigola.

— Est-il redevable à mon frère d'être en vie et en liberté ?

— Beaucoup moins que lui.

Les deux hommes regardèrent le plafond songeur. Au loin le moteur d'un bateau brisa le silence de cette nuit calme et étoilée. Markus le regarda se lever en prenant appui sur l'énorme table en chêne.

— Je crois que l'heure de partir est arrivée.

— On se reverra ? demanda Markus en prenant son frère dans ses bras.

— Je ne sais pas. Mais tu peux continuer à m'écrire. J'aime lire tes mots.

Les deux hommes se sourirent. La porte de la cuisine s'ouvrit sur deux hommes qui s'arrêtèrent sur le seuil.

— Nous devons y aller, *mein Gruppen*, il se fait tard.

Les trois hommes sortirent sans se retourner. De la fenêtre, Markus observa l'embarcation partir vers le large.

56

— Ton grand-père me manque, viscéralement, tous les jours.

Le discours de Markus n'était pas structuré et Arnaud avait du mal à le suivre. Toutefois, il ne le lui montra pas. Son grand-oncle lui avait parlé de sa jeunesse qu'il regrettait. Il lui avait aussi raconté qu'il avait aimé un homme plus que tout et qu'il n'aimait pas les défaites. Arnaud devait faire le tri dans ce que bredouillait Markus. Mais pouvait-il se fier aux paroles d'un vieillard mourant et délirant ? Il espérait que oui. De toute façon, il avait tellement de questions qui se bousculaient, qu'Arnaud allait devoir l'interroger lentement et calmement comme un goutte-à-goutte accroché à un lit d'hôpital.

— Pourquoi vous êtes-vous brouillés tant d'années ?

— Nous n'étions pas fâchés. Pourquoi penses-tu cela ?

— Tu viens de me dire que vous ne vous êtes pas revus depuis des dizaines d'années. Si vous n'étiez pas brouillés, pourquoi alors ?

— Parce que c'était trop dangereux. Nous étions recherchés. (Markus toussa une nouvelle fois. Du sang s'éjecta de sa bouche et de son nez.) Je vois que personne ne t'a parlé. Que tu ne connais pas notre histoire. Je vais bientôt mourir. Et nos camarades aussi. Je crois que le moment de tout te raconter est venu. Je sais que je n'ai pas le droit, mais je vais le faire, car tu le mérites. Tu fais partie des nôtres. (Markus examina Arnaud. Le flic fut surpris de voir encore de la force dans le regard froid et bleu de son grand-oncle. Arnaud fut également troublé de constater qu'ils avaient le même regard.) Mon frère a beaucoup fait pour nous. Il a été l'un des meilleurs. Il a toujours été fidèle à sa patrie. Comme nous tous. Il nous a forcés à apprendre des tas de langages pour que nous puissions vivre ailleurs. Pour qu'on puisse se fondre dans la masse.

Arnaud était perdu. Il ne comprenait rien à ce que disait Markus… Ou peut-être ne voulait-il pas comprendre.

— Tu parles de quoi ? demanda Arnaud avec des tremblements dans la voix.

— De nous, Arnaud. De ta famille. Il est temps que tu comprennes certaines choses.

Markus ferma les yeux. Arnaud reprit sa place sur la chaise et attendit que son grand-oncle lui raconte ce qu'il avait sur le cœur et surtout sur la conscience depuis plus d'un demi-siècle.

57

Berlin, 1944

Hendrich regardait avec répugnance les dizaines de personnes qui fumaient des cigares avachies dans de gros fauteuils moelleux. Tous autant qu'ils étaient, ils avaient assassiné l'Allemagne. Hendrich avait la nausée de constater que tous ces dignitaires nazis profitaient largement de leurs privilèges alors que tant d'Allemands souffraient et mouraient pour protéger leur patrie. Mais non. Eux ce qu'ils souhaitaient, c'était boire du champagne, fumer des havanes et caresser de leurs mains pleines de gras les fesses des serveuses. Pour Hendrich, c'était de la haute trahison. Malgré son jeune âge, il avait gravi les échelons dans le corps très restreint des SS. Ses idées et sa façon de rendre service lui avaient ouvert une multitude de portes.

Jusqu'au bunker.

Et ça, le jeune officier de la *Schutzstaffel* en était très fier. Il se souvenait précisément du moment où il avait frappé, les jambes tremblantes, à la porte du bureau de son chef pour lui exposer le plan qu'il avait mis en place tout seul dans sa chambre. Il avait levé le bras pour le saluer comme il le faisait depuis son entrée dans les Jeunesses hitlériennes, quelques années plus tôt. Ce geste était devenu tellement habituel que tout le monde le faisait sans réfléchir. Debout en face de son *Reichführer*, il avait développé son plan en ayant la frayeur aux tripes. Son officier supérieur l'avait écouté sans l'interrompre et sans aucune réaction. Une fois son exposé terminé, Eckbert avait posé ses lunettes sur son bureau et l'avait félicité. Mais, comme il y a toujours un mais, il avait ajouté avec une crainte non feinte, qu'il allait devoir en parler au premier concerné, et que ça, c'était une autre paire de manches. Comment faire pour le persuader ? Comment lui faire admettre la nécessité absolue de ce plan ? Eckbert avait promis à son jeune officier de cogiter pour que son idée aboutisse. Hendrich était sorti du bureau le sourire aux lèvres et la fierté au cœur.

Ensuite tout s'était enclenché comme un engrenage bien huilé. Son chef avait semé la graine de son idée dans les boyaux du IIIe Reich. Et les deux hommes étaient certains que cela allait aboutir et surtout réussir. En trois mois, Hendrich avait monté les marches de l'organigramme de la SS. Et ce qu'il avait découvert dans les arcanes du pouvoir lui donnait la nausée. Comme ce soir. Comment pouvait-on se comporter comme des porcs alors que l'Europe était à feu et à sang ? Il finit son verre de kirsch d'une traite puis se dirigea vers la sortie pour rentrer chez lui. Il n'avait aucune envie de rester dans cette gargote de luxe et de débauche. Au vestiaire, il croisa l'homme qu'il attendait depuis plus de deux heures. Eckbert s'excusa de son retard, mais il avait une bonne raison d'avoir fait patienter aussi longtemps Hendrich. Il scruta l'entrée de tous les côtés, puis tira son officier par le bras et annonça à voix basse :

— Je reviens du Berghof.

Hendrich devint attentif en entendant le nom que la planète entière connaissait.

— Il n'est pas contre l'opération *Werwolf*.

— Je n'y crois pas, répondit Hendrich.

— Tu devrais… car il veut te rencontrer. Il ne peut pas prendre de décision avant de voir dans tes yeux s'il peut te faire confiance.

— Je suis l'homme le plus heureux d'Allemagne, annonça Hendrich. Tu peux être sûr qu'on ira jusqu'au bout. Rien ne pourra m'en empêcher. (Hendrich baissa encore un peu la voix.) Mais moi aussi je vais mettre une condition. C'est lui et uniquement lui. Pas les gros porcs qui se trouvent à l'étage.

— Je le lui dirai, lui promit Eckbert.

Hendrich leva le bras bien haut et sortit pour s'engouffrer dans sa voiture avec chauffeur qui patientait depuis le début de la soirée. À sa fenêtre, il alluma une cigarette et se mit à pleurer de plaisir.

58

Arnaud était toujours assis sur sa chaise près de Markus qui, maintenant, dormait.

La porte s'ouvrit doucement. Arnaud se retourna et se trouva nez à nez avec le charcutier de la boutique orange. Ils se toisèrent.

— Comment va-t-il ? s'enquit Erich.

— C'est vous qui m'avez kidnappé ? siffla Arnaud en se levant.

Le charcutier remua la tête.

— Oui. Markus nous a demandé de vous faire venir ici.

— Vous étiez obligé de me frapper et de m'attacher ? s'offusqua le flic français.

— Quand c'est nécessaire oui. Nous ne voulions pas vous montrer le chemin pour venir ici. On a donc suivi le protocole pour emmener les étrangers sur l'île.

Erich proposa du thé glacé à Arnaud qui accepta. Après une bonne gorgée du liquide frais et ambré, il demanda à Erich s'il avait une cigarette. Le charcutier lui tendit son paquet en lui recommandant de ne pas fumer dans la chambre. Arnaud quitta la chambre et traversa le hall. Il jeta un regard tout autour de lui et trouva le chalet sublime. La décoration minimaliste, la verrière sur le toit et les escaliers en bois rendaient cette demeure d'une beauté surprenante. D'un pas léger, Arnaud sortit et posa son dos sur le mur de la maison. Son regard se perdit vers l'étendue d'eau qui lui faisait face. C'était par là qu'il était arrivé. Y avait-il une autre façon pour se rendre à cet endroit ? C'était peu probable, pensa Arnaud. On lui avait parlé d'une île et ce qu'il voyait lui faisait penser qu'il ne pourrait s'enfuir d'ici qu'en bateau. Erich arriva près d'Arnaud et lui posa une question sans aucune autre forme de politesse :

— Que vous a-t-il raconté ?

— Rien qui pourrait répondre à mes questions, rétorqua Arnaud en haussant les épaules.

— Et quelles sont vos questions ?

Arnaud le fixa sans répondre.

Le charcutier alluma une cigarette. Les deux hommes regardèrent l'horizon sans se parler.

— Vous connaissez Markus depuis longtemps ? tenta le flic.

Erich prit une énorme taffe et souffla la fumée vers les nuages, quelques ronds de fumée montèrent dans le ciel en ondulant comme une danseuse du ventre.

— Je l'ai toujours connu. Pour nous, Markus était le sauveur, notre sauveur. C'est ce qu'on nous enseignait ici, à Bariloche.

— Le sauveur de quoi ?

— Le sauveur de la race des seigneurs.

Arnaud se figea.

— Je veux savoir qui est Markus.

— Je ne suis pas autorisé à vous l'expliquer. Mais… vous aussi vous faites partie de la race des seigneurs.

Un frisson de dégoût secoua Arnaud.

Il retourna dans la chambre.

*

— Ton grand-père et moi avons grandi à Berlin. J'ai toujours été en admiration devant lui. C'était mon grand frère, mais il était surtout mon modèle. Il m'a toujours inspiré. Tout ce qu'il me disait, je le prenais pour argent comptant. Ensemble, quand nous étions gamins, nous avons fait pas mal de conneries.

Markus rigola en se remémorant ses souvenirs.

— Dans notre famille, l'arrivée au pouvoir du Führer fut le plus beau jour de notre vie. Nous étions jeunes et nous avions compris que l'Allemagne allait renaître de ses cendres. Que l'homme providentiel qu'était Hitler nous vengerait de la défaite de la Grande Guerre et sauverait notre pays de la misère et de toute cette vermine qui pullulait depuis des années. Trois jours plus tard, ton grand-père s'est inscrit aux Jeunesses hitlériennes et, bien entendu, j'en ai fait de même. (Arnaud ouvrit la bouche. Mais il n'eut pas le temps de parler.) Ne m'interromps pas. Tu auras, si je ne meurs pas avant, la possibilité de me poser des questions… C'était une belle période de ma vie, de notre vie et c'était aussi une fabuleuse époque. Nous étions jeunes et insouciants. Nos parents qui avaient voté pour le Führer ont, malheureusement, été un peu refroidis plusieurs mois après. Ils allaient aux réunions du parti nazi à reculons, parlaient de plus en plus mal du chef de la nation. Ils nous avaient même ordonné de ne plus faire partie de l'organisation des *Hitlerjugend*. Alors, tu sais ce que ton grand-père a fait ? (Arnaud secoua la tête. Bien sûr que non il ne le savait pas. Comment pouvait-il le savoir ?) Il les a dénoncés à la Gestapo, continua Markus. Il est allé voir la police secrète d'État en leur disant que nos parents étaient des communistes dangereux. (Markus rigola une bonne dizaine de secondes avant d'enchaîner en s'essuyant les yeux à l'aide de son mouchoir.) J'étais présent le jour de leur arrestation. J'ai même aidé mon frère à mettre nos parents dans le fourgon à coups de bottes dans le dos. Nous ne les avons jamais revus. Ce jour-là, ton grand-père et moi sommes passés d'adolescents à Hommes avec un grand H. Mon frère m'a élevé dans l'amour et le respect du Führer. Au fur et à mesure des années, il a grimpé les échelons dans le parti national-socialiste. Un jour, il est revenu dans un uniforme SS. Il avait réussi son rêve. Incorporer cette section spéciale. La division à la tête de mort. Mon frère a toujours eu ce qu'il voulait. Jamais, m'a-t-il dit, il n'abandonnerait sa tenue noir de jais.

Arnaud était glacé. Markus parlait d'un homme qu'Arnaud ne reconnaissait absolument pas. Et donc, ce costume…

L'effroyable vérité qu'il avait combattue de toutes ses forces était à présent énoncée.

— Mon grand-père prétendait avoir été déporté en France en 1942.

Markus toussa en rigolant. Un jet de sang jaillit de sa bouche. Il s'essuya avec son avant-bras.

— Ton grand-père était un seigneur. Le meilleur d'entre nous.

59

Paris, septembre 1945

Hendrich Jaguele poussa difficilement la porte à tambour de l'hôtel Lutetia. Il était arrivé au bout de son voyage. Cela faisait quatre mois qu'il attendait ce moment. Quand les Russes avaient envahi Berlin, il s'était caché dans les caves qu'il avait remplies de vivres bien avant la fin de la guerre. Il aimait toujours avoir trois coups d'avance sur ses ennemis. Il s'était terré dans les bas-fonds de sa ville natale et avait attendu que tout soit calme pour pouvoir fuir cette capitale qu'il aimait de tout son cœur. Sa mission qui avait été un succès lui avait pris tellement de temps qu'il n'avait pas eu un moment, même minime, pour organiser sa fuite. Maintenant que faire ? C'était inenvisageable qu'il se fasse arrêter. Son tatouage sanguin sous ses aisselles le trahirait. Il était donc hors de question de se faire attraper. Il fallait qu'il fasse attention. Il avait aidé Eckbert Kleinardtz à fuir Berlin. Si tout s'était bien passé, il devait être à Paris avec une fausse identité mais avec un vrai passeport. À son tour. S'il arrivait à atteindre la capitale française sans problème...

Son frère était aussi en sécurité depuis vingt semaines et cela grâce à son intelligence et à son savoir-faire. Il était fier d'avoir accompli tout ça. Il pouvait mourir en paix, pensa-t-il quand le découragement s'abattait sur lui.

À la faible lueur d'une lampe à pétrole, Hendrich avait commencé la rédaction d'un journal. Il aimait écrire. Il avait l'impression de parler à une tierce personne. Cela lui permettait de ne pas devenir fou enfermé dans cet endroit, sombre, humide et froid. Il avait, pendant plusieurs jours d'affilée, noirci de sa petite écriture de mouche, les pages de ses carnets. Il avait mis toutes ses tripes dans ses chroniques. Puis, un matin en se réveillant, il s'était dit que le moment de partir était venu. Il finissait par devenir fou. Il le sentait. Il lui arrivait de parler tout seul et surtout de répondre à ses propres questions. Alors, rester quelques jours de plus dans les entrailles de Berlin le paniquait. Il voulait à tout prix sortir pour respirer un air pur et voir le soleil plus de dix minutes par vingt-quatre heures. Avant de mettre le nez dehors, il avait placé ses carnets dans un vieux coffre-fort en espérant les retrouver une fois que tout cela serait terminé. Ensuite, il avait grimpé difficilement les escaliers et était sorti de son trou, hébété, apeuré et totalement déphasé, comme un rat après une explosion nucléaire. La ville complètement détruite résonnait d'un silence funeste. Les Russes n'avaient rien épargné. Hendrich, seul dans les décombres, avait pleuré en voyant sa ville blessée. Peut-être qu'un jour, il pourrait se venger, s'était-il dit en débutant sa longue marche à travers l'Europe. Dans le ciel, la nuit posait paisiblement sa couverture douce et froide sur le pays. Hendrich quitta Berlin sans regarder derrière lui. Il tira un trait sur son ancienne vie.

Maintenant, il patientait au milieu du hall de l'hôtel Lutetia. Il se souvenait de la promesse d'Eckbert quand il était monté dans le bimoteur pour fuir l'Allemagne vaincue. « Quoi qu'il se passe, on se retrouve à l'endroit qu'occupaient nos services de renseignements et de contre-espionnage. Je viendrai tous les jours de midi à 13 heures. »

Hendrich regarda pour la troisième fois la pendule qui, située au-dessus de la réception, annonçait 12 h 22. Allait-il venir ? Ou allait-il l'abandonner ? Après tout ce qu'il avait fait pour lui, il ne l'espérait pas. De toute façon, s'il le faisait, la solution était simple. Il le retrouverait, là où il se cachait, pour lui mettre une balle entre les deux yeux. Juste pour lui rappeler son bon souvenir.

Mais cela n'arriverait pas. Eckbert venait de passer la porte principale de l'hôtel. Il tendait le cou pour regarder les gens qui s'agglutinaient autour des personnes qui servaient des boissons chaudes et de la nourriture. Son regard s'arrêta sur un homme qui venait de traverser l'Europe malgré le danger. Son officier SS se tenait au milieu des déportés juifs qui revenaient du fin fond de l'Europe de l'Est pour retrouver une famille et leur pays. Les deux hommes se regardèrent avec le sourire. Le plaisir de se revoir était palpable. Hendrich s'avança d'un pas lent, sa jambe droite lui faisait mal. Eckbert vint à sa rencontre d'un pas rapide et le prit dans ses bras comme un frère qu'il retrouvait.

— Tu boites ? lui demanda-t-il.

— Ce n'est rien. J'ai sauté d'un train en marche… C'était ça ou je me faisais prendre par les communistes.

— Tu as fait le bon choix, alors ! (Eckbert resserra son étreinte et lui souffla à l'oreille :) J'ai un plan pour te sortir de là. Faut que tu me fasses confiance.

Hendrich acquiesça. Les deux hommes se dirigèrent vers les bénévoles qui recueillaient les rescapés des camps de la mort. Ils patientèrent une petite minute avant d'être pris en charge par une jeune femme. Eckbert prit la parole avec de faux trémolos dans la voix.

— Je viens de retrouver un ami. Il a survécu à toute cette horreur. Il est perdu. Pouvons-nous faire vite pour que je l'emmène chez moi. Il a besoin de chaleur et d'un entourage.

La jeune femme lui donna des documents à remplir et à remettre aux autorités pour recevoir de nouveaux papiers d'identité. Eckbert demanda :

— Il ne souhaite pas apparaître comme survivant. Il ne veut plus entendre parler de cette guerre. Vous pouvez faire le nécessaire ?

La jeune femme hocha la tête.

— Oui. Je comprends. Je ferai au mieux. (Elle regarda Hendrich dans les yeux et lui sourit. Une minuscule flamme était apparue dans ses jolis iris verts.) Si jamais vous avez un problème avec vos papiers, je vais vous donner mon nom. (Elle écrivit sur un bout de papier.) Je me prénomme Edwige Cornelia.

Elle lui tendit la feuille. Eckbert tira son jeune officier par le bras et lui souffla dans l'oreille :

— Même après une traversée de l'Europe, tu ne peux pas t'empêcher de flirter.

Hendrich ne répondit rien. Il n'avait qu'une envie, c'était de sortir de l'hôtel Lutetia. Sur le trottoir boulevard Raspail, l'ancien SS savourait sa victoire. Il respira profondément en fermant les yeux. Ensuite, vint le temps où il s'interrogea sur ce que la vie allait lui proposer.

60

Arnaud tournait en rond dans la pièce comme un lion en cage. Il ne se faisait toujours pas à l'idée que c'était *ça*, la vérité. Ce n'était pas la vie de son grand-père, ce n'était pas possible. Son grand-père n'a pas pu mentir à sa famille toute sa vie…

— Sois fier, Arnaud.

— Oh, oui ! C'est super d'apprendre que tu as un SS dans la famille ! explosa-t-il de rage. Non, que je suis con. J'en ai deux. Je t'ai oublié.

Arnaud se laissa tomber sur la chaise, KO. Il se mit à pleurer comme un enfant. Il voulait des réponses, connaître toute l'histoire… Son grand-père était une véritable ordure. Un SS de la pire espèce. Un tortionnaire qui n'avait pas hésité à faire tuer ses parents. Il avait du sang de cet homme dans les veines. Comment allait-il pouvoir vivre avec ça ? L'uniforme SS retrouvé dans le double fond de l'armoire était bien celui de Simon Shimansky, les carnets aussi…

Arnaud appréhendait la suite. Mais il ne pouvait plus reculer.

Le vieux le fixait de son regard bleu acier.

Arnaud souffla :

— Que vas-tu me raconter encore ?

— Ne sois pas impatient.

— La fille que mon grand-père a rencontrée à son arrivée à Paris. C'était ma grand-mère ?

Markus fit oui de la tête.

— Elle n'a jamais su, elle non plus, qui était réellement ton grand-père, raconta le vieil homme.

— Comme moi…

— Je l'ai aimé, ton grand-père. Je l'ai vénéré. (Quelques larmes coulèrent sur les joues du mourant.) Oh, je chiale. Cela ne n'arrivait quasiment plus. Tu savais que ton grand-père ne pleurait jamais ? (Arnaud rechercha dans sa mémoire s'il avait, un jour, vu Simon Shimansky pleurer. Il n'en trouva aucun.) Comme je te disais, il fait partie de la race des seigneurs. Il y en a très peu sur cette maudite planète.

— Pourquoi vous vous êtes perdus de vue après la guerre ?

— Parce qu'il nous était devenu impossible qu'on se revoie. Enfin… nous nous sommes revus quelques fois, mais toujours rapidement et toujours secrètement. Nous avions peur d'être surveillés. Ton grand-père m'avait donné une mission.

61

Paris, janvier 1946

Hendrich et Eckbert déjeunaient paisiblement à la brasserie Lipp qui s'étalait sur le boulevard Saint-Germain. Les deux hommes fêtaient au champagne les nouveaux papiers qu'Hendrich venait de récupérer à la préfecture de police située sur l'île de la Cité. Eckbert riait à gorge déployée entre deux bouchées de son steak saignant. Ils étaient tous les deux vivants et libres. C'était carrément inespéré pour des hommes comme eux. Eckbert rigolait notamment en repensant aux initiales que son ami avait choisies pour sa nouvelle identité.

— Tu sais que t'es fou, toi ? Tu veux tout faire pour ne pas oublier ton passé. Même si tu dis le contraire.

Hendrich fit non de la tête tout en poivrant abondamment sa salade de pommes de terre agrémentée de lard fumé.

— Ce n'est pas mon passé. C'est mon futur. Nous n'avons pas fait tout ça pour rien. Si ?

— Je n'en sais rien. Le monde a changé. Tu t'en rends compte ? Nous devons vivre tranquillement sans nous faire remarquer, sans faire de vagues et nous ne serons pas ennuyés. Et lui non plus.

— Je ne pense pas. Mon plan ne devait pas s'arrêter après la guerre. Il devait continuer après.

— C'est dangereux. Les gens ont peur. Et quand les gens ont la frousse, ils parlent.

Hendrich regarda Eckbert droit dans les yeux.

— Tu as peur ?

— Pour le moment, non. Mais cela peut arriver, lui avoua-t-il.

Les deux hommes se jaugèrent. Eckbert ajouta pour faire baisser la tension :

— Mais jamais je ne parlerai de toi Simon Shimansky. Jamais.

Puis il partit dans un énorme rire gras qui fit tourner les têtes de toutes les personnes qui déjeunaient dans cette brasserie huppée du 6e arrondissement de Paris.

— Simon Shimansky rescapé des camps de l'horreur nazis a comme initiales « SS ». Merde mon ami, mon frère. Tu es un génie.

— T'étais obligé de me faire juif ? demanda Hendrich en faisant la moue en regardant une nouvelle fois son passeport tout neuf.

— Tu n'aurais pas eu les papiers aussi vite sinon. Je connais du monde dans l'administration française et cela depuis longtemps. (Il lui fit un clin d'œil qui voulait dire tellement de choses.) Je tire les ficelles le plus rapidement possible pour ne pas que l'on me pose trop de questions.

— Je comprends mais quand même… Un Juif ? lâcha-t-il avec une grimace.

Eckbert leva les épaules.

— C'est la vie. Et Edwige ? La femme du Lutetia ? Tu l'as revue ?

Hendrich remonta délicatement la manche de sa chemise jusqu'à son coude. Son ami aperçut un numéro tatoué sur son avant-bras.

— J'étais obligé de me faire faire ce truc. Elle croit que je reviens de l'enfer comme ils disent. Fallait que je joue le jeu.

— Je ne sais vraiment pas si tu es un génie ou si tu es fou Hendrich, s'amusa Eckbert.

Hendrich enfouit sa main dans la poche intérieure de sa veste.

— Attends. Tu n'as rien vu.

Eckbert posa ses couverts et patienta. Hendrich Jaguele sortit une photo en noir et blanc et la tendit à son ami.

— Qui c'est ?

Hendrich fit un rictus avec sa bouche.

— C'est ma famille. Mes deux filles mortes pendant la guerre…

Eckbert resta la bouche ouverte pendant quelques secondes avant de parler.

— Mais pourquoi ?

— Simon Shimansky avait une famille avant d'être arrêté en juillet 1942. Voici la preuve de ce que j'avance… Plus tu mets des pièces, plus ton puzzle est difficile. Tu comprends ?

Eckbert secoua la tête en attrapant sa flûte de champagne, il la vida en une gorgée. Hendrich fit de même. Il la reposa doucement et annonça dans un murmure :

— Dorénavant, Hendrich et Eckbert n'existent plus. Je suis Simon et toi, tu es Klein. Je ne veux plus entendre nos anciens noms que ce soit dans ta bouche ou dans celle de nos amis. C'est bien compris ? (Klein acquiesça. Il était hors de question de se mettre en danger à cause d'un prénom ou d'un nom lancé par inadvertance.) Nous allons devoir nous construire un passé… Qui nous étions. D'où nous venons. Qu'est-ce qu'on a perdu… Ce genre de chose.

Klein secoua la tête. Il avait déjà sa petite idée là-dessus.

— Je vais m'en occuper.

Simon le remercia d'un mouvement de tête. Puis, il prit un bout de pain et étala un peu de beurre dessus.

— J'ai un service à te demander.

Klein tendit l'oreille.

— Tu crois que tu peux aller à Berlin ? Je voudrais que tu récupères quelques trucs qui m'appartiennent.

— Mais tu plaisantes. C'est dangereux. Surtout pour nous.

Simon grimaça.

— Après tout ce que j'ai fait pour toi ?

Klein reposa sa fourchette. Il venait de perdre l'appétit. Simon reprenait du poil de la bête. Dans quelques semaines, il redeviendra l'homme qu'il était, plein d'idées et incontrôlable. Klein regarda Simon dans les yeux. Son ami le fixait aussi. Klein comprit qu'il allait devoir le remercier toute sa vie d'être, grâce à lui, un homme libre.

62

Arnaud lança son mégot en direction de la flaque d'eau noirâtre qui stagnait au milieu de l'allée garnie de graviers. Il était sorti pour vomir. Markus lui avait débité, comme un robot, l'histoire de son grand-père et elle était entièrement à l'opposé de ce qu'il avait pu imaginer.

Plus son grand-oncle avançait dans le récit, plus les résistances d'Arnaud cédaient. Personne ne pouvait inventer une telle histoire. Arnaud remit une cigarette à la bouche sans l'allumer. Il fixa l'horizon. Il avait du mal à digérer d'être le petit-fils d'un nazi. D'un homme qui avait menti toute sa vie en trahissant sa famille. Et qui, se rendit compte Arnaud, n'avait vraisemblablement jamais aimé sa femme, ni son enfant et encore moins son petit-fils. Arnaud alluma sa Marlboro sans s'en apercevoir. Son cerveau se trouvait ailleurs. Comment pourrait-il rentrer à Paris comme si de rien n'était ? Il ne pouvait indéniablement pas retrouver Ambre et lui annoncer que sa famille descendait de criminels nazis. Comment son grand-père avait-il pu tromper son monde à ce point ? Comment avait-il pu jouer avec la vie des gens ? Comment avait-il pu se faire passer pour un rescapé des camps de la mort ? Au lieu d'avoir été déporté, il faisait partie de toutes ces ordures qui avaient organisé l'internement dans des camps en Pologne de millions de personnes. Et ça, Simon Shimansky en était-il fier ? Arnaud ne le saurait malheureusement jamais. Il se remit à régurgiter tout ce que contenait son estomac, comme s'il voulait expier tous les péchés et les mensonges de son grand-père. Il souhaitait partir d'ici. Être ailleurs. Ne plus penser à tout ça. Markus tapa à la fenêtre. C'était le signal pour qu'il revienne. Arnaud tremblait de tout son corps. Il avait compris que Markus n'avait pas terminé son histoire. Arnaud angoissait à l'idée de revenir dans cette chambre. Que devait-il faire ? Écouter la suite ? Ou s'enfuir et tirer un trait sur ce qu'il venait d'apprendre ? La pluie commença à tomber. Arnaud souffla. Il manquait plus que ça. Erich était parti avec le bateau. Il se trouvait prisonnier sur cette île maudite. Arnaud scruta l'horizon en tirant sur sa cigarette. La nicotine lui faisait du bien. Depuis combien de temps était-il ici ?

Markus toqua une nouvelle fois à la fenêtre de ses longs doigts. Arnaud émit un grognement. Il entra. Le hall de la demeure était froid. La pluie et le ciel gris rendaient la maison angoissante. Les pas d'Arnaud claquaient sur le carrelage et résonnaient dans toutes les pièces de la demeure. Arnaud respira profondément avant de pousser la porte de la pièce où se trouvait son grand-oncle. Markus Jaguele souriait.

— J'avais peur que tu ne reviennes pas, lui dit-il avec un clin d'œil.

— Ce n'était pas l'envie qui me manquait. C'est plutôt un bateau…

Markus rigola, puis toussa.

— L'île est difficile d'accès. C'est ton grand-père qui le voulait.

Arnaud souffla et s'assit sur sa chaise. Il se prit la tête dans les mains.

— A-t-il été un assassin ?

— Qui ? Hendrich Jaguele ?

— Non, Simon Shimansky.

— Ce n'est pas la question. Tout ce que tu dois savoir et garder en mémoire, c'est que ton grand-père a été le sauveur de notre patrie, l'organisateur de la survie du IIIe Reich.

63

Berlin, avril 1945

Les bombardements devenaient plus réguliers et de plus en plus proches. Le ***Führerbunker*** tremblait sans discontinuer. De grosses plaques de plâtre se détachaient des murs à chaque vibration, les officiers fuyaient Berlin dès que possible en laissant un Adolf Hitler de plus en plus paranoïaque en compagnie de sa garde rapprochée.

— Mein Führer ! Il faut absolument mettre le plan en action. Sinon il sera trop tard, le pressait Hendrich Jaguele.

La bave aux lèvres, Adolf Hitler regardait le SS droit dans les yeux.

— Trop tard ? Pourquoi trop tard ?

Hendrich Jaguele n'osait pas parler des Russes qui commençaient à entrer dans la capitale. Il savait, comme tout le monde dans le ***Führerbunker***, qu'il ne fallait absolument pas faire allusion à la défaite de l'Allemagne nazie. Mais le jeune officier devait en parler s'il voulait que le Führer le suive. Une nouvelle secousse se fit sentir et le jeune officier leva les bras en signe de réponse. Au loin, des sirènes se mettaient encore une fois à hurler, annonçant aux Berlinois qu'une salve de pilonnages aériens allait arriver.

— Les bombardements, mein Führer, sont de plus en plus proches.

— Je le sais... Vous me prenez pour un demeuré ?

Hendrich secoua la tête.

— Pas le moins du monde. Mais si les bombardements détruisent la route principale, il nous sera impossible de partir.

Adolf Hitler fixa le jeune officier quelques secondes avant de répondre.

— Vous voulez que je fuie mon peuple, c'est ça ? cracha-t-il la bave aux commissures des lèvres.

— Non. Que vous puissiez justement rester en vie et le défendre là où vous serez.

Hitler prit un temps très long pour réfléchir. Tout en s'asseyant à son bureau, il s'exprima d'une voix calme :

— Très bien... Faites le nécessaire pour qu'on fasse ça dans sept jours.

Hendrich Jaguele claqua les talons et sortit du bureau du Führer avec un sourire satisfait. Il allait sauver son chef d'une mort certaine.

*

Une semaine plus tard, Berlin baignait dans l'obscurité. Hendrich Jaguele regardait sa montre qui indiquait 3 h 46. Au loin, le bruit des moteurs l'avertit que son plan venait de commencer. À l'aide de sa lampe torche, Hendrich fit le code pour annoncer au pilote de l'avion qu'il pouvait atterrir, sans obstacles, près de la porte de Brandebourg. En quelques minutes, le monomoteur biplace Fieseler FI 156 Stroch se posa sur les pavés de l'avenue. La porte de la carlingue s'ouvrit sur une jeune femme tout sourire. Hanna Reitsch, connue dans toute l'Allemagne pour être la meilleure pilote du Reich, avait été choisie par Adolf Hitler en personne pour être aux commandes de l'avion qui l'emmènerait loin de son pays.

À 3 h 52, Adolf Hitler, accompagné d'Eva Braun, arriva à bord d'une Mercedes noire. Ils descendirent de la voiture sans un bruit et montèrent dans l'avion. Le chef de l'Allemagne nazie grimpa les trois marches du coucou la tête baissée en espérant ne pas se faire reconnaître par les rares badauds qui cherchaient de la nourriture dans les décombres d'un Berlin mutilé et meurtri. En quelques minutes, le monomoteur fit demi-tour et prit son envol dans un ciel berlinois étrangement calme et étoilé. Hendrich Jaguele leva le bras bien droit pour dire au revoir à son chef. Intérieurement, il souriait. Son plan fonctionnait à la perfection. Une fois que l'avion avait ressemblé à un minuscule point dans le ciel, Hendrich Jaguele se dirigea d'un pas décidé vers la Mercedes d'Hitler. D'un mouvement rapide, il prit son pistolet dans le holster de sa ceinture et tira deux balles dans la tête du chauffeur. Le plan ne pouvait fonctionner que s'il n'y avait ni poussière dans l'engrenage ni témoin gênant qui pouvait raconter le secret le mieux gardé du IIIe Reich.

64

Arnaud se trouvait debout sur le ponton. La pluie qui tombait déjà depuis un long moment ne le dérangeait nullement. Il voulait fuir. Il était resté assis à côté de Markus tout le long de son récit. Arnaud regardait Markus s'endormir quand, au loin, il avait discerné le murmure d'un moteur. Cela ne pouvait être que le bateau. Il s'était précipité sur le bastingage. Après plusieurs manœuvres, Erich amarra le bateau aux piquets en bois et descendit sur la terre ferme. Le charcutier l'avait regardé quelques secondes avant de parler.

— Qu'est-ce qui vous arrive ?

— Je veux rentrer à Bariloche.

Erich poussa un grognement.

— Je suis désolé. Ce n'est pas moi qui décide. (Il fit un signe de tête vers la maison.) Mais lui.

— Il dort. Il va mourir.

— Si je vous ramène sans son consentement. Je risque ma vie. Vous ne voulez pas qu'on aille à l'intérieur. La pluie me glace le sang. On discutera de tout cela autour d'une tasse de thé.

— Pourquoi avez-vous peur d'un vieillard mourant qui perd la boule ?

Erich leva les sourcils.

— Markus ne perd pas la tête. Bien au contraire, c'est la seule chose qui fonctionne encore chez lui.

Arnaud suivit Erich dans la cuisine. La cheminée en marbre rouge au milieu de la pièce était imposante. Arnaud s'installa sur un banc en bois et posa ses bras sur l'énorme table en chêne massif.

— Qui êtes-vous ?

Erich sourit.

— Le charcutier de Bariloche.

— Vous me prenez pour un con, souffla Arnaud.

Le charcutier mit de l'eau à bouillir. Il resta de dos.

— Qu'est-ce que vous a révélé Markus pour vous mettre dans cet état de nerfs ? demanda-t-il.

Arnaud prit une énorme respiration et répondit :

— Que mon grand-père a aidé Adolf Hitler à fuir l'Allemagne avant l'arrivée des Russes.

Erich se retourna le sourire aux lèvres. Son regard fila des frissons au flic français.

— Et vous ne le croyez pas ?

Arnaud éclata de rire.

— C'est une théorie délirante. Hitler s'est suicidé dans son bunker.

Erich émit un impalpable rire sarcastique.

— Vous récitez les livres d'histoire. C'est bien. Mais…

Le charcutier s'était arrêté en plein milieu de sa phrase. Jamais il n'avait osé parler de tout cela avec un inconnu. Cependant, Arnaud en était-il vraiment un ? Il faisait partie de la famille du créateur des *Werwölfe*. Depuis qu'il était en âge de comprendre certaines choses sur l'Allemagne nazie, son grand-père, Erich Priebke, l'ancien chef de la Gestapo, lui avait fait jurer de respecter jusqu'à la mort la famille Jaguele. Erich se souvenait exactement ce qu'on lui avait enseigné.

Le *Schutzstaffel* Hendrich Jaguele avait organisé la fuite du chef suprême ainsi que de nombreux dignitaires nazis dans le monde entier pour qu'ils puissent un jour se retrouver et former le nouveau IVe Reich. Pour mener à bien cette mission, il fallait des hommes purs, polyglottes avec un esprit de vengeance. Et pour certains, ils devaient être dotés d'une force colossale pour être capables de se battre comme des bêtes féroces sans jamais ressentir la peur. Les loups-garous d'Hendrich avaient été programmés et embrigadés pour ne jamais capituler. Ils ne devaient jamais courber l'échine devant la défaite et s'apitoyer sur la fin du IIIe Reich. Erich était devenu, à son adolescence, l'un des leurs. Markus fut l'un des tout premiers. Il y en avait aussi des centaines d'autres aux quatre coins du globe. Malheureusement, avec le temps, cette envie de reconquête s'était tarie, laissant quelques fidèles espérer, encore et toujours, le retour d'une Allemagne puissante et aryenne. Erich sortit de ses pensées en entendant la bouilloire siffler. Il prit un torchon et versa le breuvage chaud et chamarré dans la tasse d'Arnaud. Erich attrapa une bouteille en verre qui contenait un liquide transparent.

— Un verre de schnaps pour accompagner votre thé ? proposa-t-il.

Arnaud acquiesça sans réfléchir. Le charcutier fit sauter le bouchon en liège d'un mouvement du pouce puis servit dans des petits verres l'eau-de-vie qui embauma en un instant la cuisine. Erich prit son verre et regarda Arnaud.

— Ce que vous a raconté Markus… C'est la pure vérité.

Arnaud porta le digestif à ses lèvres et l'avala cul sec. Après une légère hésitation, le flic en demanda un deuxième.

65

Avril 1945

Le monomoteur biplace Fieseler FI 156 Stroch amorça sa descente dans le ciel hispanique calme et étoilé. Hitler et sa femme regardaient par le hublot les côtes de la Corogne qui se situaient au nord de l'Espagne. Leur voyage en avion s'arrêtait à cet endroit. Hanna Reitsch, la pilote, posa sans difficulté son appareil sur une piste d'atterrissage rudimentaire et surtout éphémère. Elle connaissait les consignes par cœur. Il ne fallait pas qu'elle reste plus de dix minutes sur le tarmac afin de ne pas alerter les autorités. Même si Hendrich avait négocié avec le régime de Franco une protection sur le sol ibérique, une grande discrétion s'imposait. Hanna ouvrit et fit entrer dans l'habitacle un jeune Allemand sans uniforme. Il se posa devant l'homme qu'il devait protéger jusqu'à la mort. Markus enleva son chapeau et fit le salut hitlérien. Le dictateur allemand lui répondit d'un mouvement fatigué du bras droit.

— Mein Führer. Il ne faut pas tarder. Une voiture vous attend.

Adolf et Eva se levèrent sans précipitation et descendirent les marches pour s'engouffrer dans le véhicule noir qui patientait, moteur allumé. Markus, avant de sortir, remercia Hanna

Reitsch de la part de son frère. La Mercedes du chancelier démarra sur les chapeaux de roues une fois Markus installé à la place passager. Dans le ciel, l'avion prenait déjà de l'altitude. Le plan fonctionnait exactement comme Hendrich l'avait imaginé. Markus se sentit fier. Sa mission n'était pas terminée, loin de là, mais elle commençait bien. La voiture s'arrêta quelques mètres plus loin. Markus sortit rapidement pour ouvrir la portière arrière droite, puis accompagna ses deux protégés dans un hangar éloigné des regards indiscrets qui se trouvait au bord de l'eau.

Markus fut heureux de constater un léger sourire sur le visage d'Adolf Hitler qui découvrait le sous-marin qui ondulait paisiblement au gré des vagues. Le chancelier salua les quelques sous-mariniers triés sur le volet pour l'accompagner lors de son grand et long voyage. Le dictateur s'engouffra dans le U-Boot sans un mot. Il s'enferma dans sa cabine avec Eva Braun, sa femme depuis quelques heures. Markus venait de réussir la deuxième étape de sa mission. Le submersible se mit en route et, en douze minutes, se trouva sous l'eau et prit la direction de Mar del Plata à l'est de l'Argentine.

Une fois le chancelier en sécurité, Markus s'écroula sur sa couchette. Il souffla de soulagement. Tout se passait bien. Il avait fait précisément ce que son frère lui avait ordonné. Il s'était mis en chasse d'un homme ressemblant au Führer. Il n'avait pas cherché longtemps. Il était tombé sur un Berlinois qui errait dans les rues en fouillant dans les gravats pour trouver de l'eau et de la nourriture. Il s'était présenté et lui avait offert du pain. L'homme l'avait avalé en deux bouchées. Ensuite, Markus lui avait proposé de le suivre s'il souhaitait un nouveau morceau agrémenté d'une belle lichette de beurre. Le pauvre homme en avait bavé de plaisir. Il avait suivi Markus qui, une fois dans un endroit sûr, l'avait bâillonné. L'homme n'avait plus la force de se défendre. Hendrich l'avait fait attendre six jours avant de lui donner l'ordre d'agir. Markus avait suivi le plan d'Hendrich à la virgule près. Il avait pris son revolver, traîné l'inconnu jusqu'au bunker et lui avait tiré une balle dans la tête.

Quand Markus était arrivé dans les jardins de la chancellerie, il était tombé sur un corps qui reposait dans un trou d'obus recouvert d'une eau boueuse. Un cadavre de femme qui ressemblait à Eva Braun. Son frère était un génie, pensa-t-il en aspergeant d'essence les deux dépouilles réunies. Le plan marchera seulement si les deux corps devenaient inidentifiables, lui avait rabâché une centaine de fois son frangin. Alors, pour respecter la volonté d'Hendrich, Markus avait incendié les deux corps à l'aide de deux cents litres d'essence et les avait regardés brûler pendant plus de quatre heures jusqu'à ce qu'ils ressemblassent à deux énormes bouts de charbon.

*

Plusieurs jours après le départ, le quartier-maître frappa à la porte de la cabine de Markus. Un message codé venait de lui être adressé. Markus prit le bout de papier et congédia l'officier de marine. Une fois seul, Markus déplia la feuille. On lui annonçait qu'un soldat russe avait découvert le corps du Führer complètement carbonisé dans le bunker. Le 5 mai 1945, l'annonce officielle de la mort du chancelier Adolf Hitler fit le tour de tous les continents du globe. Le monde entier mordit, avec une rapidité inespérée, à l'hameçon. Maintenant, il fallait que chaque officier resté auprès d'Adolf Hitler pendant les derniers jours jouent précisément et sans anicroches la partition qu'Hendrich leur avait donnée. Tout allait se mettre en marche. Aujourd'hui, rien ne pouvait les empêcher de mener à bien leur tâche. Markus souriait de satisfaction. Il brûla la note confidentielle et sortit de sa cabine. Les coursives du sous-marin étaient étroites, chaque pas était difficile. Entre le mouvement du mastodonte et l'éclairage minimaliste,

Markus se sentait cloisonné, à la limite de la claustrophobie. Il respira et essaya de faire bonne figure avant de frapper à la porte d'Adolf Hitler. Il fallait, maintenant que toute la planète le croyait mort, lui annoncer les prochaines étapes de son exfiltration, et il savait que cela n'allait pas être facile.

TOC-TOC-TOC.

Le chancelier l'autorisa à entrer. Markus tourna fébrilement la poignée. Le chef de l'Allemagne l'impressionnait. Il s'était croisé quelques fois lors de la mise en place de sa fuite et il avait toujours eu cette petite goutte de sueur qui lui coulait le long de l'échine quand il croisait son regard froid et pénétrant. Comme si tout pouvait arriver. Le pire comme le meilleur. Heureusement qu'il n'avait jamais fait aucune bévue en sa présence. Le dictateur était devenu avec le temps un peu trop paranoïaque. Il se méfiait de tout le monde, de sa nourriture et de ses secrétaires. Mais depuis qu'il s'était réfugié dans le sous-marin, Markus s'aperçut qu'Hitler reprenait un peu du poil de la bête. Sa santé et son caractère s'amélioraient. C'était sans doute le fait de se sentir en sécurité au fond des mers.

Quand Markus poussa la porte, le chancelier se trouvait assis à son minuscule bureau. Il écrivait une lettre. À qui ? se demanda Markus. Il ne pouvait plus avoir de correspondance. Il était mort. Comment le lui faire comprendre ? Avant de dire quoi que ce soit, Markus leva le bras bien en l'air. Hitler lui répondit d'un mini-signe de la main.

— Markus ! Savez-vous ce que je suis en train de faire ?

Markus secoua la tête. Non, il ne le savait pas, mais cela le démangeait d'apprendre à qui il écrivait frénétiquement.

— Je suis en train de faire une liste des gens qui m'ont trahi…

Markus souffla de soulagement. C'était juste une liste. Le chancelier reprit :

— Des gens qui m'ont trahi et que je ne veux plus voir. C'est une bonne chose de s'entourer des personnes en qui on a une totale confiance.

— Effectivement, répondit Markus.

Adolf Hitler scruta le jeune homme.

— Et pourquoi êtes-vous venu me déranger ?

Markus se balança sur ses deux pieds comme un enfant qui attendait sa punition. Le moment délicat était arrivé plus vite que prévu.

— Parlez ! C'est un ordre.

— Ce que je vais vous dire, mein Führer, est difficile. Nous venons de retrouver votre corps dans Berlin. L'annonce de votre mort va être imminente.

— Les Russes doivent être contents. Non ? lança Adolf Hitler avec une grimace.

— Sûrement…

— Et donc ?

— Si vous êtes mort, vous n'existez plus. Vous devez avoir une nouvelle identité. Et vous devez…

Adolf Hitler regarda Markus.

— Et je dois ?

— Couper votre moustache, lâcha d'une traite le frère d'Hendrich Jaguele en frémissant de tout son corps.

66

Arnaud reposa son verre de schnaps en éclatant de rire. Il était chez les fous, ricana-t-il. Les mecs racontaient une jolie fable qui devait les faire rêver le soir près d'un feu de cheminée.

— Demander à Hitler de couper sa moustache. Non mais vraiment... Vous êtes incroyable ou alors vous êtes très con. En tous les cas vous devriez écrire des livres.

Arnaud se mit à ricaner plus fort. Erich regarda froidement le Français qui buvait son eau-de-vie comme du petit-lait.

— L'alcool vous rend désagréable.

Arnaud avala son cinquième verre cul sec.

— Je ne veux pas l'être, mais quand même. Ce que vous me racontez est insensé.

La tête d'Arnaud commençait à tourner dangereusement. Il sentit le plaisir de l'alcool dans le sang. L'Argentine allait désintégrer sa vie. Que pouvait-il faire maintenant ? Rentrer en France ? Inimaginable. Il lui serait impossible de regarder tous ses amis dans les yeux. Il ne pourrait plus vivre comme avant. Le pire, c'est que s'il gardait ce secret pour lui, ça le boufferait de l'intérieur. Il le savait. La plus sage des solutions serait de disparaître. C'était ce qu'il aurait dû faire depuis longtemps. Depuis le jour où il avait tiré sur un innocent dans les rues de Paris. Arnaud se servit un nouveau verre et interrogea le charcutier qui touillait son thé à l'aide de sa cuillère :

— Et donc ? Il l'a rasée sa moustache ? ironisa-t-il.

— Non. Il a un peu transformé sa *Rotzbremse*.

— Et vous vénérez autant Simon Shimansky ? demanda-t-il.

— Beaucoup plus que ça. Mais pour moi, il est Hendrich Jaguele.

— C'est un enfoiré de première, pourtant…

— Vous ne le connaissiez pas comme je le connais, répliqua le charcutier en regardant, songeur, par la fenêtre.

Arnaud remua la tête de consternation.

— Nous avons le même âge, Erich ! Comment pouvez-vous défendre cette idéologie ?

— Grâce à Hendrich, mon grand-père ne s'est pas retrouvé en prison, continua-t-il dans ses explications.

— C'est dommage. J'ai lu des choses terribles sur lui, siffla Arnaud d'une voix pâteuse.

— Que des mensonges, s'irrita le charcutier.

Arnaud pencha la tête sur le côté.

— Assassiner des enfants…

— Mon grand-père a donné l'ordre de tuer ces enfants en représailles d'un attentat contre ses troupes. Cela n'a rien à voir avec un assassinat. À cause de cette histoire, il a été recherché toute sa vie. Il n'a jamais été en sécurité même si votre grand-père a tout fait pour qu'il le soit. Il a juré fidélité à Markus et Hendrich. Il n'a jamais changé d'un millimètre sa dévotion pour les frères Jaguele. Grâce à eux, il a eu la possibilité de construire une famille, ici, dans la ville de Bariloche. Vous comprenez l'importance de votre grand-père pour notre famille ?

— Pas vraiment…

Arnaud vida son verre d'une traite, sa tête tournait encore un peu plus. Mais en aucun cas, il ne regretta d'avoir cassé son abstinence. Il voulait que l'alcool l'aide à oublier tout ce qu'il apprenait depuis son arrivée sur cette île du diable.

— Mon grand-père fut l'un des premiers à venir ici. Hendrich, qui était l'un de ses amis, l'a aidé à traverser l'Atlantique sans se faire prendre. Votre grand-père avait des connexions sur tous les continents. Il avait organisé son plan bien avant la défaite de l'Allemagne. Vous vous rendez compte, le courage qu'il avait ? Il avait misé sur la défaite du IIIe Reich, risquant la haute trahison. Il aurait pu se faire tuer pour avoir pensé que l'Allemagne pouvait perdre la guerre.

— Il a eu raison, balança Arnaud.

— C'est pour cela que c'est un génie, s'excita Erich. Il a tout manigancé dans son coin avant d'en parler à Eckbert Kleinardtz, son chef. Et petit à petit, il a placé ses pions pour qu'au moment où il fallait, tout se mette en place.

67

La partie délicate de l'exfiltration débuta quand le sous-marin s'approcha des côtes de l'Argentine après trente-deux jours de traversée. L'Amérique du Sud n'avait jamais été hostile au régime nazi et Hendrich avait eu, pendant toute la préparation de son plan, des connexions avec les autorités de Buenos Aires pour que ses compatriotes ne soient en aucun cas en danger dans le pays. Mais c'était autre chose de faire venir sur le sol argentin l'ancien dictateur que tout le monde croyait mort et carbonisé.

L'équipage restreint avait attendu la nuit pour faire remonter le submersible à la surface. La mer était calme et le petit bateau à moteur qui attendait près du rivage put s'acheminer jusqu'à l'embarcation pour récupérer les trois personnes qu'ils attendaient depuis maintenant deux jours.

Erich Priebke se trouvait sur la plage à guetter à travers ses jumelles le rapatriement de son Führer jusqu'à la rive. Ses mains étaient moites d'appréhension. Il n'avait rencontré Hitler que trois fois dans sa vie et il lui avait toujours fait un drôle d'effet. L'ancien SS se demandait comment le chancelier allait se faire à sa nouvelle vie. Acceptera-t-il de ne plus être le chef ? Assumera-t-il sa nouvelle identité ? Est-ce que sa santé lui permettra de vivre encore longtemps ? Est-ce qu'il acceptera de changer de lieu régulièrement pour ne pas se faire repérer par les Argentins ? Toutes ces questions lui vrillaient la tête. Le bateau à moteur heurta la plage avec délicatesse. Erich accueillit Markus et le couple en fuite en levant le bras droit raide et bien haut. Au premier regard, il ne reconnut pas le dictateur. Il trouva Hitler amaigri et sa barbe qu'il avait fait pousser pendant son mois passé sous la mer changeait incontestablement son visage. Markus pressa Erich de monter dans la voiture. Il ne voulait pas rester sur cette plage au vu de tous. Hitler et sa femme grimpèrent à l'arrière tandis que Markus regardait au large. Il se trouva soulagé. Le sous-marin avait disparu et personne ne l'avait aperçu. L'équipage avait choisi le bon moment pour remonter à la surface. Il y avait encore de bons militaires et toujours dévoués à la cause, conclut-il en s'engouffrant dans la voiture qui prit la direction d'un petit village, dans lequel les quatre Allemands allaient rester cachés plusieurs jours.

*

Hitler somnolait dans un confortable sofa. Depuis son arrivée en Argentine, six semaines auparavant, sa santé s'améliorait. Il se sentait moins fatigué et ses tremblements n'étaient plus aussi fréquents. Quant à sa physionomie, elle avait énormément changé. Une barbe fournie lui mangeait le visage et ses cheveux mi-longs dissimulaient son regard. Il avait fait des efforts pour transformer son image. Il avait pris conscience qu'il ne pouvait plus être Adolf Hitler. Ses nouveaux papiers l'attestaient. Maintenant, il se prénommait Alois Leipzig. Alois, le nom de son père et Leipzig était la ville où Bach, son compositeur préféré, était mort. Il se fit une raison. De toute façon que pouvait-il faire d'autre ? C'était ça ou le tribunal international et la peine de mort ! C'était un homme libre et il le devait à ce jeune officier que lui avait présenté le chef de la section SS, Eckbert Kleinardtz. Ce garçon était talentueux, se remémora l'ancien chancelier. Jamais il n'aurait imaginé qu'il pouvait fuir l'Allemagne à la barbe des Russes et se retrouver dans un joli hôtel d'un petit village argentin en compagnie de sa femme Eva. Il aimerait le revoir pour le remercier de vive voix. Hitler appréciait aussi Markus, son frère. Il avait tout fait depuis l'Espagne pour qu'il se sente bien et en sécurité. La traversée du pays d'est en ouest caché à l'arrière d'un camion n'avait pas été facile. Il y avait toujours le risque qu'un badaud le reconnaisse et parle. À chaque arrêt, il avait cru qu'on venait l'arrêter.

Maintenant, l'ancien dictateur qui avait fait trembler l'Europe et le reste du monde restait cloîtré dans cette chambre d'hôtel en attendant que sa destination finale soit habitable et sécurisée.

Quand il était monté dans l'ascenseur de l'hôtel accompagné de Markus, Hitler avait esquissé un faible sourire. Il avait remarqué et apprécié les mini-croix gammées sur la paroi en verre de la machine élévatrice. Markus lui avait expliqué que c'était un architecte voué et fidèle à la cause du IIIe Reich qui avait réalisé ce petit clin d'œil. Hitler avait penché la tête en signe de remerciement. Il était réellement touché par toutes les personnes qui prenaient soin de lui.

Les yeux toujours fermés, l'ancien chancelier se demandait ce qu'il allait devenir. Il avait mis l'Europe à genoux, il avait terrorisé la planète entière et le voici obligé de se terrer dans un hôtel au fin fond d'un pays lointain. Le IIIe Reich devait durer mille ans, il avait à peine duré douze ans. Ça le mettait dans une rage folle. Pourquoi les Américains s'étaient-ils mêlés de sa guerre ? Sans eux, il aurait, il en était sûr, battu les Russes. Il désirait se venger. Mais comment faire ?

Quand Hendrich était venu le voir pour lui exposer son idée de quitter Berlin pour sauver le nazisme et revenir encore plus conquérant, Hitler avait trouvé ce plan inadmissible. Hitler ne se voyait pas vaincu. Il se souvint d'avoir hurlé sur le jeune officier. Ce gradé avait eu du cran de venir le voir dans son bureau pour lui révéler ses intentions. Hitler avait été à deux doigts de le faire fusiller. Seulement, il avait aperçu une flamme dans son regard, une âme de seigneur et de conquérant, il l'avait donc laissé sain et sauf.

Mais maintenant qu'il y pensait, il se félicita de l'avoir fait. Revenir plus conquérant ? Était-ce possible ? Il en doutait. Jamais il ne trouverait une armée aussi puissante que la Wehrmacht et les SS réunis.

Hitler ouvrit les yeux quand on frappa à sa porte. Eva qui lisait à côté de lui se leva pour ouvrir la porte. Markus apparut avec un sourire satisfait.

— C'est le bon jour, mein Führer. Votre nouveau Berghütte est prêt.

— Enfin ! s'écria de joie Eva Braun, nous allons retourner dans notre maison.

68

Le flic parisien n'était plus le même homme. Sa bouche était pâteuse, son crâne se rétrécissait seconde après seconde. L'alcool dans son sang effectuait sournoisement son travail. Cela faisait bien longtemps qu'il n'avait pas ressenti cette allégresse circuler dans ses veines. Il avait du mal à garder sa tête droite. Ses yeux se fermaient tout seuls et son articulation laissait à désirer. Son esprit divaguait. Il voulait revoir Ambre, Billard, ses parents et Bulldog. Et même Gonzalo tiens, gémit-il ! Mais pour leur dire quoi ? Que son ADN était composé à 80 % de sang nazi, que son grand-père avait fait assassiner ses propres parents ? Ambre serait sûrement très heureuse d'avoir un enfant d'un homme dont la famille avait participé à l'extermination de millions de gens. Arnaud baragouinait tout seul dans sa barbe, ce qui irritait fortement Erich.

— Vous êtes soûl, Arnaud.

— Je le crois aussi. Et vous savez quoi ? J'aime cela et je vous emmerde.

Erich récupéra la bouteille de schnaps et la rangea.

— Vous n'êtes pas très drôle, râla Arnaud.

— Nous n'avons pas la réputation d'être de grands comiques.

— Oh si… Avec ce que vous me racontez… vous l'êtes. Je peux vous l'assurer, ricana Arnaud.

Le charcutier lui lança un regard saturé de flammes. Puis il tourna la tête et étala du beurre sur une énorme tranche de pain. Il l'offrit à Arnaud qui croqua dedans avec un plaisir enfantin.

— Ce que je viens de vous raconter n'est que la stricte vérité. Et même si vous ne le croyez pas… cela m'est égal.

— Mais arrêtez avec votre Adolf Hitler vivant. C'est impossible. Trop de monde était au courant ! Cela ne tient pas debout.

— Effectivement. Vous avez raison. Il y a eu beaucoup de monde dans la boucle de son exfiltration. Mais votre grand-père les avait triés sur le volet. Que des gens qui pourraient garder le secret en l'honneur de notre Führer. Mais cela, vous ne pouvez pas le comprendre. Vous ne savez pas ce que c'est que l'honneur. Nous si !

— OK. Sur ce coup vous marquez un point. Mais y a aucune preuve qu'il ait été vivant après la guerre.

Erich émit un petit rictus de satisfaction.

— Cela prouve que Hendrich Jaguele a fait un travail exemplaire. C'était le but de sa mission. Que personne ne connaisse la vérité. Erich se perdit dans ses pensées. Je l'ai rencontré plusieurs fois dans ma jeunesse. Il a toujours été très distant. Il détestait les enfants. Il préférait les chiens. Mon père lui en avait offert deux, il se baladait tous les soirs au coucher du soleil. Il aimait marcher seul avec ses bergers allemands. Pour moi, au début, je ne savais pas qui c'était. On venait souvent ici avec mon père. Il y avait toujours du monde autour de lui. Ils s'enfermaient dans la grande pièce du haut pour discuter. De quoi ? Je n'en sais rien… Pour moi, c'étaient des histoires de grands. J'attendais mon paternel en jouant près de l'eau avec un bateau en bois. Petit à petit mon père m'expliqua qui était l'homme qui rendait les autres nerveux et angoissés. Même en étant en exil. Personne ne pouvait le contredire à part votre grand-père et occasionnellement Markus.

— Vous voulez dire que mon grand-père est venu voir Hitler en Argentine ?

— Affirmatif.

— À Bariloche ?

— Ici. Dans cette maison. Dans son Berghof argentin, répondit calmement le charcutier.

— Il a habité ici ?

— Pendant près de trente-neuf ans.

69

Juillet 1945

Le soleil resplendissait dans un ciel immaculé. L'hydravion glissait entre les nuages au-dessus du lac Nahuel Huapi comme un fil à couper le beurre. Au loin, Hitler et Eva aperçurent, à travers le hublot, la maison dans laquelle ils allaient terminer leur vie. On ne leur avait pas menti. La villa La Angostura ressemblait à leur chalet des Alpes bavaroises. Leur Berghof revivait devant leurs yeux humides de larmes. Le pilote amorça sa descente et se posa flegmatiquement sur l'eau. L'avion s'arrêta à proximité d'un ponton en bois. Markus jaillit de l'appareil pour l'attacher à l'aide d'épaisses cordes. Une fois stabilisé, il fit descendre Hitler et sa femme.

— Voici donc votre nouvelle maison. Elle n'est accessible que par bateau et hydravion, aucune route n'arrive jusqu'ici. Plusieurs gardes armés sont positionnés dans la forêt avoisinante et sur le lac pour vous permettre de vivre en paix et en sécurité.

Hitler et Eva s'avancèrent sans un mot. Leurs pas sur le gravier résonnèrent dans le silence de l'île. Hitler se retourna vers Markus qui se tenait légèrement en retrait.

— Vous nous faites visiter, Markus ?

— Avec plaisir, mein Führer.

Le jeune officier ouvrit la porte d'entrée. Eva poussa un cri de plaisir et ajouta :

— Oh ! On se croirait chez nous !

— Mais madame, vous êtes chez vous, répondit Markus avec un sourire.

*

Le secret était toujours bien gardé. Cela faisait des années qu'Hitler était considéré comme mort. La parfaite machination d'Hendrich Jaguele avait fonctionné à merveille. Tout s'était passé comme il avait prévu. Bien entendu, des rumeurs sur la fuite d'Hitler avaient émergé, mais personne ne pouvait vraiment les croire. La mort du chancelier arrangeait tous les alliés, elle mettait un point final au nazisme. Le monde pouvait passer à autre chose. Aucun des agents des services secrets russes ou américains ne prit la peine de creuser. Hitler pouvait bien être vivant, se dirent-ils, vu son état de santé, il n'en avait pas pour longtemps.

Aujourd'hui, le 20 avril 1961, une petite assemblée de douze personnes était réunie dans le petit chalet près du lac Nahuel Huapi pour fêter les soixante-douze ans de leur Führer. Hitler ne s'était toujours pas montré. Il se trouvait cloîtré dans sa chambre. Simon Shimansky attendait patiemment l'apparition de la personne qu'il aimait le plus au monde. Il était arrivé quelques heures plus tôt. Son regard bleu de glace parcourut la pièce. Tous les gens présents vouaient également un culte à l'ancien chancelier. Depuis tout ce temps personne n'avait parlé. Simon était fier de lui. Il avait réussi l'impossible. Markus le rejoignit après avoir servi le champagne aux invités.

— Je reviens, je vais voir si personne ne manque de rien.

Simon sourit affectueusement en le regardant pénétrer dans la cuisine. Simon avait eu des émotions au cours des années, depuis le Lutetia. Il s'était marié avec la jeune Edwige. Il ne l'aimait pas, mais il fallait que sa vie soit bien rangée pour passer inaperçu. Sa femme était gentille, serviable et elle le laissait tranquille quand il s'enfermait des heures dans son bureau. Puis, comme il fallait s'en douter, Edwige tomba enceinte quelques mois après le mariage. Elle avait accouché d'un petit garçon qu'ils avaient prénommé Maxime. Simon aimait bien son fils, mais n'avait pas supporté de l'entendre crier, pleurer et faire des crises. Il avait eu quelques envies de le noyer pendant qu'il prenait son bain, mais il avait toujours résisté, rigola-t-il en repensant à cette période. Mais, son plus grand regret concernant son fils, c'était de ne pas avoir pu l'éduquer comme il le souhaitait. Avec les principes qui l'avaient guidé toute sa jeunesse dans l'Allemagne nationale-socialiste. Impossible pour un soi-disant fils de déporté d'apprendre que le nazisme était ce qu'il y avait de mieux pour un peuple. La main qui se posa sur son épaule sortit Simon de ses souvenirs. Devant lui se trouvait Hanz, le frère jumeau de Klein.

— Je suis content de te voir.

Simon n'avait jamais aimé ce bonhomme. Si cela avait été possible, il l'aurait tué. Mais Klein lui avait solennellement demandé de l'épargner. Ce soir, Simon regrettait de lui avoir accordé cette faveur.

— Moi aussi, dit Simon Shimansky sans émotion.

— Comment va Eckbert ?

Simon fusilla Hanz du regard.

— Klein, siffla-t-il entre ses dents.

Le jumeau pouffa.

— Ah ouais. Toi t'es toujours à fond à ce que je vois. Même après tout ce temps. Comment va mon frère ?

— Il va très bien.

Simon regarda autour de lui pour voir si on les écoutait. Aucune oreille indiscrète ne se trouvait à leur portée.

— On aurait besoin que tu nous fasses parvenir deux toiles. Nous n'avons plus assez de liquidité.

— Mon frère m'a parlé de ta nouvelle maison… Tu gaspilles ton argent ?

Simon regarda Hanz. Ses iris bleus lui glacèrent le sang.

— Je plaisante, Simon. Bien sûr que je vais t'envoyer les tableaux. Par bateau comme d'habitude ? Je voulais aussi te prévenir qu'il nous en reste très peu.

— Je sais. Je n'ai pas pu en cacher d'autres. C'était trop risqué. J'ai tout mis dans le deuxième sous-marin. Sur les trente-trois toiles de maîtres volées, il nous en reste combien ?

— Douze.

— C'est suffisant. J'ai toujours le même collectionneur. Il est prêt à mettre le prix pour ce que nous avons.

— Génial. Tiens, regarde. Hanz sortit une photo de son portefeuille. Tu vois, je l'ai toujours.

Simon regarda le cliché. Ils se trouvaient tous les trois devant sa galerie.

— Je t'avais demandé de la détruire, souffla Simon entre ses dents.

Hanz secoua la tête.

— Je ne peux pas. C'est mon meilleur souvenir. Nous trois à Buenos Aires. Vous faites un bon duo toi et mon frère.

Simon rigola intérieurement. Il tenait Klein par les couilles. Et il lui arrivait de serrer très fort pour qu'il fasse ce qu'il voulait. Son ancien commandant était retourné en Allemagne pour récupérer les affaires que Simon avait cachées dans une cave avant de partir pour Paris. C'était risqué pour l'ancien SS. On le recherchait toujours pour crime contre l'humanité, et se rendre à Berlin pouvait être suicidaire. Mais il l'avait fait, car Simon le lui avait ordonné. Avec le temps, Klein devenait peureux et angoissé. Il risquait de tout foutre en l'air. À son retour d'Argentine, Simon couperait définitivement les ponts. Il se démerderait avec l'argent qu'il avait récolté pendant toutes ces années. Il ne voulait plus le revoir. C'était le dernier lien qu'il devait rompre pour vivre en paix. Il se tourna vers Hanz avec un sourire amical.

— Effectivement. Nous sommes un bon duo. Et toi ? Ta galerie ?

Hanz termina sa coupe de champagne avant de répondre.

— Tout va bien. Ma fille Augusta est constamment en recherche de nouveaux talents. C'est une bonne vitrine.

Il termina sa phrase avec un clin d'œil. Simon voulut l'égorger de ses mains nues. Hanz fut sauvé par Markus qui revenait. Simon s'écarta du jumeau de Klein qui s'était déjà mis à la recherche d'une nouvelle flûte de vin pétillant. Simon chuchota à l'oreille de son frangin :

— Il va descendre ?

— Oui. Mais il veut te voir avant.

Le grincement des marches de l'escalier en bois fit lever collectivement la tête de tous les convives. La jalousie se voyait sur leur visage. Les frères Jaguele s'en foutaient. Ils savouraient l'envie des autres, ils s'en servaient pour avancer. Toujours.

Une fois au premier étage. Markus frappa à la porte. Eva l'ouvrit d'un mouvement brusque. Elle fut agréablement surprise de voir l'homme qui l'avait fait sortir de Berlin et qui lui avait permis de rester en vie au côté de l'homme qu'elle aimait.

Elle se jeta dans ses bras pour le remercier. Au fond de la pièce, Hitler hurla à Eva de rentrer dans la pièce au lieu de rester dans le couloir. Elle fit signe aux deux frères de pénétrer dans le petit salon où son mari l'attendait assis à son bureau. Simon scrutait le visage d'Hitler qui venait de lever les yeux sur lui. Il ne reconnaissait pas l'homme qu'il avait vu, pour la dernière fois, monter dans l'avion qui l'emmenait en Espagne. Il trouva son chancelier amaigri mais plus en forme qu'il ne l'aurait imaginé. Sa barbe qu'il n'avait plus jamais rasée le faisait ressembler à un Argentin. Simon s'avança vers Hitler à petits pas. Même après quinze ans, son chef l'impressionnait toujours.

— Alors Hendrich ? Le voyage s'est bien passé ?

Entendre son vrai nom fit parcourir un frisson dans sa colonne vertébrale. Cela faisait des années qu'on ne l'avait pas appelé comme cela.

— Oui, mein Führer. L'Argentine est loin, mais pour vous, je traverserais les océans. Surtout le jour de votre anniversaire.

Hitler fit un geste de la main.

— Pas de sornettes avec moi Jaguele. (Hitler regarda Eva et Markus resté en retrait dans le corridor.) Vous pouvez partir. Je veux parler seul à seul avec le *Schutzstaffel*.

Une décharge électrique s'immisça sournoisement dans la moelle épinière de Simon. Pourquoi Hitler appuyait ostensiblement sur son passé ? Qu'avait-il fait pour que le chancelier lui en veuille ? Que voulait-il lui faire comprendre ? Sans rien dire, Simon s'assit sur une chaise tandis que son frère et Eva quittaient le bureau. Une fois en tête à tête, Simon prit la parole.

— Je suis désolé de ne pas être venu fêter dignement vos soixante-dix ans… Mais je me suis marié, j'ai eu un fils… Et il m'était impossible de quitter la France sans éviter les soupçons. Je suis sincèrement désolé, mein Führer.

Hitler leva la tête en même temps que ses sourcils.

— De quoi me parlez-vous Jaguele ? Je me fous de mon anniversaire. Et je me fous de toutes les personnes qui me le souhaitent. J'aime être seul, vous n'avez pas oublié que j'ai été enfermé pendant plusieurs mois entre quatre murs… Vous savez Hendrich, je n'ai pas besoin de distraction. Je n'en ai jamais eu la nécessité. Je me suffis à moi-même.

Simon n'arrivait pas à savoir où il voulait en venir. Il le laissa parler. Hitler regarda Simon pendant un long moment avant de reprendre le fil de sa pensée.

— J'ai peur Hendrich. Vous m'aviez assuré une sécurité totale. N'est-ce pas ?

— Oui et je peux vous le confirmer une nouvelle fois.

— Avez-vous assuré une sécurité totale à Adolf Eichmann ? demanda Hitler en secouant la tête de désolation.

Simon voyait où voulait en venir le chancelier. Simon respira profondément avant de répondre, il fallait qu'il réfléchisse. Adolf Eichmann était un proche d'Hitler. Commandant SS, il était devenu responsable du bureau central pour l'émigration des Juifs. En 1939, lors d'une réunion au sommet du Reich, les dignitaires nazis proposèrent de créer une réserve de Juifs aux confins du Reich. Eichmann fut désigné pour trouver l'endroit. Le premier camp d'internement pour les personnes de confession juive fut créé à Nisko, au sud-est de la Pologne. Tout le long de la guerre, Adolf Eichmann fut l'architecte de l'extermination complète et finale des Juifs d'Europe. Simon l'avait aidé à fuir l'Allemagne en lui donnant de faux papiers et en acceptant qu'il utilise ses moyens de transport à travers l'Europe et l'Amérique du Sud. Un an auparavant, le commandant SS s'était fait enlever par le Mossad. Les services secrets israéliens étaient très actifs sur la recherche des anciens nazis. Simon n'avait jamais pensé que cela pouvait arriver.

— Eichmann faisait beaucoup d'erreurs. Pas vous.

Hitler grogna. Il n'était pas convaincu. Simon réfléchit à toute allure pour trouver un moyen de lui faire comprendre qu'il ne risquait rien.

— Personne ne sait que vous êtes vivant.

Hitler rigola d'un air goguenard.

— Combien de personnes sont en bas pour fêter mon anniversaire ?

Simon ne pouvait rien répondre. Cette fois-ci, son chef suprême avait raison. Beaucoup de monde savait qu'Hitler ne s'était pas suicidé dans son bunker. Mais c'était impossible de le laisser seul jusqu'à la fin de sa vie. Simon sortit de sa manche sa dernière carte.

— Ce ne sont que des personnes en qui j'ai confiance. J'ai créé les loups-garous pour votre sécurité. Vous ne pouvez pas dire le contraire. Ils sont ici pour vous défendre, vous protéger et vous obéir. Ce sont les meilleurs.

Hitler fit oui de la tête.

— Mais Eichmann est passé ici, Mengele sait que je suis vivant… Si eux parlent, nous sommes morts. (Hitler prit un temps de réflexion.) Et il y a le Mossad qui recherche des anciens officiers de notre Allemagne ! S'ils viennent ici, on fera quoi ?

— On se battra, on se battra jusqu'au bout. Je vous le promets. Les gens en bas qui vous attendent sont là pour ça ! C'est leur mission, leur raison de vivre.

Simon se dressa d'un bond en levant son bras droit bien haut. Il n'avait pas fait ce geste depuis tellement d'années que cela lui donna une dose phénoménale d'adrénaline dans tout son corps. Eva frappa à la porte avant d'entrer. Elle suggéra aux deux hommes de descendre rejoindre les invités qui s'impatientaient. Hitler se mit difficilement debout et prit appui sur l'épaule de Simon pour avancer. Quand l'ancien chancelier arriva en haut de la mezzanine, toutes les personnes se turent et levèrent bien droit le bras en l'air. Hitler remercia tout le monde avant de descendre les escaliers, tandis que Simon se demandait qui pouvait, dans cette assemblée, trahir l'énorme secret.

70

Arnaud n'arrivait pas à garder ses paupières ouvertes. Il s'était avachi sur la table en enfouissant sa tête dans ses bras croisés. Il sentit la fatigue s'immiscer sous sa peau. Arnaud voulait avec le sommeil oublier cet endroit. Il espérait que toute cette histoire ne soit qu'un putain de cauchemar. Il se remit assis quand il entendit Erich revenir de la chambre de Markus. Le bourdonnement à l'intérieur de sa tête s'amplifiait à chaque mouvement de la trotteuse de la pendule accrochée au mur de la cuisine.

— Il dort toujours.

— Je voudrais en faire autant, bâilla Arnaud.

— Je peux vous préparer une chambre si vous le voulez.

Arnaud ricana.

— La même qu'Adolf alors !

Erich le foudroya du regard. Arnaud se calma brusquement. Puis le charcutier se servit une tasse de thé.

— Vous n'avez pas terminé votre histoire, ânonna Arnaud.

— Vous voulez savoir la fin ?

Arnaud fit oui de la tête. Erich hésita. N'avait-il pas déjà trop parlé ?

— Vous ne voulez pas raconter la fin de votre jolie histoire ? A-t-il été au moins une fois en danger votre chef suprême ?

Le charcutier se massa les tempes pour réfléchir. Il allait lui raconter la fin de son récit et, ensuite, il aviserait.

— Grâce à votre grand-père et à l'organisation qu'il avait mise en place, notre Führer n'a jamais été inquiété ni par ce Simon Wisenthal ni par personne.

Arnaud connaissait l'histoire de Simon Wisenthal. Ambre lui en avait parlé longuement lors de leur premier rendez-vous au restaurant. C'était un peu le Serge Klarsfeld allemand. Il se rappelait que Simon Wisenthal avait, dès sa libération du camp de Mauthausen, rédigé une liste pour les services de renseignements américains qui regroupait plus d'une centaine de criminels nazis. Il voulait une revanche. Il désirait les voir, tous, derrière les murs d'une prison. Il consacra sa vie après la guerre à pourchasser des criminels de guerre. Il en avait mis quelques-uns en prison, dont Adolf Eichmann qui s'était fait capturer en Argentine et jugé en Israël.

— Comment est-ce possible ?

Le charcutier leva les sourcils de surprise.

— Parce que personne n'a parlé. C'est tout simple. Les premiers loups-garous avaient juré fidélité à Hitler. Et ils n'ont jamais trahi. Et puis, qui pouvait croire qu'il était encore vivant ? Tout le monde avait mordu à l'hameçon. Je vous le redis, Hendrich Jaguele était un génie !

— Mais les autres ? Eichmann, Mengele ? Pourquoi n'ont-ils pas parlé, si Hitler était vivant. Ils auraient pu négocier !

Erich poussa un énorme rire qui mit mal à l'aise Arnaud.

— L'honneur ! Vous savez ce que c'est ? Toutes les personnes que vous citez avaient, dans leurs tripes et dans leurs veines, un code d'honneur. Ne jamais donner Hitler aux autorités, vous entendez ? JAMAIS ! Ils préféraient mourir que de briser cette règle.

Arnaud allait poursuivre, mais il fut interrompu par une toux épaisse et grasse qui résonna dans le couloir. Les deux hommes se regardèrent. Ils comprirent que Markus venait de se réveiller. Erich sortit de la cuisine laissant Arnaud méditer sur tout ce que venait de lui révéler le charcutier. Toutes les pièces du puzzle coïncidaient. Le costume SS, les carnets, les yeux bleus et le regard métallique de son grand-père et l'inquiétude que cela lui procurait étant gosse.

Est-ce que son père savait quelque chose ? Comment Simon Shimansky avait-il pu se fondre comme ça dans Paris sans être inquiété ? Il s'en voulait d'avoir pris ce que Klein lui avait dit pour la pure vérité. Il s'était fait balader, lui aussi.

Arnaud se tapait la tête contre l'immense table en chêne. Que pouvait-il faire maintenant ? Raconter tout ce qu'il avait découvert ici ? Personne ne le croirait. Il fallait qu'il trouve le moyen de les mettre en prison. De démanteler toute cette organisation.

71

Marnes-la-Coquette, 1984

Simon Shimansky fumait un cigare assis dans le fauteuil de son bureau à Marnes-la-Coquette. Les oiseaux dans le jardin gazouillaient. La matinée laissait sereinement la place à l'après-midi qui allait être assurément ensoleillé. Simon Shimansky méditait. Avait-il réussi sa vie ? *A priori*, oui. Mais avec quelle souffrance ! Tout cela en valait-il la peine ? Au plus profond de lui, il était convaincu que tout cela avait été nécessaire. Il avait tellement cru au nazisme qu'il avait tout fait pour que cela continue après la guerre. Sur ce projet-là, il était conscient qu'il avait échoué. Le IIIe Reich ne reviendrait jamais. Il s'en était fait une raison, même si son cœur saignait chaque fois qu'il y pensait. De toute façon, le plus important c'était qu'Adolf Hitler soit vivant et en sécurité. Les contacts avec son Führer furent ces dernières années très limitées. Il ne voulait en aucun cas prendre le risque de se faire arrêter ou pire de le faire capturer. Il n'avait aucun moyen de savoir si les services secrets israéliens étaient à sa recherche. Était-il possible qu'il soit surveillé ? Avait-il senti qu'on le suivait ? Malheureusement, il n'en avait aucune idée. Mais il ne s'angoissait pas pour ce genre de chose. Il avait cadenassé toute sa vie. Personne ne pourrait et ne pouvait remonter jusqu'à lui. À moins qu'une vermine de traître ne jacasse. Et cela, il ne pouvait rien y faire. C'était la seule épée de Damoclès au-dessus de sa tête et il tentait de ne pas y penser et de vivre sa vie comme si de rien n'était. C'était ce qu'il avait fait. Il s'était marié. Il avait eu Maxime qui était devenu un homme maintenant. Avec le temps, il avait appris à aimer Edwige et son enfant. Cela n'avait pas été facile de se coucher tous les soirs auprès d'une femme qui n'avait aucune idée de qui il était. Toutefois avec le temps, il s'était fait une raison et avait joué le jeu jusqu'au bout. Simon Shimansky prit une nouvelle taffe de son cigare en regardant par la fenêtre. Son esprit l'envoya dans ses réminiscences.

Simon se trouvait attablé avec Klein autour d'un plateau de fruits de mer à la brasserie Le Terminus Nord qui se situait entre deux gares. Celle de l'Est et celle du Nord. Klein qui venait tout juste de rentrer de son voyage en Allemagne se battait avec une crevette rose qu'il n'arrivait pas à décortiquer. Simon était furieux, son ami n'avait pas de bagages, ni même un petit sac de voyage. Où avait-il pu foutre les affaires qu'il lui avait demandé de rapporter ? Il n'était allé à Berlin que pour ça. Si Klein avait manqué à sa mission, Simon se jura de lui trouer la carotide à coups de fourchette à huîtres. Klein n'avait pas desserré les dents depuis son arrivée, à part pour engloutir ses crevettes noyées dans la mayonnaise et cela mettait Simon dans une colère froide. Klein avala une gorgée de vin blanc et reposa son verre.

— Tu sais que tu es complètement inconscient ?

— Dans les années passées cela ne te dérangeait pas, répliqua-t-il d'une voix calme.

— Non mais là ! vraiment ! Je suis allé à l'endroit où tu m'as dit de me rendre. Putain, c'était une jolie petite cave que tu avais.

— Tu as trouvé ce que je t'ai demandé ? s'impatienta Simon.

Klein fit oui de la tête. Il se battait maintenant avec un bulot. Une fois sorti de sa coquille, il le trempa dans la mayonnaise et l'engloutit en une bouchée. Il répondit sans le regarder.

— Mais je n'ai rien rapporté.

Simon l'irradiait de son regard. Il était furieux.

— J'ai ouvert le coffre. J'ai trouvé tes carnets et le reste. (Klein regarda autour de lui et chuchota :) Je n'allais pas mettre dans ma valise ton uniforme SS et tes putains de carnets siglés de la croix gammée. Tu voulais que je me fasse arrêter ?

— Tu en as fait quoi ?

— Dans un colis. Cela devrait arriver la semaine prochaine.

Simon souffla de soulagement.

— Mais sans déconner ? Tu vas garder tout ça chez toi ? s'étonna Klein en buvant une gorgée de vin blanc.

Simon écrasa son cigare dans le cendrier en cristal qui trônait sur son bureau. Bien entendu qu'il avait gardé ses carnets et son uniforme. Il lui était impossible de s'en séparer. Il avait mûrement réfléchi sur les dangers de ce geste mais c'était plus fort que lui. Il ne pouvait pas s'en détacher. Le colis était bien arrivé quelques jours plus tard. Simon avait dissimulé ses carnets au fond d'un coffre-fort que Klein lui avait offert et qu'il avait chiné sur le marché des collectionneurs à la porte de Saint-Ouen. Le Burg-Wächter avait appartenu à l'homme qui épargna Paris quand Hitler lui avait ordonné de détruire la capitale française. Le général von Choltitz. Et quant à son uniforme, il devait toujours reposer dans le double fond de son armoire. Personne de son entourage, à part Klein, ne se doutait du trésor caché dans le grenier.

Klein !

Cela faisait des années qu'il ne l'avait pas vu.

Au retour d'Argentine, il avait coupé les ponts. Il s'en était servi au maximum, il avait bien pressé le citron. Il n'était plus d'aucune utilité. Plusieurs fois, Klein avait voulu quitter leur collaboration mais Simon l'avait fait changer d'avis. Cette fois-ci, c'était irrémédiable. Ils s'étaient séparés d'un commun accord. Klein gardait la galerie que Simon avait montée pour vendre aux collectionneurs des tableaux volés. Là aussi, il s'était démarqué dans l'ingéniosité de son plan. Il avait payé des soldats SS pour cacher plusieurs toiles dans un endroit secret. Après la guerre, Simon les avait récupérées et avait ordonné à Klein de trouver des collectionneurs étrangers sur le marché parallèle. La vente de quelques André Derain, Joachim Patenier et Van Loo sur le sol américain avait fait gagner plusieurs centaines de milliers de dollars aux deux hommes. Une partie des gains partit en Argentine pour financer la sécurité de leurs compatriotes en exil. Simon et Klein avaient créé leur galerie d'art pour l'utiliser comme écran de fumée afin de pouvoir passer les frontières et organiser de nombreuses expositions avec de nouveaux artistes qui leur servaient de leurre.

La sonnerie du portail sortit brusquement Simon de ses pensées. Il se leva difficilement et marcha jusqu'au portail où le facteur l'attendait en sifflotant. L'homme de la poste le salua en ôtant sa casquette puis retira de sa sacoche une petite enveloppe bleue que Simon reconnaissait.

C'était un télégramme.

Une appréhension lui prit les tripes. Ce n'était jamais bon. Le postier lui fit signer le reçu et repartit en chantant un air d'opéra. Simon tenait la petite enveloppe dans ses mains. Il la regarda sans oser l'ouvrir. Il connaissait le sujet de cette lettre. Debout, au milieu de son jardin, Simon, les mains tremblantes, déchira fébrilement les quatre encoches et lut les trois mots inscrits à l'encre noire sur du papier bleu.

ER IST TOT.

Ce qu'il avait redouté toute sa vie venait d'arriver.

Adolf Hitler venait de mourir à l'âge de quatre-vingt-quinze ans.

Qui aurait pu prévoir une telle chose connaissant son état de santé ? Il fallait admettre que son exil en Argentine l'avait aidé à surmonter sa maladie et ses angoisses. Simon avait rempli sa mission. Il rentra chez lui en pleurant de chagrin pour la première fois de sa vie.

72

Arnaud se réveilla en sursaut. La pièce était plongée dans le noir.

Il avait l'impression que sa tête se trouvait dans un étau pendant qu'on martelait ses tempes à l'intérieur de sa boîte crânienne. Pourquoi avait-il bu ? Pourquoi avait-il anéanti tous ces mois d'abstinence ? Qu'avait-il cherché en faisant ça ? Oublier ce que Markus et Erich lui avaient révélé ? Mais jamais il ne le pourrait. Il allait rentrer à Paris et déballer tout ce qu'il venait d'apprendre. Cela sera une énorme bombe, qui allait faire éclater sa famille, ses amours et une multitude de personnes, mais il était obligé de retourner en France et d'appuyer sur ce détonateur.

Au loin des voix résonnèrent. Arnaud se massa les yeux avant de s'extraire de son lit inconfortable. Il fallait qu'il se sorte de là. Arnaud se leva et ouvrit la porte délicatement en essayant de ne pas faire de bruit. Le couloir baignait dans la pénombre. Il marcha en faisant attention de ne pas faire grincer les lattes du vieux parquet. Le son des voix qui résonnait dans la maison venait de la cuisine. Il tendit l'oreille mais il lui était impossible de saisir ce qu'il se racontait. Arnaud entendit Markus tousser dans la chambre du rez-de-chaussée.

Pourquoi y avait-il du monde dans la maison ce matin ? se demanda Arnaud. Il prit appui sur la rambarde pour descendre d'un pas léger. À sa droite, il aperçut une porte entrouverte. Sa curiosité le poussa à découvrir ce qu'il y avait dans cette pièce. Il y entra en retenant sa respiration. Il avait peur que les battements de son cœur le trahissent. Il avait l'impression que les BOOM-BOOM de son palpitant résonnaient dans toute l'Argentine. Il scruta la pièce. Elle était quasiment vide, au mur, un portrait du chancelier lui donna la nausée. Il s'avança à pas légers sans le regarder. Au milieu trônait un bureau encombré de vieux bouquins. Sur le coin droit, se trouvait un téléphone d'un autre temps. Arnaud s'approcha et décrocha le combiné. Un tintement aigu résonna dans toute la maison.

Il cogita rapidement malgré son mal de crâne. Il attendit impatiemment en tapotant des doigts sur la table en bois. Son cœur cognait dans sa cage thoracique à tel point que le flic s'imaginait qu'il pouvait éclater en mille morceaux. Il parla vite en essayant de compacter ses idées pour ne pas raconter une histoire incompréhensible et inimaginable. Elle devait le croire et comprendre ce qu'il marmonnait. Arnaud entendit des bruits de pas se précipiter dans le hall. Il n'eut pas le temps de développer. Il avait bafouillé plusieurs mots à la suite, comme on lance une bouteille à la mer, sans savoir si quelqu'un tombera dessus. C'était sa seule issue. Il quitta la pièce, en vitesse, sans se faire voir par les hommes qui parlementaient dans le hall d'entrée à quelques mètres en dessous de lui. Il retourna dans sa chambre pour sauter dans son lit. Il ferma les yeux au moment où Otto, Erich et le vieux à la canne aperçu dans la boutique orange entraient dans la pièce.

Le charcutier s'avança vers Arnaud.

— Markus veut vous voir.

— Pardon ?

Erich esquissa un sourire.

— Avec tout ce que vous avez bu hier soir, vous devez être largué. Je vous ai moi-même porté dans cette chambre pour que vous cuviez. J'avais peur que vous fassiez un malaise. J'ai appelé notre médecin pour qu'il vous ausculte.

Arnaud regarda le vieux qui farfouilla dans sa sacoche en cuir.

— Il n'est pas trop vieux pour ça ?

Erich sourit malicieusement.

— Oh non ! C'est même le meilleur. Il a soigné l'homme qui a vécu ici pendant très longtemps.

Herman mit ses lunettes et s'approcha d'Arnaud.

— Je n'ai fait que le surveiller. Mais il avait une santé de fer, contrairement à ce qu'on a toujours raconté.

Arnaud se laissa examiner par l'ancien médecin d'Hitler. Herman donna son diagnostic en rangeant ses instruments médicaux.

— Juste une petite gueule de bois. Rien de grave, dit-il en faisant signe à Arnaud de se lever.

— Vous allez me laisser partir ?

— Vous connaissez notre secret. Impossible.

— Je suis désolé, murmura Erich en grimaçant.

73

Après avoir frappé à la porte, Markus attendit une réponse.

RIEN.

Il retoqua et n'eut toujours pas de réponse. Il respira un grand coup puis ouvrit la porte en poussant délicatement la clenche. La pièce baignait dans le demi-jour et le silence qui y régnait ne présageait rien de bon. Markus s'avança vers le lit qui se trouvait contre le mur de droite. Le chien qui dormait leva la tête et couina en l'apercevant dans la chambre. Markus tapa sur ses cuisses pour l'appeler. Le canidé descendit et lécha la main de l'homme qui lui caressait la tête. Markus comprit à cet instant que c'était la fin. Hitler était mort dans son sommeil. Il n'avait *a priori* pas souffert. Il prit le chien par le collier et sortit de la chambre. Sa mission était pratiquement achevée, il ne lui restait qu'une chose à faire, organiser les funérailles. Il descendit l'escalier pour rejoindre la cuisine. Sur ses joues plusieurs larmes coulèrent. La mort du chancelier mettait un point final à tout ce qui avait été sa vie.

*

Le soleil commençait à se coucher paisiblement derrière la cordillère rocailleuse du mont de l'Aconquija, et d'ici à une demi-heure, le cimetière de Catamarca – petit village paisible situé au nord-ouest de l'Argentine – allait être plongé dans l'obscurité totale. C'était ce lieu qu'Hendrich Jaguele avait choisi des années auparavant. Il souhaitait une sépulture calme, discrète et loin du lieu où Hitler avait vécu pendant son exil. Markus fut déçu, son frère ne s'était pas déplacé pour enterrer le chancelier. Le père d'Otto lui avait envoyé un télégramme qui était resté sans réponse. Markus pensait vraiment que Simon Shimansky ferait le voyage pour dire une dernière fois au revoir à la personne qui avait tellement compté pour lui.

Mais non.

Alois Leipzig, plus connu sous le nom d'Adolf Hitler, fut enterré dans la plus grande discrétion. Les cinq personnes autour de la tombe prièrent en silence. À quelques pas de là, un vent étrange fit claquer le drapeau rouge et noir orné d'un svastika. Markus se retourna pour saluer le drapeau qu'il avait placé à cet endroit avant la cérémonie.

Une fois leur oraison personnelle et intime terminée, les cinq hommes sortirent du cimetière en récupérant l'étendard à croix gammée. Ils espéraient tous qu'Hitler puisse se reposer éternellement dans cet endroit reculé de l'Argentine. En fermant la grille, Markus se fit la promesse de revenir une fois par an à la même date pour apporter des fleurs et lui rendre hommage.

*

— Qu'allons-nous faire de cette demeure ?

— Tu ne veux pas y rester ?

— Non, annonça fébrilement Markus. Comme je te l'ai dit dans ma lettre, je veux retrouver un peu les bruits de la ville. Cela fait trop longtemps que je suis ici. Et puis sans lui, je vais tourner en rond et devenir fou.

Simon sourit. Son frère avait sans doute raison. Il était resté presque toute sa vie sur cette île. Il avait vécu caché toute son existence. Il méritait d'aller voir ce qui se passait de l'autre côté de l'eau… à Bariloche. Markus le fixa tendrement.

— Tu ne veux pas rester avec moi ? J'ai pris une jolie maison. On pourrait y vivre tous les deux sans se marcher dessus. Comme lors de notre jeunesse à Berlin.

Berlin ! Que cette vie se trouvait évanouie dans sa mémoire, se dit Simon. Il avait connu Berlin conquérant, Berlin sous les bombes, Berlin envahi et maintenant Berlin divisé en deux. Sa ville avait été sacrifiée, mortifiée et découpée. Sa gorge se serra en pensant à sa jolie patrie. Depuis son arrivée à Paris, il n'avait jamais voulu y remettre les pieds. La plaie était encore ouverte et la douleur se trouvait toujours présente dans tous les pores de sa peau. Simon releva la tête et fit un sourire à son frère.

— Non. J'ai une famille maintenant. Je ne peux pas disparaître encore une fois.

— Comme tu veux. Donc, on ne se verra plus ?

Simon secoua la tête pour lui apprendre que non.

— Notre mission est terminée. Il repose en paix, et n'a jamais été inquiété.

— Pourquoi tu n'es pas venu à son enterrement ?

— J'avais peur de ne pas pouvoir rester digne. Peur de m'écrouler sous la douleur. (Simon se leva et prit sa veste.) Je pense que maintenant, il faut que nous vivions pour nous.

— Je n'y arriverai jamais, renifla Markus.

— Moi non plus.

La porte de la cuisine s'ouvrit sur un homme qui annonça que le bateau était prêt à partir. Simon enlaça quelques instants son frère puis sans se retourner se dirigea vers le ponton en bois. Simon ne lança aucun regard en arrière.

Pour lui, tout était terminé.

74

— C'est drôle, tu sais... Markus essuya une larme qui coulait paisiblement sur ses joues. Je n'ai pratiquement plus pleuré de ma vie depuis la mort du chancelier... Et depuis que tu es ici, je chiale comme un gosse.

Arnaud se tenait debout droit comme une poutre verticale. Otto et Erich l'avaient accompagné jusqu'à la chambre de son grand-oncle. Il avait refusé de s'asseoir et il n'avait aucune envie de parler. Markus essaya par tous les moyens de lui faire sortir un son de la bouche, mais le flic était une tête dure, exactement comme la famille Jaguele.

— Tu me fais penser à mon frère, déclara-t-il en le fixant de ses prunelles de loup.

Arnaud serra les mâchoires. Il connaissait cette technique. Il n'allait pas se faire avoir. Markus essayait de le faire sortir de ses gonds. Mais Arnaud resta planté dans la pièce sans ouvrir la bouche.

— Tu as le même regard, la même fougue! As-tu le même génie? J'en doute.

Arnaud tapa du pied. Il attendait nerveusement que son grand-oncle tousse et meure. Il en serait débarrassé. Pour la première fois de la matinée, Arnaud lui adressa la parole :

— Je veux retourner à Bariloche pour prendre un avion et rentrer à Paris.

Markus sourit et regarda Otto et Erich postés devant la porte de la chambre.

— C'est vraiment ce que tu veux ?

Arnaud fit oui de la tête.

— Très bien.

Arnaud se retourna pour se diriger vers la sortie. Markus l'interpella de sa voix caverneuse.

— Tu peux toujours te voiler la face Arnaud. Mais tu es et tu seras éternellement un Jaguele. Un descendant de la meilleure lignée de la section des SS.

Arnaud se retourna et le foudroya du regard.

— Ton petit jeu ne marchera pas.

— Y a pas de jeu. Je veux juste que tu comprennes qui tu es. Tu as ça dans le sang.

Arnaud éclata de rire.

— Tu vas mourir et je vais vivre ! Voilà ce qui va arriver, lui lança Arnaud en s'approchant du lit. Je m'en vais…

— Non, Arnaud, l'arrêta Markus en s'essuyant la bouche. Tu ne peux pas partir. Tu sais trop de choses, si tu pars… tu parleras… Je le sais et tu le sais aussi. Tu dois rester ici pour prendre ma place. Tu es de la race des seigneurs. Il n'y a qu'un Jaguele pour garder cette maison. C'est ce que j'ai compris quand je suis parti. Je me sentais mal de l'autre côté du lac. Je n'avais qu'une envie : revenir où il avait vécu. J'ai décidé de vivre et mourir ici. Seul. Et j'ai été très heureux. Et tu le seras aussi.

— Et si je m'en vais là tout de suite ? Tu vas faire quoi ?

— Rien.

Arnaud sourit.

— Mais Otto n'attend que ça.

Le flic se retourna vers le réceptionniste. Ce dernier le regardait avec un sourire sadique. Il se curait les ongles avec un poignard. Le charcutier prit la parole :

— Otto aime faire du mal aux gens, Arnaud. Vous n'avez pas le choix. Vous devez rejoindre nos rangs et rester ici… ou mourir.

— Putain, mais vous êtes tous dingues ? Hitler est mort ! Hitler est poussière depuis trente ans !!!! Vous n'avez plus rien à protéger ou à servir ! Il faudrait arrêter de vivre dans le passé !

Markus posa sa tête sur l'oreiller.

— Tu n'aurais jamais dû venir jusqu'ici. Tu es le seul responsable de cette situation.

Arnaud se laissa tomber par terre, épuisé.

— Je ne suis pas un Jaguele, murmura-t-il.

Markus ferma les yeux.

— Si et tu le sais très bien.

Une quinte de toux incroyablement puissante clôtura la discussion pour toujours.

75

Bonjour, vous êtes bien sur le répondeur d'Arnaud Shimansky. Je ne suis pas joignable pour le moment. Vous pouvez laisser un message après le « bip ». Merci.

« Arnaud ! C'est Billard. Je m'inquiète, ça fait des jours et des jours que tu n'as pas donné de tes nouvelles ! J'ai vu Ambre hier, et je ne te raconte pas dans quel état de stress elle est. Ici aussi tout fout le camp. Mais je ne veux pas t'emmerder avec ça… je ne sais même pas si tu écoutes ton répondeur. Si c'est le cas, RAPPELLE-NOUS AU PLUS VITE ! À plus !!!!! »

Bonjour, vous êtes bien sur le répondeur d'Arnaud Shimansky. Je ne suis pas joignable pour le moment. Vous pouvez laisser un message après le « bip ». Merci.

« Arnaud ? Tu es où ? Tu fais quoi ? Cela fait trois semaines maintenant que tu es parti. Qu'est-ce qui se passe ? Je sais que c'est con de parler à un répondeur mais je m'inquiète. Surtout après le message que tu m'as laissé, on avait l'impression que tu avais bu… Je n'ai rien compris. J'ai fait des recherches sur les noms que tu m'as donnés, pour le moment, sans résultat. Arnaud, mon amour, appelle-moi s'il te plaît… J'ai vu Billard l'autre soir. Je lui ai dit qu'on devait dire aux autorités que tu avais disparu. Il va voir ce qu'il peut faire. Si tu as ce message appelle-moi. VITE ! Je t'aime. »

Bonjour, vous êtes bien sur le répondeur d'Arnaud Shimansky. Je ne suis pas joignable pour le moment. Vous pouvez laisser un message après le « bip ». Merci.

« C'est maman. Tu es où ? Tu fais quoi ? On n'a plus de nouvelles de toi depuis ton départ pour l'Argentine. Je m'inquiète, on s'inquiète. Appelle-nous ! On t'aime. »

76

Otto regardait les canards s'amuser entre eux. Il leur jetait des bouts de pain en pariant sur celui qui l'attraperait le premier. Le perdant finirait dans son assiette quelques jours plus tard. Les faibles devaient toujours être supprimés pour créer une race de seigneurs, cogita-t-il. Dans le ciel, le soleil se couchait paisiblement et la douceur de la température rendait cette soirée plutôt agréable. Le réceptionniste lança un regard vers Arnaud qui, comme à son habitude, s'était réfugié sur le ponton vingt minutes plus tôt avec sa bouteille de schnaps déjà bien entamée. Cela faisait vingt-quatre jours qu'Arnaud n'avait pas quitté cette île hermétique. Il avait essayé à plusieurs reprises, mais le flic s'était toujours cassé les dents. Otto avait une force herculéenne et il lui était impossible de se battre contre ce mastodonte. Il avait aussi tenté de s'enfuir durant la nuit. Cela fut un échec. Il avait compris au bout d'une heure que, sans une source de lumière et sans un moyen de transport, il lui serait impossible de quitter ce bout de terrain inaccessible et complètement à l'écart de la vie argentine.

Arnaud s'en voulait d'être tombé dans ce piège. Il avait eu tellement soif de réponses qu'il avait foncé tête baissée.

Arnaud cria de colère. Otto souffla. Il ne prit pas la peine d'aller le voir. Il avait l'habitude. Cela faisait des jours qu'Arnaud passait son temps debout face au large à hurler au vent. Il espérait quoi ? Qu'on vienne le chercher ? C'était impossible.

Gonzalo avait quitté Bariloche. Il était reparti à Buenos Aires à bord de son 4×4. Otto lui avait expliqué que son ami, Arnaud Shimansky, avait réglé la note après s'être réservé un guide pour faire de la randonnée dans les plaines au loin de Bariloche et avait ajouté qu'il ne fallait pas qu'il l'attende. Le réceptionniste n'aurait jamais pensé que Gonzalo goberait si vite son petit mensonge. Mais si. L'Argentin à la moustache fournie et aux dents en or s'était volatilisé en une matinée en emportant les affaires qu'avait laissées son amigo dans sa chambre.

Arnaud avait disparu et Otto était certain que personne ne pourrait le retrouver. Ils avaient gardé cet endroit secret pendant plus de soixante ans, il n'y avait aucune raison pour que cela change. La seule interrogation était de savoir ce qu'ils devaient faire de ce flic français qui buvait toute la journée cloîtré dans sa petite chambre ou debout sur le ponton.

Markus avait rendu l'âme deux semaines plus tôt dans d'atroces souffrances. Ses yeux s'étaient mis à pleurer du sang et ses poumons s'effritaient à chaque expectoration. Arnaud n'avait eu aucune envie de le plaindre. Il ne s'était pas montré dans la chambre pour le veiller et l'accompagner vers son grand et dernier voyage. Il n'en avait rien eu à foutre. Il n'allait pas pleurer un tel homme.

Un matin, Otto et Erich avaient sorti le corps de la chambre pour l'enterrer dans la forêt derrière la maison. Markus ne voulait ni de tombe ni de fleurs. RIEN.

Depuis la disparition de son grand-oncle, Arnaud avait essayé plusieurs fois d'amadouer Otto pour qu'il le laisse partir. Otto n'avait jamais répondu favorablement à sa requête.

Un nouveau plan commençait à naître dans l'esprit du flic. Sa main droite recommençait à trembler. Cela faisait longtemps, murmura-t-il en l'enfouissant dans sa poche. Il serra fort l'objet qui se trouvait à l'intérieur. Allait-il le faire ? Allait-il avoir le courage ?

Il aurait aimé prendre un dernier repas avec son pote Billard et le laisser saucer son assiette. Arnaud aurait souhaité, aussi, prendre ses parents dans ses bras et ne rien leur dire sur son grand-père. Il avait compris qu'une telle révélation aurait tué Maxime Shimansky. Les clapotis de l'eau atomisèrent les pensées d'Arnaud.

Markus avait demandé à Otto de ne pas lui permettre de quitter l'île et de le faire souffrir psychologiquement. Ne pas le laisser dormir plus de quatre heures d'affilée, de laisser l'alcool bien en évidence, de ne pas trop lui parler... Et c'est ce qu'il avait fait avec plaisir. Le réceptionniste était un psychopathe et il adorait cela.

Arnaud sortit l'objet qu'il cachait dans sa poche depuis le début de l'après-midi et qui le faisait réfléchir à sa vie et surtout à sa mort. Il était parvenu à lui voler son arme.

Il en avait mis du temps, pensa-t-il en souriant. Il l'avait laissé traîner dans un placard de la cuisine en espérant ce moment. Otto se sentit soulagé. Arnaud allait faire ce qu'il attendait depuis plusieurs jours déjà.

Arnaud pointa le flingue vers lui.

— Tu peux me tuer. Mais tu resteras seul ici. Tu sais qu'Erich ne reviendra pas avant que je ne l'appelle.

L'index d'Arnaud tremblait sur la gâchette. Il cligna les yeux rapidement. La sueur qui perlait sur son front lui dégoulinait dans les yeux. Il sentit des frissons parcourir son corps. Il voulait à tout prix en finir. Otto avait raison, il n'avait qu'une seule issue.

Un ! Deux ! Trois !

Arnaud appuya sur la détente et se tira une balle dans la tête. Son corps glissa du ponton et tomba dans le lac qui l'engloutit rapidement. Otto se pencha et cracha dans l'eau avec un sourire de satisfaction.

77

Extrait de la série d'articles : « Dans les entrailles de la PJ parisienne. »

Journal *Le Monde* du 29 mars 2017

J'ai passé dix-huit jours au sein de la police judiciaire parisienne. Et ce qui ressort de cette petite infiltration au 36 quai des Orfèvres, c'est que c'est un métier usant, prenant et réellement passionnant. J'ai eu, si on peut le dire, la chance de suivre une équipe formidable gérée par Bulldog, un homme exemplaire. Bien entendu Bulldog n'est pas son vrai nom. Ici dans le service, tout le monde se donne des pseudos. Cela sert à créer des liens et à faire une séparation entre la vie professionnelle et la vie privée.

Je suis arrivé au dernier étage de la vieille maison au bord de Seine le jour où les scientifiques ont annoncé, à la brigade qui s'occupait de l'affaire d'une jeune femme violée découverte morte, que l'ADN prélevé sur la dernière scène de crime avait trouvé une correspondance dans la base de données. L'acide désoxyribonucléique du meurtrier était fiché. Son nom : Alexandre Roland. Il était connu des services pour avoir été plusieurs fois incarcéré pour cambriolage mais surtout pour viol et attouchement.

J'ai senti l'effervescence des policiers. Ils mettaient enfin un nom et plus spécialement un visage sur ce fumier. En un quart d'heure, sa photo fut punaisée sur tous les murs de la PJ et dans tous les commissariats de France. Son regard noir et sa barbe fournie narguaient les policiers. Pour le moment, il était introuvable, et cela rendait l'équipe de Bulldog crispée et sur les dents. La PJ me faisait un peu penser à une ruche. Il y a un chef, c'est toujours en mouvement et il y règne un brouhaha incessant.

J'ai aussi compris pendant mes quelques jours à leurs côtés que le 36 ne s'arrêtait pas aux affaires. La vie privée peut, de temps en temps, venir s'immiscer dans le travail.

Un matin, j'ai aperçu un homme d'une carrure exceptionnelle, assis à son bureau, pleurer comme un gamin. Il tenait son téléphone à la main. Je dois vous l'avouer, je me suis souvent interrogé sur cet épisode. Devais-je le mentionner dans mon article ? J'en ai parlé plusieurs heures avec l'homme que j'avais vu sangloter.

Billard (c'est un pseudo bien entendu) m'a autorisé à écrire pourquoi il pleurait. Ce flic bâti comme un roc venait de perdre un collègue qu'il considérait comme son frère... Sa peine l'avait submergé, là en plein milieu de son open space à la vue de tous ses confrères. Mais il s'en foutait.

En dix minutes, l'annonce de la mort de leur camarade avait fait le tour de la maison et même jusqu'au Soleil d'or, le restaurant qui se trouve en face de la PJ et dans lequel les flics aiment déjeuner.

Billard passa sa matinée au téléphone à comprendre les circonstances du décès de son ami. Quand Billard raccrocha, plus personne ne parlait. La pièce se trouvait dans un silence étrange. Même les mouches n'osaient plus voler. Billard annonça de sa voix tonitruante et caverneuse qu'Arnaud Shimansky avait trouvé la mort lors d'une randonnée en Argentine. Une mauvaise chute. Ils n'ont pas retrouvé le corps.

Au fond de la salle, un flic demanda comment on l'avait appris.

La première réflexion que je me suis faite, à ce moment précis, était qu'un policier posait toujours des questions quand il y avait un mort. Sûrement une déformation professionnelle.

Billard expliqua que le directeur de l'hôtel avait appelé les parents d'Arnaud et que grâce au passeport et à l'adresse qu'il avait donnés lors de son check-in à la réception, les autorités argentines avaient pu remonter jusqu'à la famille.

Billard ne savait rien d'autre. Bulldog sortit de son bureau. Il venait d'apprendre la disparition d'Arnaud Shimansky. Il prit Billard dans les bras pendant un moment. Le temps s'arrêta dans les bureaux de la police judiciaire parisienne. Bulldog regarda l'imposant lieutenant dans les yeux et s'excusa. Il pensait que c'était sa faute si Arnaud était mort. Billard secoua la tête. Il ne voulait pas que son chef se sente responsable.

Je ne peux pas vous en dire plus...

Je ne sais pas si c'est le destin mais, juste à ce moment-là, un homme entra dans le bureau en hurlant que des gardiens de la paix venaient de repérer Alexandre Roland dans un cinéma pour adultes.

J'ai remarqué tout de suite les visages des officiers de police changer du tout au tout. La concentration et l'envie de l'attraper étaient dans leurs tripes. Un dénommé Schneider a braillé qu'il fallait lui passer les pinces en mémoire d'Arnaud. Ses collègues ont acquiescé avec des sifflets tout en mettant leurs armes dans les holsters qu'ils portaient à leur ceinturon.

En deux minutes chrono, nous étions en route pour la rue Pelleport. Dans la voiture, je me suis retrouvé à l'arrière coincé entre deux flics qui ressemblaient à des rugbymen. À l'avant, Billard criait d'aller plus vite. La sirène hurlait, les gens hurlaient, les radios hurlaient. Toute l'équipe hurlait. Je me trouvais au cœur de l'action. Nous sommes arrivés devant le cinéma sans que je m'en aperçoive. Je suis sorti de la voiture en même temps que Billard et les joueurs du ballon ovale, mais je n'ai pas eu le droit de rentrer à l'intérieur. C'était pour ma sécurité m'ont-ils prévenu.

Alors j'ai attendu. J'ai attendu, je ne sais pas combien de temps sur le trottoir comme tous les badauds qui prenaient des photos. Mais cela fut d'une rapidité professionnelle. Le meurtrier est ressorti avec des bleus sur le visage et des menottes aux poignets. Sans un mot, sans un bruit, sans un regard, les officiers de la police judiciaire l'ont placé dans la voiture qui est repartie sirène criante. Les flics voulaient avec le bruit du deux-tons annoncer leur victoire contre le mal à travers les rues de Paris.

Je suis remonté dans la voiture et nous sommes aussi rentrés à toute vitesse. Pendant ce petit voyage, Billard m'a expliqué que son copain qui avait trouvé la mort en Amérique du Sud avait une petite copine. Comment allait-il lui annoncer la nouvelle ? J'ai fait un sourire de compassion et de circonstance. Que pouvais-je faire de plus ? Je le sentais heureux d'avoir arrêté le monstre que tous les policiers pourchassaient depuis des semaines et tellement malheureux d'avoir perdu un ami. Comment gérer ces deux sentiments tellement opposés ?

Ce jour-là, en entrant dans la cour de la PJ pour garer la voiture de patrouille, j'ai compris ce qu'était réellement un flic. C'est un homme comme nous, avec ses faiblesses et ses émotions, qui tous les jours côtoie le pire de notre société.

La question que je me suis posée lors de cette immersion est la suivante : comment font les flics quand ils rentrent chez eux pour oublier cette noirceur de l'âme et cette violence quotidienne ? Billard m'a répondu, très sérieusement, qu'il s'en sortait en mangeant.

Nous montons les quatre étages. Les escaliers grincent. Ce n'est pas que dans les films noirs des années 1970 avec Jean-Paul Belmondo.

Alexandre Roland est menotté sur la chaise sur laquelle il se trouve assis. Il ne parle pas. Les officiers de police enlèvent leur veste. J'imagine que la nuit va être longue. Je ne vois ni sandwichs ni bières. Le commissaire Maigret n'est plus d'actualité, Jean Gabin peut reposer en paix. Nous sommes entrés dans l'ère de la garde à vue 2.0.

Très peu de temps après notre arrivée, le suspect parle.

Il avoue.

Les policiers sont soulagés. Ils ne vont pas passer des heures et des heures à se relayer pour lui faire admettre que c'est bien lui l'assassin.

Il ne comprend pas comment il a pu se faire arrêter. Il a fait très attention à ne pas laisser de traces. Il a utilisé des gants, des capotes et une combinaison en plastique ! Comme il voyait dans les films américains, ricane-t-il.

Billard lui apprend qu'ils ont trouvé un bout de peau sous un faux ongle de sa victime. Alexandre Roland se met la main sur une légère griffure au-dessus des yeux et lâche un laconique : Putain de merde.

Il ne dit plus rien. Ses yeux sont dans le vague. Il renifle et se parle à lui-même. Je crois discerner ce qu'il se dit. « Quelle grosse connasse avec ses faux ongles. J'aurais dû la faire encore plus souffrir. » Sa tête se tourne vers moi. Il me sourit. On se regarde droit dans les yeux un petit instant sans parler, puis, il me révèle qu'il aime faire souffrir les gonzesses, surtout celles qui portent un collant. Qu'il prend son pied quand il voit qu'elles le supplient d'arrêter et que lui, il sait qu'il va continuer. Il rigole en laissant de la bave tomber sur le parquet abîmé des combles du 36. Il ajoute avec un rictus dégueulasse, que parfois rien que de penser à les étrangler avec leur collant, il jouissait...

Je le regarde sans trop lui donner d'importance. Je n'arrive pas à apercevoir en lui un soupçon de remords. Il n'en a peut-être pas, il n'en a sûrement pas... C'est ce qui me fait le plus peur. Comment peut-on violer des femmes et ensuite les tuer sans émettre un regret ? Le meurtrier se fait reconduire en cellule en attendant de le déférer devant un juge. Il ne dit rien, ne crie même pas. Il a compris que c'était la fin, sa fin.

Mes dix-huit jours se terminent. J'ai vécu de très bons moments avec les membres de la police judiciaire parisienne, mais aussi des moments durs, difficiles et incroyablement tristes. Je repense à cet homme disparu en Argentine. De la peine que Billard et tous les membres de l'équipe ont ressentie à l'annonce de sa mort.

Je suis assis sur une chaise, j'écris dans mon calepin. Je lève les yeux et je vois Billard avec son téléphone à l'oreille. Il ne parle pas. Son regard croise le mien. Il me sourit. Il secoue la tête. Je comprends qu'il n'arrive pas à appeler la petite amie de son ami.

C'est ça aussi un flic. Ça peut joindre les familles des victimes et leur annoncer une catastrophe sans état d'âme. C'est leur métier... mais quand ça les touche personnellement, cela devient beaucoup plus difficile.

Il me reste encore une dizaine de minutes avant que je ne quitte les lieux. Je vais donc faire ce geste pour les remercier de m'avoir accueilli pendant ces deux longues semaines. Je prends le téléphone des mains de Billard et tape le numéro qui est gribouillé sur une feuille de son bloc-notes. Je patiente.

— Allô ?

— Ambre ?

— Oui.

— Bonjour, excusez-moi de vous déranger, mais voilà... Je suis journaliste et je vous téléphone de la part d'un dénommé Billard. J'ai une très mauvaise nouvelle à vous annoncer.

Laurent Arfi

78

Depuis plusieurs heures, l'orage qui se trouvait au-dessus de Paris plongeait la capitale française dans un paysage semi-apocalyptique. Les rues étaient désertes, certains quartiers manquaient de lumière, aucune voiture ne circulait et les voies sur berges devenaient impraticables depuis que la Seine léchait le bitume.

Klein Habsbourg, appuyé sur sa canne, contemplait par la fenêtre la pluie se déverser sur le jardin des Tuileries. Il adorait depuis toujours écouter le bruit des gouttes qui tombaient du ciel. Ses pensées vagabondèrent au gré du vent et du son de l'ondée. Il se remémora sa jeunesse dans un Berlin resplendissant et conquérant, puis vint, malheureusement dans son esprit, sa vie dans un Berlin détruit, meurtri et terrassé. Une haine lui ravageait les entrailles, ses entrailles. Il n'avait jamais pu admettre la défaite de son pays. Cela lui arrachait le cœur à chaque fois qu'il y pensait. Même si c'était il y a plus de soixante-dix ans, le désir de revanche coulait dans ses veines, et au crépuscule de sa vie, il comprit que jamais cela n'arriverait. Son seul plaisir fut d'avoir passé ses jours et ses nuits à chercher une faille pour sévir.

En vain.

Il repensa à Arnaud Shimansky qui avait failli tout dévoiler et tout gâcher. Mais c'était sans connaître les loups-garous et leur dévotion. C'était vrai se remémora-t-il, il avait senti une légère pointe d'inquiétude lorsque Maxime Shimansky lui avait annoncé que son fils s'était envolé pour l'Argentine. Mais il avait une totale confiance dans les *Werwölfe* qui n'avaient jamais failli pendant toutes ces années. Klein esquissa un petit rictus. Il pensa à Simon, son meilleur officier SS devenu son ami. Jaguele avait tout prévu, sauf d'avoir un petit-fils fouineur. Simon devait sûrement se retourner dans sa tombe, ricana-t-il. Le mal vient toujours des siens. Son esprit divagua sur Hendrich Jaguele. Il avait été très heureux de rencontrer ce jeune homme fougueux et énormément inventif. Grâce à lui, il avait pu avoir une vie merveilleuse après la guerre. Jamais il ne s'était fait repérer ou pire arrêter. Malheureusement, leur amitié s'était achevée en queue de poisson. Simon Shimansky avait voulu tirer un trait sur leur camaraderie pour couper tous les fils le reliant à son passé. Klein avait accepté sans sourciller. Avant de se quitter, Simon lui avait demandé un service. Il voulait que son ami détruise, une fois décédé, ses carnets, son coffre et son uniforme de la division à la tête de mort. Klein le lui avait promis, et il avait raté sa dernière mission. Où étaient donc passées toutes les affaires de son ancien officier de la *Schutzstaffel* ?

Perdu dans ses pensées, Klein Habsbourg n'entendit pas frapper à la porte. Les toc-toc redoublèrent de force. Klein se retourna avec un mauvais pressentiment. Il marcha difficilement jusqu'à l'entrée de son bureau. Il ouvrit la porte et se trouva devant une dizaine d'officiers de police qui lui montraient leur carte tricolore. Klein comprit. Comment Arnaud Shimansky avait-il pu réussir à le dénoncer ?

Il ne broncha pas.

Il resta stoïque devant ces hommes de la police française.

— Monsieur Habsbourg ?

Klein fit oui de la tête.

— Je vous arrête pour crime contre l'humanité.

Klein regarda le flic immense devant lui.

Billard.

— Je ne comprends pas.

— Voulez-vous bien me suivre ? Nous en discuterons dans nos locaux.

Klein secoua la tête. Son cœur s'emballait.

— Non. Je n'ai rien à me reprocher.

Il sentit une douleur dans le bras gauche. Son souffle devint plus saccadé. Il avait du mal à respirer. Sa canne tomba sur la moquette. Billard comprit qu'il se passait quelque chose. Il hurla dans le couloir qu'il lui fallait un médecin.

— TOUT DE SUITE.

Quand Billard se retourna, Klein perdit l'équilibre. Le flic l'attrapa dans ses énormes bras avant qu'il ne s'écroule par terre. Délicatement, il posa le vieil homme sur le canapé. Un médecin entra rapidement suivi par une jolie rousse. Billard la regarda.

— Je crois qu'on arrive trop tard.

Ambre avait les yeux brillants. Cela faisait des jours qu'elle pleurait sans s'arrêter. Elle ne dit rien. Elle se retourna et sortit du bureau de Klein pour respirer un énorme bol d'air.

*

La pluie tombait toujours sans discontinuer. Des gouttes d'eau se fracassaient sur la tête d'Ambre et lui martelaient le crâne comme des centaines de petits clous qu'on enfonçait à l'aide d'un marteau. Elle s'en foutait. Elle pleurait. Elle n'avait plus le goût à rien. Billard la rejoignit dix minutes plus tard et s'assit, à ses côtés, sur le trottoir. Les lumières des gyrophares leur coloraient le visage d'une étonnante et amusante teinte bleue. Le flic lâcha dans un murmure une petite phrase :

— Il est mort.

Ambre renifla.

— Un de moins. Je ne peux que me réjouir. C'était un salaud de la pire espèce.

L'ambulance démarra et les abandonna sous des trombes d'eau. Ambre s'essuya le visage maladroitement.

— Arnaud me manque.

Billard ne savait pas quoi lui répondre. Il lui manquait aussi. Quelques semaines plus tôt, Ambre l'avait appelé, après avoir réécouté le message d'Arnaud sur sa boîte vocale. Billard avait lui aussi analysé attentivement ce que racontait son pote sur le répondeur. C'était incompréhensible, mais Ambre s'était mis en tête de déchiffrer les derniers mots connus de son petit ami. Elle avait passé des nuits et des jours à écouter en boucle les neuf secondes enregistrées. En plein milieu de la nuit, elle s'était réveillée avec une intuition qui lui gratouillait l'encéphale. Les trois mots incompréhensibles d'Arnaud tournaient en boucle dans son cerveau : « Habsbourg. Galerie. Eckbert. » Elle s'était habillée hâtivement et avait pris la direction du Mémorial de la Shoah au volant de sa Smart. Devant son ordinateur, elle avait fait des vérifications. Cela ne pouvait pas être ça. Arnaud n'avait pas pu découvrir l'identité sous laquelle se cachait Eckbert Kleinardtz, l'homme qu'elle recherchait depuis tant d'années. Ambre avait fébrilement lancé des recherches. Après quatre secondes d'attente, son écran avait affiché deux photos de ce Kleinardtz. Ambre s'était penchée vers son iMac la bouche ouverte. Elle n'en croyait pas ses yeux. Elle avait joué fébrilement de la souris pour zoomer les images. La première qu'elle avait téléchargée était en noir et blanc. Kleinardtz posait fièrement devant une énorme maison berlinoise dans son uniforme noir de la division à tête de mort. La pire des vermines, cracha Ambre devant son écran. Malheureusement, la jeune femme connaissait très bien ce tirage photo. C'était la seule photographie d'Eckbert Kleinardtz pendant la guerre. Il avait réussi à ne jamais poser sur des clichés. La deuxième photo était dans une teinte indéfinissable et presque délavée. Elle avait été prise lors de l'inauguration d'une galerie d'art en Argentine. Ambre reconnut en un coup d'œil l'ordure SS. Il était entouré de plusieurs personnes. Jamais elle n'aurait pu tomber sur ce cliché sans les mots clés que lui avait donnés Arnaud sur son message. Elle cliqua nerveusement sur le bouton de sa souris pour l'agrandir. Ambre n'arrivait pas à s'enlever de la tête qu'elle avait déjà vu ce visage vieilli par les années. Elle s'était mise à chercher dans les méandres de sa mémoire, mais rien ne lui était venu. Pour essayer de ne plus penser à ça, elle avait rédigé un e-mail à ses collègues internationaux pour leur faire part de ses recherches et leur apprendre qu'elle avait peut-être une piste pour retrouver l'un des hommes les plus recherchés par le Mossad. Après avoir commencé à taper la lettre, Ambre s'était arrêtée. Son esprit bouillonnait.

Un flash.

Elle savait.

Elle avait ouvert d'excitation son tiroir pour en sortir la pile de photos qu'Arnaud lui avait proposé de conserver la dernière fois qu'il était venu dans son bureau. Le jour où ils s'étaient embrassés pour la première fois. Ambre fouina dans la dizaine de clichés argentiques les larmes aux yeux. Ça lui faisait mal de repenser à cette soirée... Elle s'arrêta et approcha un tirage couleur sépia sous sa lampe de bureau.

Elle le voyait.

Eckbert Kleinardtz buvait un verre en compagnie de la femme de Simon Shimansky.

C'était fait.

Elle le tenait.

Il allait finir sa vie en prison. Elle avait pris son téléphone pour appeler Billard. Elle lui avait demandé un service. Il avait accepté en mémoire d'Arnaud.

Le lieutenant de police avait joint au téléphone un juge d'instruction pour qu'il puisse ouvrir une enquête sur ce galeriste présumé être un ancien nazi et l'un des chefs d'un réseau SS les plus meurtriers. Un criminel de guerre.

Ambre était allée jusque dans son bureau pour montrer au magistrat toutes les preuves que les services secrets israéliens lui avaient fournies. Il avait, sans sourciller, signé les papiers qui permettaient à la police française d'aller l'arrêter.

Maintenant, ils se trouvaient tous les deux assis sur un trottoir et étaient complètement trempés. Mais l'un et l'autre s'en foutaient. Ambre prit délicatement la main du flic.

— C'est à cause de moi qu'il est mort, pleura la jolie rousse.

Billard lui serra fort les doigts. Il espérait par ce geste bloquer les larmes qui lui faisaient un appel du pied.

— Ne dis pas de bêtises. Une chute lors d'une randonnée, cela arrive.

Ambre renifla.

— C'est moi qui l'ai poussé à partir en Argentine. Sinon, il serait toujours près de nous.

Billard ne dit rien. Ambre posa sa tête sur son épaule.

— Je m'en veux tellement, poursuivit-elle en enfouissant sa tête dans ses mains. (Ils restèrent ainsi une dizaine de minutes sans rien dire. Ambre se leva quand la pluie laissa la place à un vent glacial.) Ce que je ne comprends pas, c'est son message. Pourquoi me l'avoir laissé ?

— Pour t'informer. Tu es la meilleure personne pour retrouver des gens comme ce Klein, non ? répondit Billard.

— Oui peut-être, dit Ambre. Mais s'il avait eu l'intention de rentrer en France, pourquoi laisser un message ? Pourquoi ne pas me le dire de vive voix, une fois de retour ? Et puis, on ne sait pas ce qu'il a trouvé là-bas. Est-ce que cela a un rapport avec ce qui était caché chez son grand-père ? J'aimerais tellement avoir des réponses à tout cela.

Billard se leva et prit dans ses bras Ambre qui n'arrivait plus à contrôler ses sanglots spasmodiques. Il la serra plus fort qu'il ne le souhaitait. Il lui murmura dans l'oreille :

— Arnaud était complexe. Je ne sais pas pourquoi il a fait ça. Mais tout ce que je sais, c'est qu'on ne le verra plus et il va sacrément me manquer. C'était un trou du cul. Mais je l'aimais.

Ambre et Billard s'attardèrent dans cette position aussi longtemps qu'ils le désirèrent.

*

L'odeur de café froid embaumait la totalité des pièces du pavillon de banlieue. Les trois parts de la tarte aux figues qu'avait préparée Suzanne gisaient toujours dans leurs assiettes en porcelaine. Personne n'y avait touché. Pour la première fois de son existence, Billard ne ressentait aucune envie d'engloutir de la nourriture. Son ventre se serrait à chaque fois qu'il jetait un œil vers les parents d'Arnaud qui se trouvaient, en face de lui, assis dans leur canapé. Cela faisait deux heures qu'il était chez eux. Il était arrivé après leur avoir passé un coup de téléphone pour leur annoncer que c'était lui qui avait les affaires de Simon Shimansky dans sa camionnette. En bonne mère de famille, Suzanne l'avait invité à prendre le goûter. Billard avait accepté en sachant très bien qu'il ne pourrait rien ingurgiter. Il s'était garé devant le portail de la demeure et avait aperçu la mère de son copain en train de guetter derrière la fenêtre de la cuisine. Il avait souri, elle faisait ça chaque fois. Ce coup-ci son regard était différent, la tristesse avait remplacé la gaieté. Billard avait monté les marches rapidement, il voulait en finir avec cette histoire.

Les Shimansky l'avaient accueilli comme un fils qu'il n'avait plus. Billard avait écrasé une larme après avoir embrassé les parents de son meilleur copain. Maxime l'avait invité à s'asseoir au salon pour prendre une part de tarte et un café. Bien sûr, ils avaient parlé d'Arnaud, ils avaient rigolé en se remémorant des situations cocasses de leur fils, ils avaient aussi beaucoup pleuré.

Puis, Billard s'était approché d'eux pour leur expliquer que ce qu'il allait leur apprendre n'était pas facile. Les parents d'Arnaud s'étaient regardés et avaient demandé à Billard de parler. Le flic avait tout dit d'une traite. Il avait expliqué que Klein était un officier SS et qu'il s'était caché après la guerre en changeant d'identité. Maxime n'en avait pas cru ses oreilles. C'était impossible, lui avait-il dit. Billard avait expliqué que des policiers avaient perquisitionné chez Klein et étaient tombés sur des preuves irréfutables de sa participation au régime nazi. Pour couronner le tout, le petit-fils de Klein, un certain Herman Habsbourg, avait tout déballé, tellement il avait peur de la prison.

Billard se recula dans son fauteuil après son histoire. Un ange passa dans le salon. Maxime prit son café froid et le but d'une traite. Il posa sa tasse sur la table basse et secoua la tête de désolation.

— Et dire que mon père était son ami.

Billard acquiesça. Suzanne attrapa un mouchoir posé sur son accoudoir et lança avant de se moucher :

— C'est peut-être pour ça qu'ils se sont fâchés ? Tu m'as dit que tu ne savais pas pourquoi ils ne se parlaient plus.

Maxime agita les mains devant lui.

— Tu as sans doute raison chérie. (Son regard resta vague pendant un petit instant.) On vient de déchiffrer une énigme vieille de plus de quarante ans… (Il respira profondément.) Et maintenant, je comprends mieux pourquoi mon père ne voulait plus le voir.

Suzanne fit disparaître le mouchoir dans sa manche et regarda Billard.

— Nous allons partir pour l'Argentine. Je veux voir où mon fils est mort.

Billard secoua la tête délicatement.

— C'est une bonne chose. Faut faire votre deuil. C'est le plus important pour vous.

— Nous n'y arriverons jamais si son corps n'est pas retrouvé, annonça Maxime en reniflant.

Suzanne serra la main de son mari le plus fort possible.

— Il faut que j'y aille. Je reprends mon service ce soir, dit Billard en se levant doucement de son fauteuil. (Les parents accompagnèrent le collègue et ami de leur fils jusqu'à leur porte d'entrée.) Je vous laisse ma camionnette. Il y a toutes les affaires de votre papa. Je vais prendre les transports en commun.

Billard prit Suzanne dans ses bras et l'enlaça très longtemps, puis il serra la main de Maxime et s'en alla attendre son bus pour retourner au 36 quai des Orfèvres. Au fond de son cœur, il sentit un grand vide. Arnaud Shimansky commençait à lui manquer terriblement. Seul dans la rue, Billard pleura toutes les larmes de son corps sans s'apercevoir que Suzanne le regardait par la fenêtre de sa cuisine.

*

Maxime se trouvait dans sa salle de bains. Sa tête lui faisait mal. Il se passa un peu d'eau sur le visage, mais rien n'y faisait, son cœur frappait fort dans sa poitrine. Il but un grand verre d'eau fraîche et posa ses fesses sur le coin de la baignoire. Il avait eu peur. Peur que Billard découvre le secret de son père. Il comprit que personne ne soupçonnait Simon Shimansky d'être lui aussi un membre de la division à la tête de mort.

Lui, il le savait depuis son adolescence. Il avait écouté à travers le mur de son bureau une discussion entre son père et Klein. Ce jour-là, il avait tout compris. Un après-midi, il avait fouillé dans les papiers de Simon Shimansky et Maxime était tombé sur des papiers et des lettres qui confirmaient ses craintes. Il avait été terrorisé par ce qu'avait pu faire son paternel. Puis, il avait réfléchi pendant des jours… Que pouvait-il faire ? Ce qui était certain, c'était qu'il ne voulait absolument pas voir son père en prison. Il ne voulait pas que sa famille soit montrée du doigt à cause des horreurs que son père avait pu faire. Alors il n'avait rien dit. Il avait gardé au fond de lui ce secret de famille. Son cœur s'emballait. Il respira profondément. Il essaya de se calmer.

Et puis, il y avait eu l'enterrement et le rangement de la maison… Arnaud avait commencé à fouiner. Maxime avait tout fait pour l'en dissuader. Son fils était-il mort à cause de ce secret ? Ce n'était pas impossible, s'imagina-t-il. Il avait compris que son fils fonçait droit vers les ennuis quand il avait trouvé l'uniforme SS dans la maison de Marnes-la-Coquette avant de la faire visiter aux futurs vendeurs. Le costume noir gisait sur une chaise comme un pantin désarticulé. Maxime n'avait pas réfléchi longtemps avant de le brûler dans le jardin. Il avait aussi jeté le coffre-fort à la déchetterie municipale. Il fallait faire disparaître toutes ces horreurs le plus vite possible…

— Maxime, où tu es ? brailla Suzanne de la cuisine.

Il voulut lui répondre mais il lui était impossible d'ouvrir la bouche. Sa mâchoire lui faisait mal. Il se leva difficilement et sortit de la salle de bains laborieusement. Il se dirigea vers les escaliers. Il mit un pied sur la marche et bascula vers l'avant.

Suzanne courut vers les escaliers en entendant le choc de la chute. Elle découvrit son mari inanimé sur le carrelage de l'entrée. Elle comprit tout de suite qu'il était mort. Suzanne hurla et éclata en sanglots en se précipitant à côté de son mari.

Maxime emporta le secret inavouable de Simon Shimansky dans sa tombe.

Épilogue

20 avril 2019

Le soleil chauffait la plaine de la cordillère rocailleuse du mont de l'Aconquija. Le paisible cimetière de Catamarca était depuis le début de l'après-midi dérangé dans sa quiétude quotidienne. Huit personnes s'étaient rassemblées sur une tombe fleurie. Otto, le réceptionniste, tenait la main d'un petit garçon qui lui ressemblait exagérément. Une fois le recueillement terminé, Erich, le charcutier, prit la parole en fixant la sépulture.

— Nous t'avons juré fidélité depuis le début. Et comme tu peux le voir, nous sommes toujours auprès de toi. Même après toutes ces années.

Otto serra la main de son petit garçon qui le regardait sans comprendre ce qui se passait. Erich continua.

— Aujourd'hui, tu as cent trente ans. Nous voulions te souhaiter un très bon anniversaire. Et te dire que nous ne t'oublierons jamais ! JAMAIS.

Erich leva le bras en l'air en criant un « Heil Hitler ». Les personnes autour du charcutier en firent autant. Pendant une trentaine de secondes, ils hurlèrent des « Sieg Heil » tonitruants. Le petit garçon imitait machinalement son père sans saisir vraiment ce qu'il faisait. Une fois les saluts terminés, le petit groupe s'effilocha dans la sérénité. Erich se rapprocha d'Otto avec le sourire.

— Markus aurait été fier de voir autant de monde dans ce cimetière un 20 avril.

Otto fit oui de la tête. Il était ému, comme chaque fois qu'il repensait à leur chef qui avait tellement fait pour eux et l'Allemagne.

— Malheureusement, nous sommes de moins en moins nombreux.

Erich leva les épaules en signe d'impuissance.

— Le plus important, c'est que la flamme brûle encore…

Otto sourit en regardant son fils.

— Je fais tout pour lui faire comprendre l'importance de sa mission.

Erich sortit un paquet de cigarettes de sa poche de pantalon.

— Il le comprendra. Tu es le meilleur pour initier.

Otto sourit. Il adorait endoctriner les enfants à leur cause. Le réceptionniste sortit son Zippo en or sur lequel se trouvait gravée une croix gammée en argent. Il approcha le briquet tempête vers Erich pour allumer sa cigarette. Pendant un temps les deux hommes restèrent sans parler près de la tombe. Puis, ils se dirigèrent à pas lents vers la sortie. Erich regarda Otto droit dans les yeux.

— Tu retournes au chalet ?

— Oui. C'est le meilleur endroit pour lui faire découvrir son héritage.

Otto montra du menton son fils qui essayait de grimper à un arbre. Erich le regarda s'accrocher aux branches pour monter encore plus haut.

— Ton fils sera notre continuité. Grâce à lui nous serons toujours vivants.

Otto acquiesça et lança un regard au loin devant lui.

— Je vais tout faire pour qu'il vénère l'homme enterré là-bas.

Les deux hommes se serrèrent la main et se promirent de se retrouver l'année prochaine à la même date et au même endroit. Otto appela son fils qui sauta de l'arbre pour rejoindre son père. Il arriva essoufflé et débraillé. Dans un geste maladroit, le petit garçon remit sa chemise laissant apparaître sur le haut de son épaule, un tatouage représentant un magnifique *Werwolf* paré d'un svastika.

Erich en était certain. Les loups-garous d'Argentine seraient toujours présents dans mille ans.

FIN

Remerciements

En tout premier lieu, je voudrais remercier Florence Lottin, mon éditrice, qui m'a fait confiance dès le premier jour en acceptant de m'accompagner lors de ce long moment d'écriture. Ton regard, ton talent et tes questionnements m'ont fait avancer et surtout évoluer dans mon travail. Encore MERCI.

Merci à Ambre Bartok de m'avoir présenté Florence.

Merci à tous mes copains de la maison des auteurs.

Merci à tous mes amis qui ne sont pas de la maison des auteurs.

Merci à Tatane, Vivi, Tintin et Juju pour votre soutien en venant petit-déjeuner à la maison tous les mercredis.

Merci aux lecteurs et aux libraires.

Merci à vous tous.

Et pour terminer : merci à Chacha, Lulu, Queen Marie et surtout à Manhattan pour votre présence dans mon bureau et surtout dans ma vie.

Imprimé en France par CPI
en mars 2021

Cet ouvrage a été mis en page par IGS-CP
à L'Isle-d'Espagnac (16)

Dépôt légal : mars 2021
N° d'édition : L.01EUCN000945.A002
N° d'impression : 163686